LUZIFER
VERLAG

C. G. MOSLEY

IM *Bann* DES PIRATEN

This Translation is published by arrangement with SEVERED PRESS.
www.severedpress.com
Title: PIRATE RAIDERS

LUZIFER
VERLAG

Überarbeitete Ausgabe
Originaltitel: PIRATE RAIDERS

Umschlag: Michael Schubert | Luzifer-Verlag
Kapitel-Illustration: macrovector / Freepik
Übersetzung: Markus Müller
Lektorat: Manfred Enderle
Printed in Germany

Dieses Buch wurde nach Dudenempfehlung (Stand 2021) lektoriert.

ISBN: 978-3-95835-545-3

Bibliografische Information der Deutschen Nationalbibliothek:
Die Deutsche Nationalbibliothek verzeichnet diese Publikation in der
Deutschen Nationalbibliografie; detaillierte bibliografische Daten sind im
Internet über http://dnb.d-nb.de abrufbar.

I

Alles deutete darauf hin, dass es sich bei dem heutigen sechsten Juli des Jahres 1717 um meinen letzten Tag auf Gottes Erden handeln sollte. Vor vier Tagen hatte eine Fregatte der Royal Navy mein eigenes Schiff, eine bescheidene Korvette namens *Rebecca*, aufgebracht. Meine gesamte Mannschaft geriet zusammen mit mir in Gefangenschaft. Zum aktuellen Zeitpunkt weilten längst nicht mehr alle davon unter dem Lebenden. Von ursprünglich siebzig Mann waren nach dem Gefecht mit der Navy lediglich dreißig übriggeblieben, denen nun die harschen Konsequenzen drohten, die eine Tätigkeit als Pirat mit sich bringen konnte.

Sobald die Fregatte in Port Royal auf Jamaika eingelaufen war, wurde ich vom Rest meiner Besatzung getrennt und in eine Zelle gesteckt, wodurch ich von sämtlichen

Nachrichten über ihr Wohlergehen abgeschnitten war. Das stellte keine Überraschung für mich dar, denn ich war ihr Kapitän, und Piratenkapitäne isolierte man für gewöhnlich unmittelbar nach der Gefangennahme von ihren Leuten. Alles, was mir übrigblieb, war, herumzusitzen und mir das Hirn zu zermartern. Eine leise Stimme tief in meinem Inneren verriet mir, dass der Teil meiner Mannschaft, der bisher überlebt hatte, inzwischen vermutlich genauso tot sein würde wie die anderen.

Irgendwann legten mich vier Wärter in Eisen und führten mich durch einen langen Gang mit steinernen Wänden, an dessen Ende mich der Gerichtssaal erwartete, in dem man mein Todesurteil fällen würde. Eine Verhandlung für einen Piraten erschien mir als reine Zeitverschwendung, denn deren Ergebnis stand gewissermaßen vorher schon fest: seine Exekution. Mit eben jenem Schicksal hatte ich mich bereits bei meiner Gefangennahme abgefunden. Dennoch war ich darüber natürlich alles andere als glücklich. Doch so quer mir die Sache auch im Magen lag, ich konnte nichts dagegen tun.

Ich musste an die Skelette in Eisenkäfigen denken, die jedermann begrüßten, der Port Royal einen Besuch abstattete. Dabei handelte es sich um die Gebeine ehemaliger Piraten, deren verfaulende Leichen als deutliche Warnung neben der Hafenzufahrt hingen: Seeräuber waren hier nicht willkommen und wenn man sie fing, drohte ihnen der Tod.

Die Vorstellung, selbst in einem dieser Käfige zur Schau gestellt zu werden, war einer Besserung des Brechreizes, den ich dabei spürte, alles andere als förderlich.

Von den vier Wachen, die mich eskortierten, gingen je zwei vor und hinter mir. Schließlich gelangten wir zu einer großen, hölzernen Flügeltür, die einer der Soldaten mit Leichtigkeit aufstieß. Dahinter brachten mich die Wächter zu einem Stuhl, der einsam vor einem mächtigen Tisch stand.

Auf dessen gegenüberliegender Seite saß der ältliche Gouverneur der Stadt, umgeben von seinen Helfern und Helfershelfern.

»Mister William Reeves, nehme ich an«, sagte der Gouverneur in einem betont gelangweilten Tonfall.

»Genau der bin ich«, lautete meine Antwort.

Der Gouverneur hatte dunkle Augen mit buschigen Brauen, unter denen eine lange, spitze Nase in die Luft stach. Geschätzt dürfte er gut sechzig Jahre alt sein. Überheblich bedeutete er mir mit einem Wink, mich hinzusetzen. »Nehmen Sie Platz, junger Mann.«

Ich tat wie geheißen und gönnte mir einen Moment, um die wunden Stellen an meinen Gelenken meiner Hände und Füße zu reiben.

»Ich, Gouverneur Charles Winter, halte den Vorsitz bei dieser Verhandlung, die heute am sechsten Tag im Juli des Jahres 1717 unseres Herrn stattfindet. Eine Fregatte der Royal Navy begegnete auf der Fahrt nach Port Royal einem Piratenschiff. Es kam zu einem kurzen, verlustreichen Gefecht mit dem besagten Piratenschiff, der …« Der Gouverneur konzentrierte seine Aufmerksamkeit auf ein Dokument, das vor ihm auf dem Tisch lag. »Ah, hier haben wir es … der *Rebecca*. In dessen Folge war die

Korvette nicht mehr zu retten und versank in den Tiefen des Ozeans. Dreißig Mann gerieten in Gefangenschaft, darunter Sie, Mister Reeves.«

Nach einer Weile der Stille starrte mich der Gouverneur an, als erwarte er eine Antwort. Ich war mir nicht sicher, was er hören wollte. Ich war ein toter Mann, so viel konnte ich mir zumindest zusammenreimen. Diese Gewissheit machte mich trotzig und ich entschloss mich, weder dem Gouverneur – noch sonst wem – auch nur das kleinste Häppchen an Information preiszugeben. Wenn er stumm dahocken und darauf warten wollte, dass ich sprach, konnte er sich auf eine lange Wartezeit gefasst machen.

Schließlich stieß er einen tiefen Seufzer aus. »Wie es scheint, haben Sie nichts anzumerken, Kapitän Reeves. Oder ist es Ihnen lieber, wenn ich Sie mit Kapitän Redd anrede?«

Ich schluckte, als er meinen Piratennamen nannte. Im Saal herrschte derartige Totenstille, dass mein Schlucken laut als Echo von den Wänden widerzuhallen schien. Ich hielt weiter den Mund und obwohl ich gewiss verzweifelt wirkte, tat ich mein Bestes, um Haltung zu bewahren.

»Wir haben Ihre Leute verhört. Und um ehrlich zu sein, sie haben sich geweigert, uns Ihre Identität zu enthüllen. Trotz Prügel und Folter bewiesen sie eine unerschütterliche Loyalität zu ihrem Kapitän.«

Die anschließende Schilderung der Folter schien ihm ein abartiges Vergnügen zu bereiten. Dem Schicksal sei Dank schaffte ich es beim Zuhören, die schlimmsten Details auszublenden. Ich wollte lieber nicht wissen, welche Schrecken sie erdulden mussten. Zwar war ich ihnen für ihre Tapferkeit zu Dank verpflichtet, dennoch peinigte mich ein schlechtes Gewissen ihnen gegenüber.

»Ihre Spießgesellen lieferten uns nicht den geringsten Hinweis darauf, dass sie unter der Flagge des berüchtigten Kapitäns Redd segelten. Leider konnten die Soldaten der Royal Navy auf Ihrem Schiff vor dem Sinken keinerlei belastbares Schriftstück bergen, das uns ihre Identität als Kapitän Redd bestätigte.«

Ich musste schmunzeln. Zu meiner diebischen Freude kannte niemand den echten Namen von Kapitän Redd, und ich würde das Geheimnis, ob er und William Reeves eine identische Person sind, mit in mein Grab nehmen.

»Ich habe einmal gehört, dass sich der Name Redd von seinen feuerroten Haaren ableitet. Natürlich ist das schwerlich beweiskräftig genug für meinen Verdacht. Nur wenig ist über diesen Halunken bekannt und selbst bei seiner Haarfarbe könnte es sich um ein Gerücht handeln. Kommen Ihnen einige dieser Gerüchte bekannt vor, Mister Reeves?«

Ich hielt den Mund und starrte ihn an, was ihn offensichtlich nicht störte.

»Eine der Geschichten, die ich vernahm, berichtet, Kapitän Redd und seine Mannschaft wurden einst von drei spanischen Kriegsschiffen in die Zange genommen. Irgendwie kaperten die Piraten ein feindliches Schiff nach dem anderen, bis spanisches Blut das Meerwasser rot färbte. Danach flohen die Verbrecher mit einem Berg aus Gold. Und dieses Gold soll bis heute auf einer winzigen Insel mitten in den Weiten des Ozeans vergraben sein.«

Was er gesagt hatte, stimmte bis auf einige Details. In Wahrheit hatten wir gegen vier Kriegsschiffe gekämpft und den Großteil des Goldes verjubelt. Den kläglichen Rest hatten wir allerdings tatsächlich auf einer Insel nahe Tortuga gebunkert.

»Dann gibt es noch eine andere Geschichte, die einen Hinweis auf die Identität jenes ominösen Redd enthält. Sie wurde mir vom Kapitän eines Frachters erzählt, der vor einigen Monaten in unserem Hafen ankerte. Er behauptete, ein Pirat habe ihn sämtlicher medizinischer Güter an Bord seines Schiffs beraubt. Die Räuber zeigten eine schwarze Flagge mit einem rotköpfigen Skelett, das einen Säbel in der Faust hält. Mister Reeves, können Sie sich meine Überraschung vorstellen, als mir dieser Hinweis auf Kapitän Redd zugetragen wurde?«

Ich schluckte erneut und verharrte weiter in Stille.

»Wie bereits erwähnt, Mister Reeves, konnte die Royal Navy Ihre Korvette nicht genauer inspizieren, bevor sie unterging. Dennoch gelang es den tapferen Soldaten, ein essenzielles Beweisstück aufzustöbern.«

Meine Augenbrauen hoben sich, als der Gouverneur sich zur Seite drehte und vorbeugte, um etwas vom Boden aufzuheben. Noch bevor er in eine aufrecht sitzende Position zurückkehrte, ahnte ich, dass ich das Tauziehen um Kapitän Redds Identität verloren hatte.

»Ich schätze, das hier gehört Ihnen?«

Winter griff das zusammengelegte Stück Stoff, das er zum Vorschein gebracht hatte, an den Ecken und schüttelte es so lange, bis es komplett auseinandergefaltet war.

Stolz präsentierte er mir Kapitän Redds Flagge … meine Flagge. Sie glich der Beschreibung des Frachter-Kapitäns exakt. Auf schwarzem Untergrund prangte ein rotköpfiges Skelett mit einem Säbel in der Hand.

Ich schöpfte tief Atem und überlegte mir meinen nächsten Schritt. Es gab keinen Grund mehr, mein Schweigen beizubehalten oder alles abzustreiten. Der Gouverneur hatte die ganze Zeit mit Bestimmtheit gewusst, wer ich bin. Ich sah zuerst ihn und dann die anderen alten Männer links und rechts von ihm an. Diese hatten noch kein Wort gesprochen, seit ich den Saal betreten hatte. Und mir fiel noch etwas anderes auf: Warum wurde mein Prozess von einem Gouverneur im Rang eines Vizeadmirals geleitet? Seit über fünfzehn Jahren hatte sich niemand mehr in solch einer hohen Stellung mit einem Piraten vor Gericht abgegeben. Irgendetwas hier roch merkwürdig und ich wollte so schnell wie möglich herausfinden, was hier stank. Ich kicherte verhalten.

»Sie haben mich erwischt, Gouverneur«, gestand ich und klatschte dabei in die Hände. »Ich bin kein Geringerer als der berühmte Kapitän Redd.«

Winter schlug vor Freude mit der flachen Hand auf den Tisch. Meine Worte hatten seine Hoffnung befriedigt.

»Ich wusste es«, sagte er fröhlich.

»Sie sind einfach zu schlau für mich, Sir. Allerdings muss ich gestehen, dass mich die Zusammensetzung dieses Gerichts verwirrt.«

Die gute Laune des Gouverneurs sank schlagartig und wich offensichtlicher Sorge – jener Art von Sorge, die

Menschen erfüllt, die dabei ertappt werden, wie sie gerade eine Betrügerei begehen. Ich konnte mir gut vorstellen, dass ich eine ähnliche Miene aufgesetzt hatte, als kurz zuvor mein wahres Ich enttarnt wurde.

»Worauf wollen Sie hinaus, Mister Reeves?«

Es fuchste mich ungemein, dass der Gouverneur sich standhaft weigerte, mich als Kapitän Reeves anzureden, insbesondere da ich wohl kaum als durchschnittlicher Seeräuber durchgehen konnte. Also entschloss ich mich, ihm diese Respektlosigkeit mit gleicher Münze heimzuzahlen.

»Nun gut, *Mister* Winters«, antwortete ich mit einem feisten Lächeln, »ich glaube, König George wäre nicht gerade erfreut, wenn ihm zu Ohren käme, dass hier seit Jahren kein Vizeadmiral mehr an einer Gerichtsverhandlung teilgenommen hat.«

Das Gesicht des Gouverneurs lief knallrot an und seine Augen blitzen vor Zorn. Seine Entourage rutschte unruhig auf ihren Sitzgelegenheiten herum.

»Was weiß ein Pirat schon über die Vizeadmiralität?«, zischte Winters.

Sein Wutausbruch berührte mich nicht im Geringsten.

»Seit fünfzehn Jahren wurde jeder Piratenprozess in Port Royal von ansässigen Würdenträgern und Schiffskapitänen abgehalten. Ich kenne die meisten von ihnen vom Sehen her und heute sitzt keiner davon über mich zu Gericht«, sagte ich.

Der Blick des Gouverneurs schweifte von einem meiner Wächter zum nächsten. Einen Wimpernschlag lang dachte ich, er würde sie anweisen, mich zu vermöbeln.

Stattdessen instruierte er sie, den Saal zu verlassen. Nach einem Augenblick der Verblüffung folgten die vier Männer seiner Anweisung. Zurück blieben Winters, seine Beisitzer und ich.

Die meisten Menschen hätte eine solche Situation sicher verängstigt. Ich dagegen blieb entspannt, da ich mich seit vielen Stunden damit abgefunden hatte, heute mein Leben einzubüßen. Sollte ich durch die Hand eines korrupten Kolonialgouverneurs sterben, dann war das so.

»Sie haben recht«, räumte Winters, der sich wieder abgeregt hatte, ein. »Diese Verhandlung ist lediglich eine Inszenierung.«

»Eine Inszenierung?«, antwortete ich verwirrt.

Der Gouverneur nickte und stand hinter dem Tisch auf. »Ich musste zunächst überprüfen, mit wem ich es zu tun habe. Nun habe ich Gewissheit.«

Ich schüttelte den Kopf, unfähig zu begreifen, was hier gespielt wurde.

»Gouverneur, ich fürchte, ich verstehe Sie nicht.«

»Kapitän, es war von enormer Wichtigkeit zu beweisen, dass Sie Redd sind, denn der Auftrag, den ich für Sie bereithalte, ist – gelinde gesagt – furchteinflößend.«

»Furchteinflößend … Auftrag?«, stammelte ich, immer noch ganz perplex.

Eilig umrundete Winters den Tisch und stellte sich vor mich. Er griff in die Tasche seiner langen, schwarzen Robe, fischte einen kleinen Schlüssel heraus, steckte ihn in das Schloss der Ketten, mit denen ich gefesselt war, und befreite mich.

»Werde ich jetzt hingerichtet?«, erkundigte ich mich.

Der Gouverneur kehrte zu seinem Stuhl hinter dem Tisch zurück, musterte mich streng und antwortete kryptisch: »Das kommt darauf an.«

»Worauf?«

»Ich habe eine heikle Mission für Sie, Kapitän Redd. Meiner festen Überzeugung nach sind Sie der einzige Mann, der dieser Herausforderung gewachsen ist. Wenn Sie diese Aufgabe akzeptieren und erfolgreich bewältigen, werde ich Ihnen Gnade im Namen der Krone gewähren.«

»Das klingt gut«, antwortete ich trocken. »Doch Sie sollten wissen, dass es mich nur im Paket gibt. Was ist mit den Überlebenden meiner Mannschaft?«

Ein Schnauben entstieg Winters Kehle und er wirkte, als sei er noch nicht bereit dazu, das Schicksal meiner Männer zu diskutieren. Dennoch blieb ich am Ball.

»Für ein gewagtes Kommando benötige ich meine Leute an meiner Seite«, beharrte ich mit Nachdruck. »Zumindest die wenigen, die übrig sind. Die Royal Navy hat schon den Großteil meiner Gefährten getötet. Der Rest wird mich bei dieser Mission begleiten und auch sie müssen Gnade erfahren.«

Unvermittelt schmetterte der Gouverneur die Faust auf den Tisch und bleckte die Zähne.

»Wie können Sie es wagen, mir Befehle zu erteilen? Sie sind in keiner Position, um mit mir zu verhandeln.«

»Und Sie, Sir, müssen meine Hilfe verdammt dringend benötigen. Weshalb sonst hätten Sie sich in die Position begeben, in der Sie sich jetzt befinden?«, entgegnete ich gelassen. »Ich sage Ihnen nur, was ich brauche, um Ihnen zu helfen.«

»Es gibt genug unverdorbene Äpfel auf Gottes Erde, die ich Ihnen gern zur Verfügung stelle. Ich verfüge über hervorragende Männer die dieser ruchlosen Verbrecherbande, die Sie als Ihre Besatzung bezeichnen, haushoch überlegen sind.«

»So funktioniert das nicht, Gouverneur. Entweder bekomme ich meine Mannschaft oder wir werden uns nie handelseinig.«

Sobald ich diese Worte ausgesprochen hatte, vermochte ich kaum mehr zu glauben, dass ich sie tatsächlich gesagt hatte. Winters bot mir eine einmalige Möglichkeit, dem Henker vom Schafott zu springen, und ich stellte Forderungen an ihn. Ja, ich setzte ihm sogar ein Ultimatum. Sein Blick durchdrang mich regelrecht, als könne er meine Gedanken lesen.

»Also gut. Sie erhalten das restliche Lumpenpack … alle achtundzwanzig. Es verwundert mich, mit welcher Unverfrorenheit Sie Ansprüche *mir* gegenüber erheben, ohne zu wissen, was ich von *Ihnen* dafür verlange.«

»Vergeben Sie mir bitte, Gouverneur, aber ich bin heute Morgen unter der falschen Annahme aufgewacht, dass dies mein letzter Tag sein würde. Meine Konzentration galt hauptsächlich meinem Überleben. Dabei habe ich einfach eine Liste dessen abgearbeitet, was dazu notwendig ist. Doch nun zum Kern der Angelegenheit: Was können meine ruchlose Verbrecherbande und meine Wenigkeit unternehmen, um Ihnen zu helfen?«

»Ersparen Sie mir diesen theatralischen Unfug, Kapitän Redd. Ihre Freiheit erhalten Sie erst dann vollständig wieder, wenn Sie meinen Auftrag erfüllt haben. Bilden Sie sich bloß nicht ein, Sie könnten einfach in den Sonnenuntergang davonsegeln. Die Begnadigung erhalten Sie erst, sobald Sie ein bestimmtes Objekt gefunden und mir ausgehändigt haben. Dafür räume ich Ihnen eine Frist von sechs Monaten ein. Sollten Sie bis dahin nicht erfolgreich zurückgekehrt sein, werde ich ein Kopfgeld auf Sie ausloben, dessen Höhe so gewaltig sein wird, dass jeder Freibeuter von Tortuga bis Madagaskar auf die Jagd nach Ihnen gehen wird.«

Mit einem Nicken drückte ich meine Zustimmung aus. »Ich pflege mein Wort stets zu halten, Gouverneur.«

Winter seufzte erleichtert und plumpste auf seinen Stuhl. Er schien mir zu vertrauen und dieses Vertrauen nahm ihm eine riesige Last von der Seele. Plötzlich wirkte er alt und erschöpft, wie jemand, der verzweifelt gegen ein schwieriges Problem ankämpft.

»Kapitän Redd, lesen Sie manchmal in der Bibel?«

Ich blinzelte zweimal, bis sich die Frage gesetzt hatte. Dann antwortete ich: »Natürlich kenne ich einige wichtige Bibelzitate. Dennoch möchte ich Ihnen gegenüber ehrlich sein – seit ich meine Nase das letzte Mal in dieses Buch gesteckt habe, ist schon viel Zeit verstrichen.«

Der Gouverneur nickte mir finster zu. »Das habe ich mir fast gedacht. In Anbetracht Ihres Berufs wundert es mich, dass Sie überhaupt mit der Heiligen Schrift vertraut sind. Wie dem auch sei: Ist Ihnen die Geschichte von König Salomon bekannt?«

»Leider nein. Da er ein König war, wird es vermutlich um einen Schatz gehen. Fahrten Sie fort. Meine ungeteilte Aufmerksamkeit gehört Ihnen.«

»Ähm … ja. König Salomon häufte Schatz auf Schatz an, aber sein Gold interessiert mich momentan nicht.«

»Mag sein. *Mich* dagegen interessiert es sehr wohl. Wo sind seine Reichtümer verborgen?«

»Das weiß keiner. Gestatten Sie mir, Sie nochmals darauf hinzuweisen, dass das Gold für mich keinerlei Belang hat. Gleiches gilt für Ihre Person. Uns geht es einzig und allein um einen bestimmten Ring, der einst die Hand König Salomons schmückte.«

»Ein Goldring?«, fragte ich mit geheuchelter Erregung.

»Ein magischer Ring«, antwortete Winters trocken. »Der Legende nach ein Siegelring, er schenkte dem legendären Herrscher die Macht, Dämonen zu kontrollieren und mit Tieren zu sprechen. Nun ist dieser Ring in die Hände des Bösen gefallen und ich benötige Sie, um ihn mir auf Geheiß von König George zu bringen.«

Zunächst glaubte ich, der alte Gouverneur würde sich einen Scherz mit mir erlauben. Da sein ernster Gesichtsausdruck keine Sekunde schwand, wurde mir bewusst, wie stark er selbst von der Wahrheit dieser Erzählung überzeugt war. Für eine ganze Weile herrschte drückende Stille im Saal. Ich hatte keine Ahnung, was ich erwidern sollte. Über Magie hatte ich manches aufgeschnappt; vor allem über Voodoo, das in der Karibik weit verbreitet ist. Besonders interessiert hatte ich mich nie dafür. Weder vermochte ich zu sagen, ob dieser Zauber in der Realität funktioniert oder ob es sich dabei um Humbug handelt. Die Wahrheit lag meiner Meinung nach irgendwo in der Mitte dieser beiden Pole.

»Wie genau geriet dieser Ring in den Besitz des Bösen?«

Erneut seufzte Winters, bevor er sprach.

»Es ist fast unmöglich, die Fakten von den kursierenden Gerüchten zu trennen. Um dieses Schmuckstück ranken sich zahlreiche, unterschiedliche Mythen. Die Legende, die den Tatsachen für meinen Geschmack am nächsten kommt, berichtet über das Auftauchen des Rings vor fünfhundert Jahren in Jerusalem während eines Kreuzzugs. Es wird erzählt, die Kreuzfahrer hätten den Ring verwendet, um vielfältige Dämonen auf die muslimischen Streitkräfte zu hetzen. Obwohl die Kreuzritter im Namen unseres Herrn stritten, hielten sie die Benutzung dieses Schmuckstücks dennoch für gerechtfertigt, da sie gegen einen heidnischen Feind fochten, der unbedingt aus dem Heiligen Land vertrieben werden musste. Für eine Weile ermöglichte es der Ring, den christlichen Rittern die Oberhand über die Muslime zu gewinnen und sie trugen in mehreren Schlachten den Sieg davon. Leider dauerte diese Erfolgsserie nur kurz an. Es schien, als hätten sie für ihre Erfolge einen teuren Preis bezahlt, denn Gott bestrafte die Kreuzfahrer schon bald für die Handhabung des Rings und seiner dämonischen Kräfte in seinem Namen. Letztendlich führte der Ring so zum Scheitern der Kreuzzüge.«

»Was geschah anschließend damit?«

»Er wurde in eine silberne Schatulle eingeschlossen und wird seit jeher von Burg zu Burg weitergereicht. Die Legende besagt, dass der König seit damals seine besten vier Soldaten zur Bewachung des Artefakts abkommandierte. Aus Furcht vor den Konsequenzen wagte es bisher niemand, die Schatulle zu öffnen, egal wer England regierte, sei es König oder Königin. Je mehr Zeit verstrich, desto weniger glaubhaft erschien den Menschen die Legende, bis sie irgendwann für eine Sage oder eine Gutenachtgeschichte gehalten wurde. Und so endete vor fünfundzwanzig Jahren die Tradition der ununterbrochenen Bewachung des Rings.«

Winters hielt kurz inne.

»Bevor ich fortfahre, muss ich zu Ihrem besseren Verständnis etwas einschieben. König George ist eine äußerst abergläubische Seele. Als er den Thron bestieg, ließ er nach Kurzem verlautbaren, er wolle den unseligen Ring nicht in seiner Nähe haben. Und so bestellte er den Kapitän des nächsten Schiffs, das nach Port Royal in See stach, an seinen Hof ein. In einer Privataudienz befahl er dem Kapitän, die Schatulle auf halber Strecke samt Inhalt in die Wellen zu werfen.«

»Offensichtlich wurde der Anordnung keine Folge geleistet«, konstatierte ich.

Der Gouverneur verschränkte die Arme vor der Brust und schüttelte bedauernd den Kopf. »Tatsächlich hatte der beauftragte Kapitän der Royal Navy andere Pläne mit dem Artefakt und verhökerte es an einen Piraten. Der Kapitän strich dafür einen Haufen Gold ein. Doch er beging einen üblen Fehler.«

Mit zur Seite geneigtem Kopf, fragte ich mich, was Winters damit meinte.

»Er hätte niemals einem Piraten trauen dürfen.«

Nickend antwortete ich: »Lassen Sie mich raten: Der verräterische Kapitän und seine Leute kamen nicht weit mit ihrem Lohn.«

»Sobald der Wind seine Segel aufblähte, hatte der Piratenkapitän sogleich eine Idee, wie er den Ring einsetzen konnte und er beschwor eine tentakelbewehrte Monstrosität aus den Untiefen des Atlantischen Ozeans herauf.«

»Den Kraken«, flüsterte ich.

»Das Schiff und seine bedauernswerte Besatzung hatten nicht den Hauch einer Chance. Das Untier vollendete sein Zerstörungswerk innerhalb von Minuten.«

Ich kaute auf meiner Unterlippe, während ich die Worte des Gouverneurs abwog. Er hatte gute Gründe, mir eine derartige Schauergeschichte zu servieren. Jedoch schien er mich nicht täuschen zu wollen. Der ernste Ausdruck in seinem Gesicht konnte unmöglich vorgespielt sein. Ihn plagten schwerwiegende Sorgen um seine Zukunft und die Zukunft der Welt. Merkwürdigerweise war ich der Mann, auf den er seine Hoffnung setzte. Für eine Sekunde verlor der Galgen für mich seinen Schrecken, eingedenk dessen, was mir ersatzweise blühen mochte. Winters Geschichte verfügte nur über einen wunden Punkt.

»Dieser Piratenkapitän, von dem Sie sprachen, zerstörte das königliche Kriegsschiff durch das Herbeirufen eines Seeungeheuers mitten auf dem Meer. Woher wissen Sie so detailliert darüber Bescheid, was genau dabei vorfiel?«

»Ich weiß es, weil es einen Überlebenden gab. Er wurde auf einem Wrackteil treibend von einem Handelsschiff aufgelesen und kam so nach Port Royal. Hier hat er uns alles erzählt.«

Neugierig neigte ich mich ein Stück nach vorn. »Kann ich mit ihm reden?«

Der Blick des Gouverneurs sank zu Boden und er schüttelte behäbig das Haupt. »Ich fürchte, das wird kaum einzurichten sein. Der junge Mann wurde durch einen Splitter des abgebrochenen Schlagmasts gravierend verletzt. Er verstarb einen Tag, nachdem er uns über die Geschehnisse unterrichtet hatte.«

Mit gerunzelter Stirn erwiderte ich: »Das ist Pech. Eine Frage muss ich noch stellen.«

»Natürlich. Bestimmt möchten Sie erfahren, welcher ihrer Kollegen momentan im Besitz der gefährlichsten Waffe auf dieser Erde ist.«

Mich überkam das üble Vorgefühl, er würde Blackbeard sagen, obwohl ich wusste, dass ein noch wesentlich schlimmerer Pirat auf den Meeren sein Unwesen trieb. Eben jenen zu verfolgen, wollte ich mir erst gar nicht ausmalen.

»Der Zeuge war sich absolut sicher. Der Kapitän, um den es sich handelt, ist kein Geringerer als Winston Trimble.«

Verdammt! Ich sprang auf! Meine Magenschmerzen wallten erneut auf und ich fühlte mich todkrank. Der Gouverneur musste die Veränderung meiner Gesichtsfarbe bemerkt haben, denn er bat mich eindringlich, mich hinzusetzen. Ich befolgte seinen Ratschlag, aber das Magengrummeln blieb.

Warum nur muss es Kapitän Trimble sein?, dachte ich.

»Nun also wissen Sie, warum ich keine andere Wahl hatte, als Sie um Hilfe für mein Unterfangen zu bitten«, sagte Winters in einem Tonfall, der nahelegte, wir wären neuerdings Freunde statt Feinde.

»Entschuldigung, Gouverneur, Sie haben mich keineswegs *gebeten*. Sie lassen mir keine andere Chance, als auf Ihr Angebot einzugehen.«

Er starrte mich mit demselben Blick wie zu Anfang der Verhandlung an und sagte kalt: »Es gibt selbstverständlich eine andere Möglichkeit. Falls Sie sich weigern, werden Sie und Ihre Mannschaft sterben. Oder sie billigen meinen Vorschlag und bringen mir den Ring. Dann werden Sie bis zu dem Tag leben, an welchem Gott Sie von unserer schönen Welt abberuft.«

Am liebsten hätte ich ihn verflucht, doch ich verkniff es mir.

»Ich verstehe. Trimble segelt unter roter Flagge. Kein einziger Pirat in der ganzen Karibik möchte etwas mit ihm zu tun haben. Sicherlich sind Ihnen meine Bedenken verständlich. Sie kennen *doch* die Bedeutung der roten Flagge, oder etwa nicht?«

»Natürlich«, bellte Winters. »Wer sie zeigt, gewährt keine Gnade und schickt die Schiffbrüchigen des Gegners in ein nasses und kaltes Grab. Sie verkündet, dass jedem, der auf Trimbles Schiff trifft, der baldige Tod bevorsteht. Mir ist die Schwere Ihrer Mission durchaus bewusst, Kapitän Redd. Vergessen Sie nicht Ihren eigenen Ruf, den Sie sich hart erworben haben. Wir werden Sie mit einem guten Schiff ausstatten und allem, was Sie sonst noch benötigen.«

Mit offenem Mund saß ich wie ein Idiot da. Ich hatte keine Ahnung, was ich äußern sollte, und es fiel mir schwer, zu unterscheiden, ob ich mich in einer ängstlichen oder wütenden Stimmung befand. Ich stellte mir vor, wie ich diese Nachricht meinen Männern schmackhaft machte, Minuten, nachdem sie ihre Freiheit wiedergewonnen hatten. Gedanklich konnte ich bereits Langleys Schimpfkanonade und die Flüche auf den aufgesprungenen und verkrusteten Lippen der anderen hören. Niemand würde erpicht darauf sein, Trimble und die *Sea Witch* zu jagen. Als Kapitän war es meine Pflicht, sie vom Gegenteil zu überzeugen.

»Geben Sie mir eine Feder und Papier. Dann erstelle ich eine Liste mit den notwendigen Dingen«, sagte ich nach einer Weile.

Breit grinsend zeigte mein Gesprächspartner seine Zähne. »Gerne. Und vergessen Sie künftig nicht, Gott jedes Mal für die Rettung Ihrer Seele zu danken, wenn Sie zum Himmel aufschauen. Falls Sie es ehrlich meinen, wird er Ihnen vielleicht dabei helfen, Trimble zu töten.«

Der Gouverneur lachte laut. Mir schwante, wie recht er hatte. Der einzige Weg, Trimble den Ring abzuluchsen würde über dessen Tod führen. Und wer außer Gott selbst gebot über die Mittel, diesen zu bewerkstelligen?

2

Die Angelegenheit mit meiner Mannschaft wurde prompt erledigt. Sowie der Gouverneur und ich unser Treffen zu einem Abschluss gebracht hatten, wurde ich zurück zum Gefängnis eskortiert und man gab mir die Ehre, meine Leute persönlich freizulassen. Verständlicherweise war ihre Freude über unser Wiedersehen überschwänglich. Als Erstes begrüßte mich mein stets loyaler Steuermann Oliver Langley. Er war vierzig Jahre alt und seine Haut hatte als Folge eines auf See verbrachten Lebens die Farbe von Kupfer. Ich war fest davon überzeugt, dass es in der gesamten Karibik keinen besseren Steuermann gab. Trotzdem hatte er einen Makel – er trank mehr Rum als jeder andere Mann, dem ich je begegnet war. Leider litt seine Fähigkeit, mein Schiff zu steuern, immer wieder unter dieser Angewohnheit. Wegen seines Pflichtbewusstseins würde er trotzdem so lange am Steuerrad bleiben, wie er es wünschte, und ich würde alles tun, um seinen unersättlichen Alkoholdurst zu stillen.

»Käpt'n Redd wir hatten befürchtet, dass Sie schon an einem Strick baumeln«, sagte er voller Erleichterung darüber, mich gesund und munter wiederzutreffen.

Wahrscheinlich war er mir in den letzten zehn Jahren kein einziges Mal derart nüchtern gegenübergestanden. Ich legte eine Hand auf seine knochige Schulter und antwortete: »Hat man dich und die anderen fair behandelt?«

Langley neigte sein wettergegerbtes Haupt so tief, dass ich das graue Haar auf seiner Schädeldecke sehen konnte. Als er den Kopf wieder hob, flackerte in seinen Augen ein Zorn, den ich bisher nie an ihm kennengelernt hatte. »Diese dreckigen Hunde haben uns regelmäßig geschlagen und damit gedroht, uns aufzuknüpfen, falls wir Ihnen nicht verraten, wer du wirklich bist.«

Ich musterte die beiden Soldaten meiner Eskorte und fragte Langley in einem scharfen Tonfall: »Und die beiden? Haben die euch auch drangsaliert?«

Die Wachen blieben stumm, doch einer blickte mich unverschämt an, als wolle er mir mitteilen, dass er seine Taten nicht bedauerte. Ich beugte mich zu Langley rüber und flüsterte ihm ins Ohr: »Wir kümmern uns später um das Gesindel.«

Er nickte und seine Wut verrauchte langsam.

»Wo steckt Gordon?«, fragte ich, während mein Blick über meine gebeutelten Mitstreiter schweifte.

»Hier«, rief eine Stimme vom hinteren Ende der Gruppe. »Mir geht es gut.«

Obwohl Gordon Littleton nur wenige Lenze mehr als ich selbst auf dem Buckel hatte, wirkte er wesentlich älter. Eigentlich passte dieser wortgewaltige Mann weder hinten noch vorn zu dem wilden Haufen, der zusammen mit ihm in der Zelle herumlümmelte. In der Vergangenheit war er als Navigator bei der East India Trading Company beschäftigt gewesen. Wie vom Schicksal bestimmt, kreuzten sich unsere Pfade vor fünf Jahren, als wir einen Frachter mit ihm an Bord überfielen. Wir waren hinter den Luxusgütern her, die er geladen hatte. Die Besatzung wollte ihre Schätze nicht ohne Kampf herausrücken. Also kämpften wir. Zwar triumphierten wir, aber wir mussten einen hohen Preis dafür zahlen. Ned Plinkton, mein langjähriger Navigator, trug eine tödliche Verwundung davon. Da wir mit einem Mal eine vakante Stellung an Bord hatten, segelten wir zusätzlich zu unserer materiellen Beute mit Gordon Littleton im Gepäck davon.

Ich rechnete von vornherein mit einem schwierigen Beginn unserer Beziehung. Weder wusste ich, ob mein neuer Navigator zu Hause eine Familie hatte, noch konnte ich seine Kooperationsbereitschaft einschätzen. Überraschenderweise heuerte er willig bei uns an und tat alles, was wir von ihm forderten. Ein Jahr lang hielt er sich meist abseits und sprach kaum eine Silbe. Wir legten ebenfalls keinen besonderen Wert darauf, mit ihm ins Gespräch zu kommen. Ich ließ ihm seine Freude daran, sich in Selbstmitleid über seine Lage zu suhlen. Während dieses Jahres nippte er nicht einmal an einer Tasse mit Rum. Im zweiten Jahr ergab sich irgendwann eine längere Unterhaltung zwischen uns beiden, in dessen Verlauf er mir etwas Erstaunliches beichtete. Zu Hause wartete keine Familie auf ihn. Zumindest nicht mehr, denn er hatte seine Gattin, einen Monat, bevor er zwangsweise zu uns kam, ermordet. In der Nacht, bevor er von England aus in See gestochen war, hatte er seine Frau mir einem anderen Kerl im Bett erwischt und beide ohne Zögern selbst gerichtet. Er hatte nichts zur Vertuschung des Verbrechens unternommen, bevor er sein Haus letztmalig verließ. Folglich graute ihm vor einer Heimkehr, da ihm dann der Galgen winkte.

An jenem Morgen, als die Segel eines Piratenschiffs am Horizont aufzogen, entschloss er sich, alles, was ihm an diesem Tag widerfahren sollte, als gerechte Strafe Gottes für seine Untat anzunehmen. So überraschte es ihn wenig, als wir ihn unfreiwillig rekrutierten; und auch wenn ihn sein neues Leben anekelte, akzeptierte er es als Konsequenz seiner Handlungen. Allmählich gewöhnte er sich an sein verändertes Dasein, wurde warm mit der Besatzung und holte sich irgendwann seinen Becher bei der Rumausgabe ab.

Bis heute nervt er mich gelegentlich mächtig mit seiner Widerspenstigkeit und der Art, wie er eitel jede einzelne Strähne seiner blonden Haare zurechtlegt, bis die Frisur perfekt sitzt. Dessen ungeachtet wuchs er zu einem wertvollen Kameraden heran und neben Langley wurde er zu meinem wertvollsten Ratgeber. Es wunderte mich kaum, dass er jetzt ganz hinten im Schatten der anderen stand.

»Gordon tritt vor, damit ich deine Visage sehen kann«, befahl ich fröhlich. Als er durch die Menge nach vorn drängelte, fiel mir auf, dass seine Frisur zum ersten Mal, seit ich ihn kannte, in Unordnung geraten war. Zudem hatte er Blutspuren und blaue Flecken im Gesicht. »Dich haben sie also auch misshandelt.«

»Aye, Kapitän. Sie haben jeden von uns bearbeitet.«

Bis ins Innerste davon berührt, was er und die anderen Männer ertragen hatten, um mich zu beschützen, ohne zu wissen, ob ich überhaupt noch lebte, drückte ich Gordon herzlich.

»Ich verneige mich vor euch und eurer Loyalität. Ich stehe tief in eurer Schuld. Hoffentlich entschädigt euch eure Freilassung zumindest ein wenig. Und heute Abend gibt es Rum für alle bis zum Abwinken.«

Die Erwähnung von Rum zauberte ein Grinsen auf Langleys Gesicht. »Nur her damit!«

»Vorher muss ich mich mit dir und Gordon ungestört unterhalten«, dämpfte ich seine Hoffnung. »Ich habe ausgehandelt, dass ihr euren persönlichen Besitz, den ihr bei der Gefangennahme am Leib hattet, am Tor zurückerhaltet, wenn ihr dieses Drecksloch verlasst«, sagte ich an alle gewandt. »Das beinhaltet die Waffen und jede Münze, selbst die kleinste. Nun haut ab, sucht euch ein Mädchen für die Nacht und sauft, so viel ihr könnt. Morgen setzen wir Segel.«

Alle jubelten. Dann trat ein Berg von einem Mann einen Schritt vor und fragte mit tiefer, brummender Stimme: »Wie hast du das geschafft, Käpt'n?« Bei dem Mann handelte es sich um Hale Woodrow, den Schiffszimmermann.

So treu und fleißig, wie er war, so niedrig waren seine geistigen Kapazitäten, die nur wenig über denen eines Kleinkinds rangierten.

Ich klopfte ihm auf die Schulter. Dazu musste ich mich auf die Zehenspitzen stellen. »Nun hau schon ab und hinein ins Vergnügen, Mister Woodrow. Morgen kriegt ihr alles erklärt. Wir treffen uns eine Stunde nach Sonnenaufgang an der Landungsbrücke.«

Die Männer strömten nach draußen und nahmen ihre Säbel und Pistolen in Empfang. Still und heimlich fragte ich mich, ob ich sie morgen früh wiedersehen würde? Es wäre schlauer von mir gewesen, ihnen heute Nacht das Trinken zu verbieten. Doch wie hätte ich das gekonnt? Sie waren wegen mir gefoltert worden und sie hatten noch keinen Schimmer davon, welches Schicksal über ihnen schwebte. Außerdem mussten wir die *Rebecca* erst beladen und klar Schiff machen. Das hieß, wir würden sowieso erst am Nachmittag den Anker lichten. Bis dahin sollten alle eingetrudelt sein.

Ich war der Letzte, der seine Waffen und seinen Hut abholte. Als ich den Dreispitz auf meinem Oberschenkel ausklopfte, stob eine Staubwolke auf. Ohne Kopfbedeckung kam ich mir immer unvollständig vor. Als ich den Hut aufgesetzt hatte, war ich endlich wieder komplett.

Nachdem ich mich zusammen mit Langley und Gordon ein kleines Stück vom Ort unserer Gefangenschaft entfernt hatte und gerade anfing, die frische Brise zu genießen, rief jemand von hinten meinen Namen. Eine der Wachen eilte auf mich zu und für eine bange Sekunde schwante mir, der Gouverneur könne seine Meinung geändert haben. Das Gesicht des Unbekannten blieb mir aufgrund der fortgeschrittenen Dämmerung unkenntlich, bis er auf drei Schritte heran war und eine der Öllaternen am Straßenrand seinen gedrungenen Umriss ausleuchtete. Er hatte dunkle Augenbrauen und einen dazu passenden Schnurrbart. Seine Miene war ausdruckslos und ich legte die Hand auf den Knauf meines Säbels.

»Kapitän Redd Reeves, der Gouverneur schickt mich mit einer Nachricht zu Ihnen«, verlautbarte er bedeutungsschwanger. Er fasste in den Aufschlag seines roten Mantels und kramte einen wachsversiegelten Umschlag heraus, den er mir reichte.

Was zur Hölle will er von mir, so kurz, nachdem wir uns gesehen haben …?

Der Soldat wünschte mir einen guten Abend, dreht auf dem Absatz um und verschwand wieder im Gebäude.

»Na komm. Mach das Ding schon auf«, drängte Langley.

Ich riss den Umschlag auf und überflog die dringliche Mitteilung des Gouverneurs. Dabei bewunderte ich dessen wundervolle Handschrift.

»Was will er?«, fragte Gordon.

Ihn ignorierend, zerknüllte ich das Pergament in meinen Händen und nutzte die Öllaterne in unserer Nähe, um es in Asche zu verwandeln.

»Warum beim Klabautermann hast du es verbrannt?«, wollte Gordon wissen.

»Das kann ich euch noch nicht erklären. Nicht hier«, flüsterte ich, obwohl außer uns niemand zugegen war.

»Zudem muss ich euch erst etwas offenbaren, bevor wir den Inhalt dieser Nachricht diskutieren. Vorher sollten wir einen besseren Platz für unsere Unterhaltung finden.«

Ich führte Langley, der wiederholt seinen Missmut darüber äußerte, sich nicht mit den anderen Nachtschwärmern ins Vergnügen stürzen zu dürfen, und Gordon zu einer nahegelegenen Taverne, von der aus man einen guten Überblick über die Bucht hatte. In deren spärlich bevölkertem Gastraum angekommen, setzten wir uns an einen von Kerzen erhellten Ecktisch. Das *Parrot's Landing*, wie der Name des Lokals lautete, war ein beliebter Piratentreffpunkt, der ausreichend Diskretion bot, um Langley und Gordon über die Ursachen unserer behördlichen Freilassung und die daran geknüpften Bedingungen aufzuklären.

Piraten sind generell ein abergläubischer Haufen, aber ich ließ die übernatürlichen Eigenschaften des Rings bei meiner Schilderung aus zwei anderen Gründen aus. Erstens sah ich keinen Sinn darin, meinen Männern einen Schrecken vor dem Kraken und anderen dämonischen Wesenheiten einzujagen, solange ich mir selbst nicht sicher war, ob die Geschichte wirklich stimmte. Zweitens würde sie die alleinige Vorstellung einer Jagd auf Kapitän Trimble schon genug einschüchtern. Die Wirkung des zweiten Punkts hatte ich dabei offensichtlich unterschätzt.

»Du bist ein Narr, William«, spuckte Gordon verächtlich aus. Die schlichte Tatsache, dass er mich mit William anredete, sprach Bände darüber, wie aufgewühlt er war. »Du hättest uns zum Sterben im Knast lassen sollen. Ich würde lieber mit einem Strick um den Hals Abschied von dieser

Welt nehmen, als auf dem Deck der *Sea Witch* aufgeschlitzt zu werden, bis meine Eingeweide herausquellen.«

Langley kippte sich aus einem hölzernen Becher einen Mund voll Rum in die Kehle. Dann knallte er das Gefäß krachend auf den Tisch und wischte seinen Mund und sein Kinn mit dem Ärmel ab. »Käpt'n, ich muss Gordon beipflichten. Wenn wir Trimble verfolgen, verdammen wir uns selbst zu einem baldigen Aufenthalt in einem Seemannsgrab.«

Im Zurücklehnen verschränkte ich die Arme vor der Brust. Nachdem die beiden ihre Bedenken formuliert hatten, war mir klar, wie richtig ich mit dem Verschweigen des übernatürlichen Teils der Angelegenheit gehandelt hatte. »Wenn wir die Mission ablehnen, sind wir in jedem Fall tot. Trimble mag ein abartiger Schlächter sein, doch er blutet genauso wie jeder von uns. Oder etwa nicht?«

»Aye, das tut er«, bestätigte Langley. »Und wer blutet, kann getötet werden.«

Gordon schüttelte den Kopf und murmelte einen Fluch. »Kapitän Langley segelt unter einer roten Flagge, William. Hast du eine Ahnung, was das bedeutet?«

Während ich noch den Mund für eine Erwiderung öffnete, fuhr Gordon fort.

»Ich wette, auf der *Sea Witch* gibt es nicht einmal eine Brig. Falls wir nicht schnell die Oberhand gewinnen, wird er jeden Einzelnen von uns niedermetzeln. Und es wird ein langsamer und qualvoller Tod sein. Wie ich gehört habe, schneidet Trimble aus seinen Gefangenen Fleischstreifen heraus und zwingt sie, diese selbst in seinem Beisein zu essen.«

Ich beugte mich vor und legte beide Unterarme auf den Tisch. »Dann müssen wir dafür sorgen, dass wir gar nicht erst gefangen genommen werden«, stellte ich ruhig fest. »Mein Fleisch gefällt mir dort, wo es sich momentan befindet. Also müssen wir von Anfang an die Initiative auf unserer Seite haben.«

Gordon dachte kurz nach und strich mit den Fingern über sein bartloses Kinn. »Es gibt da etwas, über das du nachdenken solltest.«

Ich nickte. »Schieß los.«

»Als Vizeadmiral kommandiert Gouverneur Winters die gesamte Royal Navy in der Karibik. Stimmt das?«

»Ja, genau.«

»Warum benötigt er dann verflucht noch mal einen Piraten, um einen anderen auszuschalten?«

Am liebsten hätte ich Gordon darüber aufgeklärt, auf welche Weise Winters bereits ein Schiff der Royal Navy eingebüßt hatte. Stattdessen sagte ich: »Er hat uns aus zwei Gründen engagiert. Erstens: Ein Pirat, der als zum Tode Verurteilter um sein Leben kämpft, so wie wir es tun, ist wesentlich gefährlicher als ein Taugenichts, der nur seinen Sold von der Royal Navy einstreicht.«

»Und der zweite Grund?«

»Natürlich, weil ich der berühmt-berüchtigte Kapitän Redd Reeves bin«, proklamierte ich mit stolzgeschwellter Brust.

»So schaut's aus«, pflichtete mir Langley bei.

Gordon konnte das Grinsen, das aus ihm herauswollte, nicht unterdrücken.

Da konnte ich mir ausmalen, dass ich beide auf meiner Seite hatte. »Gentleman, ich habe euch bisher nie in die Irre geführt. Oder doch?«

Gordon schüttelte den Kopf und trommelte mit dem Zeigefinger auf den Tisch. »Das stimmt, Kapitän.«

»Und ich werde auch heute nicht damit anfangen«, behauptete ich.

Ein Barmädchen füllte Langleys Becher nach. Doch statt den Nachschub einfach hinunterzukippen, stierte er nachdenklich in die dunkle Flüssigkeit.

Gordon trommelte weiter auf der Tischplatte herum und sah dabei aus dem Fenster mit Blick auf den Atlantik. Die zwei kauten offensichtlich gedanklich immer noch auf unserer Situation herum.

»Der Rest der Mannschaft wird morgen wesentlich gelassener sein, wenn sie merken, dass ihr zuversichtlich seid. Für den Erfolg unserer Unternehmung brauche ich unbedingt eure Unterstützung. Kann ich also auf euch bauen?«

Langley schnappte seinen Becher, dabei verspritzte er eine erhebliche Menge des darin enthaltenen Gesöffs. Was davon übrig war, stürzte er seinen Rachen hinab, dann donnerte er den Becher auf den Holztisch. »Selbstverständlich stehe ich zu dir, Käpt'n.«

Ich lächelte ihn an und er grinste so breit zurück, dass sein unregelmäßiges Gebiss zum Vorschein kam.

»Wie steht es mit dir Gordon?«, fragte ich.

Gordon stützte die Ellbogen auf dem Tisch ab und bettete den Kopf in die Handflächen. Er nahm einen tiefen Atemzug und legte dann seine Hände auf seine

Oberschenkel. Mit fester Stimme gab er bekannt: »Natürlich bin ich dabei.«

»Sehr gut. Ich wusste, ich kann auf euch zählen. Nachdem das geklärt ist, möchte ich euch bitten, bei mir zu bleiben und auf die Feier heute Nacht zu verzichten.«

Gordon und Langley wirkten enttäuscht. Sie hatten definitiv kein Verlangen nach weiteren Überraschungen. Leider hatte ich genau eine solche noch auf Lager. Nun war es an der Zeit, über die schriftliche Nachricht des Gouverneurs zu reden, die ich nach dem Lesen verbrannt hatte. »Es geht um den Brief des Gouverneurs.«

Meine Gefährten beugten sich neugierig vor.

»Ohne Zweifel erwartet er einen möglichst schnellen Erfolg bei der Jagd auf Kapitän Trimble. Er ließ mir mitteilen, dass ein Mitglied von Trimbles Besatzung auf einem kleinen Eiland in der Nähe der Leeward Islands aufgegabelt wurde.«

»Trimble hat ihn dort ausgesetzt?«, fragte Gordon.

»Anscheinend. Der Delinquent trägt den Namen Andy Bonnet. Er wurde vor einigen Wochen aufgegriffen und nach Port Royal verbracht. Die Behörden haben ihn in Fort Charles eingekerkert und heute früh des Verbrechens der Piraterie angeklagt. Er wurde für schuldig befunden und soll morgen bei Tagesanbruch gehängt werden.«

»Das klingt interessant«, meinte Gordon, »aber ich verstehe nicht, was uns das bringen soll.«

»Ich glaube, wir können mit Gewissheit davon ausgehen, dass Mister Bonnet über Informationen verfügt, die uns zumindest die ungefähre Richtung weisen, in der wir

Trimble zu suchen haben. Außerdem kann er uns wertvolle Einzelheiten über die Angewohnheiten seines ehemaligen Kapitäns verraten.«

»Angewohnheiten?«, wiederholte Langley, dessen Aussprache dank des Rums langsam undeutlich wurde.

»Ja. Ich meine damit seine Lieblingstaverne, sein bevorzugtes Freudenhaus und die Orte, an denen er sein Schiff überholt. Ich bin mir sicher, Bonnet wusste, wohin die *Sea Witch* unterwegs war, bevor er ausgesetzt wurde. Falls er den Mund aufmacht, sparen wir Tage oder vielleicht sogar Wochen, die wir ansonsten bräuchten, um all das herauszufinden.«

»Denkst du, der Gouverneur ist mit einer Befragung Bonnets unsererseits einverstanden?«, fragte Gordon.

»Nein.«

»Was in Teufels Namen nutzt uns dann das Wissen um seine Gefangenschaft in Fort Charles«, hakte Gordon nach.

»In der Nachricht des Gouverneurs hieß es, dass Bonnet heute um neun Uhr in einem Gefängniswagen von dort in ein Gefängnis nahe dem Richtplatz transportiert wird. Er wird nur von zwei Wachen begleitet.«

Gordon seufzte, als ihm dämmerte, worauf ich hinauswollte. »Kapitän, das kann niemals dein Ernst sein. Erwartest du tatsächlich unsere Hilfe bei einer Gefangenenbefreiung?«

»Aye«, erwiderte. »Der Gouverneur war so nett, uns sogar über die Route des Transports ins Bild zu setzten.« Ich deutete mit dem Zeigefinger auf meine Schläfe. »Und die habe ich hier drin abgespeichert. In der letzten Zeile der Nachricht hieß es, ich solle sie nach dem Lesen vernichten. Offensichtlich wünscht der Gouverneur eine Unterhaltung zwischen Bonnet und uns, aber er möchte nicht damit in Verbindung gebracht werden. Falls man uns erwischt, werden wir vermutlich ohne viel Federlesens zusammen mit Bonnet aufgeknüpft.«

»Dann machen wir's halt, ohne erwischt zu werden«, entschied Langley und stand auf. »Worauf warten wir noch? Los geht's!«

Gott liebt Oliver Langley, dachte ich. *Flöße ihm ein bisschen Rum ein und er wird unüberwindbar.*

»Das ist der rechte Geist«, stimmte Gordon in einem vor Sarkasmus triefenden Tonfall zu. »Wir folgen unserem Kapitän wie die dummen Schafe, die wir sind.«

Langleys Augen verengten sich zu schmalen Schlitzen und Gordon ballte die Hände zu Fäusten. Falls ich nicht bald einschritt, würden die beiden wie Wölfe an meinem Plan herumzerren und die Nacht wäre zu einem schlechten Ausgang verdammt. »Langley, was Gordon damit sagen möchte, ist, dass wir die Aktion gut durchdenken müssen, bevor wir blindlings losschlagen. Wie dem auch sei, ich weiß deine Tapferkeit zu schätzen.«

Die Krähenfüße um Langleys Augenwinkel glätteten sich, ebenso wie sein gesamter Gesichtsausdruck. Er nahm wieder Platz. »Ja, das ist eine gute Idee.«

Gordon rollte mit den Augen. Seine sauertöpfische Miene unterstrich, wie wenig er von der Sache hielt. Wahrscheinlich wäre er in diesem Moment gern überall gewesen, nur nicht hier.

Dessen ungeachtet erklärte ich mein Vorhaben: »Laut Winters fährt der Gefangenenwagen immer auf der gleichen Strecke bis zum Ziel. Sein Weg führt die Parade Tower Street entlang bis nach Old Church. Dort biegt er rechts auf die High Street ab, der er durch das Gewerbegebiet folgt. Dahinter geht es links zur Richtstätte, an die das Marshall Sea Prison angeschlossen ist, in dem Bonnet seine letzte Nacht auf Erden zubringen soll.«

»Das liegt genau zwischen Fort Carlisle und Fort Rupert«, merkte Gordon spitzfindig an. »Beide Forts sind lediglich eine halbe Meile entfernt. Ich hoffe, dein schlauer Plan sieht vor, Mister Bonnet am Anfang des Gewerbegebiets zu befreien.«

»Exakt das habe ich vor. Ich bin erstaunt zu hören, wie gut du dich in dieser Gegend der Stadt auskennst.«

Normalerweise neigen Piraten dazu, den östlichen Bezirk der Stadt zu meiden. Wem das Gerichtsgebäude, die Gefängnisse und die Forts dort dazu nicht reichten, der scheute zumindest die verwesenden Leichen, die am Richtplatz an den Galgen baumelten.

»Wie du weißt, war ich nicht immer ein Pirat. Als ich mich noch als ehrlicher Seemann abrackerte, habe ich manchmal etwas Zeit in eben jener Gegend zugebracht.«

»Deine Kenntnisse über diesen Teil der Stadt werden uns heute Nacht zugutekommen. Doch vorher müssen wir Mister Bonnet rausholen. Kurz vor dem Friedhof bei der alten Kirche steht eine mächtige Eiche, deren Äste über die Straße reichen, wie die gespreizten Finger an der Hand eines Manns. Ich wette darauf, dass der Wagen den Baum maximal anderthalb Meter unter dem Geäst passiert. Auf einem dieser Äste werde ich so lange ausharren, bis er unter mir ist und dann auf sein Dach springen. Die Wachen werden meine Anwesenheit nicht einmal bemerken.«

»Verdammt clever, Käpt'n«, lobte mich Langley grinsend.

»Besonders, wenn du anschließend zu Haifutter verarbeitet wirst«, kritisierte Gordon und wischte damit das Grinsen aus Langleys Gesicht. »Darf ich fragen, wie du die zwei Soldaten überwältigen willst? Sie werden bestimmt mit Schwertern und Pistolen ausgerüstet sein. Vielleicht haben sie sogar eine Muskete dabei.«

»Wie recht du doch hast, Gordon. Deshalb brauche ich etwas, das die beiden Kerle ablenkt. Genauer genommen, jemanden. Und dabei kommst du in die Partie, mein Freund.«

Gordon winkte mit beiden Händen ab. »Nein, nein. Ich bin dazu gänzlich ungeeignet.« Er deutete mit dem Daumen auf Langley. »Unser Trunkenbold hier ist bestimmt besser für diese Aufgabe geeignet.«

Um zu verhindern, dass die in Langley erneut hochkochende Wut zum Ausbruch kam, warf ich schnell ein: »Unmöglich. Langley hat etwas anderes, Unabdingbares zu erledigen.«

Mit vor Stolz glänzenden Wangen beugte sich dieser vor. »Sag mir, Käpt'n, was soll ich tun?«

3

Gordon rümpfte pikiert die Nase, als ich ihm das Verdauungsprodukt eines Pferdes auf die Kleidung schmierte. Mir war bewusst, wie ekelhaft diese Prozedur für ihn sein musste, doch sie war für das Funktionieren meines Plans unumgänglich.

»Halte still«, wies ich ihn an. »Wir sind erst fertig, wenn du so heftig stinkst, dass dir die Wachen auf mehrere Meter fern bleiben.«

Wir hatten uns hinter einem großen Grabstein auf dem alten Friedhof verborgen. Die dort aufgereihten Grabsteine hatten allesamt eine verschiedene Länge und wiesen einen unterschiedlichen Grad der Verwitterung auf. Damit erinnerten sie an Langleys schadhaftes Gebiss. Hoffentlich befand er sich inzwischen auf Position und war dazu bereit, im richtigen Moment aktiv zu werden. Unser Wohlbefinden würde davon abhängen.

Sobald wir die Spelunke verlassen hatten und Langley außer Hörweite geriet, hatte mich Gordon mit heftigen Vorwürfen überzogen, weil ich unserem Kameraden in seinem betrunkenen Zustand eine solch essenzielle Aufgabe übertragen hatte. Dagegen konnte ich schlecht etwas einwenden. Netterweise legte Gordon das Thema nach einer Weile zu den Akten.

Wegen seiner Verlassenheit und der Nähe zur alten Kirche war der Friedhof der perfekte Ort für uns, um uns für das Anrollen des Gefangenentransports zu wappnen.

»So, das sollte reichen«, sagte ich und wischte den Rest der übelriechenden Substanz an Gordons Hosenbein ab.

»Langsam glaube ich, ich habe den kürzesten Strohhalm gezogen«, maulte er. »Wann genau habe ich eigentlich meine Zustimmung zu diesem Blödsinn gegeben?«

»Keine Angst. Es wird schon schiefgehen.« Ich angelte ein altes, blaues Taschentuch aus der Westentasche, faltete es zu einem Dreieck, band es mir um den Nacken und bedeckte damit Nase und Mund.

»Wie sehe ich aus?«

»Um dein Gesicht zu verdecken, hätte es auch eine Portion Pferdescheiße getan«, stichelte Gordon.

Wohl wissend, dass er meine Mimik hinter dem Taschentuch nicht sehen konnte, kräuselte ein Lächeln meine Mundwinkel.

»Lass uns jetzt auf Position gehen«, sagte ich und marschierte in Richtung der alten Eiche los.

Etwas Unverständliches grummelnd ging Gordon zu seinem Versteck hinter einem großen Felsbrocken am Fuß einer Palme.

Einer der dickeren Äste der Eiche hing weit genug herab, dass ich ihn mit beiden Händen umfassen und mich daran hochschwingen konnte. Vorsichtig krabbelte ich zu einem Ast, der sich direkt über die High Street erstreckte. Dort richtete ich mich auf und sah mich um. Kein Transporter weit und breit. Also musste ich mich in Geduld üben.

Ich versuchte, Gordon hinter seinem Felsen auszumachen. Als ich ihn nicht entdeckte, erschrak ich kurz. Doch dann rief ich mir ins Gedächtnis, wie sehr unser Vorhaben auf der Qualität unserer Deckung beruhte. Zur Sicherheit überprüfte ich die Funktionsbereitschaft der beiden Pistolen, die in meinem Gürtel steckten. Sollte alles wie am Schnürchen laufen, würde ich sie gar nicht erst zum Einsatz bringen müssen. Dann rückte ich den Dreispitz auf meinem Kopf zurecht. Er sollte so fest wie möglich sitzen, da ich ihn in keinem Fall verlieren wollte.

Mit dem Verstreichen der Zeit drifteten meine Gedanken zu Winston Trimble ab. Das Aufstöbern dieses scheuen Vertreters meiner Zunft würde schwierig und riskant werden. Ich hatte diesen berüchtigten Mann bisher nie in Person getroffen. Die zahllosen Legenden über ihn, die mir zu Ohren gekommen waren, hatten es allerdings in sich. Man munkelte, er verspüre keinerlei Schmerz – weder körperlich noch seelisch. Noch nie war ich einem Feind begegnet, dem meine Pistolen keinen Halt geboten hätten. Bei ihm vermochte es anders zu sein. Alleine diese Vorstellung ließ mir das Blut in den Adern gefrieren. Ich hoffte, zumindest diese spezielle Geschichte möge sich als falsch erweisen.

Es hieß, selbst hartgesottene Seeleute kämen schon bei seinem bloßen Anblick ins Wanken. Darüber herrschte allgemeine Einigkeit, sobald das Gespräch auf ihn kam. Gelegentlich wurde behauptet, manch einer habe stehenden Fußes Selbstmord verübt, als die rote Flagge der *Sea Witch* am Horizont auftauchte. Dafür habe ich Verständnis. Es ist besser, unsere Welt zu eigenen Bedingungen zu verlassen, als dies auf die krankhafte Weise zu tun, die Trimble für seine Opfer bereithält.

Plötzlich spürte ich einen stechenden Schmerz an der linken Hand, ausgelöst durch einen Kieselstein, den Gordon geworfen hatte, um meine Aufmerksamkeit zu erhaschen. Er war ein kleines Stück hinter dem Felsen hervorgetreten und lenkte meinen Blick mit einem Wink in die entgegengesetzte Richtung. Noch bevor ich mich umdrehen konnte, hörte ich von dort nahenden Hufschlag.

Ich machte mich gefasst auf das Kommende. Mein Herz pochte wild, da ich nur eine Chance besaß. Ein Fehler und die Wachen würden mich ohne Wimpernzucken eliminieren. Ich erkannte, dass ich eine Armlänge nach vorn rutschen musste, um genau mittig auf das Wagendach zu springen. Ohne meine Tarnung zwischen den Blättern aufzugeben, manövrierte ich mich behutsam in Position.

Zwei Pferde trotteten nebeneinander unter mir vorbei, gefolgt von zwei Soldaten, die auf einem mit einem roten Lederkissen gepolsterten Kutschbock hockten. Ich griff nach einem Ast vor mir und schwang mich an diesem sachte nach unten, bis ich leise auf dem Dach des Wagens landete. Während ich mich auf Hände und Füße duckte, verlangsamte der Transporter seine Geschwindigkeit, da ein dreckiger, betrunkener Mann auf die staubige Straße torkelte. Das Fahrzeug kam zu einem abrupten Halt.

»Aus dem Weg, du törichter Narr«, instruierte ihn eine der Wachen barsch.

Bei besagtem »törichten Narr« handelte es sich selbstverständlich um Gordon, der zur Antwort zusammenhangloses Zeug lallte und eine Faust zornig in Richtung des Sprechers schüttelte. Dann kollabierte er wie auf Kommando. Im Fallen gab seine andere Hand eine leere Flasche Rum preis, die sich, nachdem sie auf den Boden gefallen war, einmal um die eigene Achse drehte.

Der zweite Soldat kicherte amüsiert. Der erste dagegen wurde noch wütender, da er an Gordons Vorstellung überhaupt keinen Gefallen fand, obwohl er deren Authentizität schluckte. »Aus dem Weg, du Narr! Sofort!«

Gordon rührte sich nicht.

»Wenn du liegen bleibst, schmeiße ich dich hinten in den Wagen! Dann wirst du zusammen mit dem anderen Gesindel hängen!«

»Albert, siehst du nicht, dass der verdammte Kerl das Bewusstsein verloren hat?«, fragte der zweite Soldat besorgt. »Komm, hilf mir, ihn zur Seite zu schleppen.«

»Bist du verrückt? Er stinkt wie ein frischer Haufen Pferdeäpfel.«

»Na ja. Entweder wir schleifen ihn fort oder wir überfahren ihn.«

»Dann überfahren wir ihn«, entschied Albert.

Sein Kamerad kicherte. Aber er wollte diesen Entschluss nicht mittragen, deshalb stand er vom Bock auf und sagte: »Los geht's. Bringen wir's hinter uns.«

Mit einem tiefen Seufzer folgte Albert zögerlich seinem Beispiel. Als beide standen, erstarrten sie vor Schreck. Sie hatten nämlich gehört, wie ich die Hähne meiner beiden Pistolen spannte.

»Die schmutzigen Pfoten hoch! Und zwar langsam. Sehr langsam«, befahl ich mit fester Stimme. Sie gehorchten und Albert setzte dazu an, sich umzudrehen. »Behalte deine Nase vorn, Freundchen, wenn du keine Kugel einfangen willst.«

»Dafür wirst du hängen«, entgegnete er mit zusammengebissenen Zähnen.

»Meine Herren, heute Nacht wird niemand hängen«, erklärte der jäh *aufgewachte* Gordon und erhob sich vom Boden. In seinen Händen hielt er eine kurzläufige Donnerbüchse. »Schmeißt alle Waffen, die ihr bei euch habt, auf die Straße.«

Die Soldaten musterten einander stumm. Offensichtlich dachten sie darüber nach, etwas Dummes zu tun.

»Ihr bekommt nur eine Ermahnung«, stellte Gordon fest und zog den Hahn der Donnerbüchse nach hinten.

Unverzüglich schleuderten die Wachen ihre Pistolen und Schwerter auf die Straße.

»Jetzt möchte ich, dass ihr langsam vom Bock steigt«, wies ich sie an.

Diesmal hielt Albert den Mund und die zwei Soldaten gehorchten.

»Als Nächstes geht ihr schön langsam zum Friedhof«, herrschte Gordon sie an. Und erneut folgten sie der Anweisung. Als Albert ihn passierte, konfiszierte Gordon den Schlüsselring, der an dessen Gürtel baumelte.

Ich hatte mich inzwischen vom Kutschbock herabbegeben und nahm dort die Schlüssel von Gordon in Empfang. Gerade als ich den Wagen zur Hälfte umrundet hatte, um die Tür an dessen Rückseite aufzuschließen, geriet unsere – bis dahin geglückte – Aktion in Gefahr. Auf dem Rücken eines Pferdes bog ein Rotrock aus der Tower Street in die High Street ab, auf der wir uns befanden. In der Hoffnung, er möge mich übersehen, stand ich still und gab keinen Laut von mir. Für einen kurzen Moment schien es, als würde ich damit durchkommen. Ohne mich eines Blickes zu würdigen, ritt er an mir vorbei und steuerte die York Street an.

Doch dann bemerkte ihn Albert und schrie heißer: »Gefangenenbefreiung! Gefangenenbefreiung!«

Der Rotrock wandte uns seine Aufmerksamkeit zu und ordnete die Situation blitzartig richtig ein. Er führte Daumen und Zeigefinger der rechten Hand zum Mund und stieß einen gellenden Pfiff aus. Sofort erklang aus der York Street der Hufschlag von zwei weiteren Pferden, die angaloppierten.

Gerade als ich Gordon eine Anweisung zurufen wollte, kletterte er schon aus eigenem Antrieb auf den Kutschbock.

»Schnell, nimm die Zügel.«

Sowie Gordon den Transporter in Bewegung setzte, hielt ich mich an dessen Dachreling fest und hangelte mich daran bis zur Tür des Fahrzeugs. Hinter uns donnerten, wie befürchtet, drei Rotröcke in scharfem Galopp her. Dennoch musste ich mich irgendwie auf den Schlüsselring konzentrieren, an dem mindestens zehn verschiedene Schlüssel befestigt waren. Schätzungsweise blieb mir nur die Zeit, um drei davon auszuprobieren, bevor uns unsere Verfolger einholen würden. Ich fummelte den ersten Schlüssel ins Loch … er passte nicht. Mit demselben frustrierenden Ergebnis probierte ich den nächsten aus. Da erschienen zwei an den Handgelenken mit einer Kette gefesselten Hände zwischen den Gitterstäben des Türfensters. Andy Bonnetts Hände. Seine Häscher hatten ihm einen schwarzen Sack über den Kopf gestülpt, weshalb es mir unmöglich war, zu verstehen, was er nuschelte. Ich ahnte, dass er mich um die Schlüssel bat und drückte ihm diese in die Finger.

»Hier Kumpel. Löse deine Ketten und dann sieh zu, wie du die Tür aufkriegst. Ich kümmere mich derweil um unsere übrigen Probleme.«

Offensichtlich hatte Andy verstanden, was ich gesagt hatte, denn er verschwendete keine Zeit mit unnötiger Trödelei.

In unserem Rücken krachte es gewaltig und unmittelbar darauf schlug etwas Funken an der Reling, an der ich mich festklammerte. Dazu ertönte das Geräusch aufeinandertreffenden Metalls. Zum Glück hatte der Soldat, der den Schuss abgegeben hatte, schlecht gezielt. Dennoch erschrak ich zu Tode und ließ die Reling für einen kurzen Moment los. Dieser war jedoch lange genug, um mein Schicksal fast zu besiegeln. Ich stürzte auf die Straße. Irgendwie schaffte ich es, die eiserne Leiter am unteren Ende der Tür zu packen. Mein Leben hing nun nicht mehr nur davon ab, dass ich mich an dem Wagen festhalten konnte. Meine Beine schlackerten bei jeder Richtungsänderung des Fahrzeugs hin und her, wobei sie Gefahr liefen, mit den Hinterrädern zu kollidieren und von deren Speichen erfasst und zermalmt zu werden. Während ich mich mühevoll nach oben stemmte, registrierte ich neben mir einen Reiter, der eine Pistole auf meinen Kopf richtete. Ich war hilflos und alles, was ich tun konnte, war die Augen zu schließen und auf meinen baldigen Tod zu warten.

Ein lauter Knall ertönte, mein Tod blieb allerdings aus. Ich öffnete die Augen und sah über die Schulter nach hinten. Der Schütze kollerte durch den Straßenstaub und sein nun reiterloses Pferd stob in eine Querstraße davon. Von oben herab lächelte mir Gordon zu, die rauchende Donnerbüchse in Händen. Ich nickte ihm anerkennend zu und kletterte höher. Um mit den beiden übrigen Verfolgern fertig zu werden, brauchte ich dringend festen Boden unter den Füßen.

Plötzlich flog die Wagentür auf und heraus kam eine helfende Hand, die ich ohne Zögern ergriff. Mit seiner auffällig kleinen und schmalen Hand zog mich Andy in den Innenraum des Transporters, wo ich zumindest kurzfristig vor den Angriffen der Soldaten in Sicherheit war. Obwohl der breitkrempige Hut, den Andy trug, einen Großteil seines Gesichts beschattete, war ersichtlich, dass ich es mit einem jungen Burschen zu tun hatte, der bestenfalls siebzehn oder achtzehn Lenze zählte.

»Geht es Ihnen gut, Sir?«, fragte er höflich.

»Das tut es, Kumpel. Vielen Dank für die Hilfe.« Ich reichte ihm eine der beiden Pistolen und etwas Munition. »Nachladen. Gleich wird es ziemlich scheußlich« warnte ich und brachte meine eigene Waffe in Anschlag.

»Wir nähern uns dem Gerichtsgebäude«, brüllte Gordon. »Mach dich bereit.«

»Ich bin gleich so weit«, rief ich zurück. Vorher packte ich Andy am Arm, mit dem er gerade eine Kugel in die Pistole stopfte. »Hast du jemals einen Menschen erschossen?«

Er schwieg. Dann bewegte er bedächtig den Kopf seitlich hin und her.

Klasse, dachte ich. *Jetzt weiß ich, warum Trimble diesen Nichtsnutz ausgesetzt hat.*

Ich reckte den Kopf aus der Türöffnung, um unsere Verfolger in Augenschein zu nehmen. Sie ritten nebeneinander, etliche Schritte von uns entfernt. Zweifelsfrei hätten sie weiter aufschließen können. Die Angst vor dem, was wir in der Kabine vor ihren Blicken verbargen, eventuell ausheckten, hielt sie vermutlich davon ab. Zudem war ihnen die Wirkung von Gordons Schuss mit der Donnerbüchse frisch im Gedächtnis. Unwillkürlich streckte ich ihnen spontan die Zunge hinaus. Ohne auf ihre Reaktion zu achten, zog ich den Kopf ins Wageninnere ein.

Andy wartete auf Instruktionen.

»Alles, was du tun musst, ist, mir auf das Dach des Transporters zu folgen. Wie du das anstellst, ist mir egal. Deine Pistole hat nur einen Schuss. Setze ihn weise ein.« Da er wirkte, als glaube er, der Angelegenheit nicht gewachsen zu sein, fügte ich hinzu: »Bitte Andy. Wir müssen unbedingt nach oben, wenn wir entkommen möchten.«

Er riss sich zusammen und nickte. Unsere Lage schien ihm allmählich zu dämmern – entweder er tat, was ich von ihm verlangte, oder er würde sterben.

Als ich auf die Tür zutrat, hielt ich kurz inne, da mir spontan eine Idee kam. Ich musterte Andy von oben nach unten.

»Was?«, fragte er erschrocken.

»Gib mir einen deiner Schuhe.«

Der Angesprochene blinzelte, öffnete den Mund, schwieg dann aber. Er bückte sich und gab mir einen seiner Schuhe, den ich an der Spitze entgegennahm. Anschließend wedelte ich damit aus der Türöffnung heraus.

Erwartungsgemäß krachte eine Pistole und der Treffer schmetterte mir den Schuh aus der Hand.

»Damit habe ich sie dazu gebracht, einen Schuss zu vergeuden«, rief ich, während ich den Türrahmen durchquerte. »Mach schnell.« Wie manisch umfasste ich die Dachreling und wuchtete mich daran hoch auf das Dach. Zum zweiten Mal schepperte eine Pistole. Die geringe Entfernung zum Ursprung des Schusslärms verriet mir, dass Andy gefeuert hatte. Hinter uns rollte ein weiterer Rotrock durch den Staub der High Street. Ich grinste breit und zog meine eigene Waffe, um den letzten Soldaten vom Pferd zu fegen. Leider bekam ich ihn nicht richtig ins Visier.

Andys Hand tappte auf der Suche nach einem Halt auf das Dach. Ich schob die Pistole in den Gürtel und klammerte mich mit der rechten Hand an die Reling. Mit der linken umfasste ich Andys Hand und zog daran mit aller Kraft, die in mir steckte. Er wog weniger als gedacht, dennoch ächzte meine Schulter vor Anstrengung. Endlich schaffte er es, ein Bein auf das Dach zu hieven. Offenkundig hatte er vor Beginn unseres Abenteuers weniger Vorsorge für seine Kopfbedeckung getätigt als ich. Der Fahrtwind zerrte ihm den Hut vom Haupt, währenddessen er nach oben zu mir gelangte und sein Gesicht entblößte. Ich habe keine Ahnung, wie dumm die Visage war, die ich schnitt. Sicher weiß ich bloß, dass mein Unterkiefer mindestens eine Armlänge nach unten klappte.

»Warum hast du mir das nicht gesagt?«, fragte ich.

»Tut mir leid, aber wir haben uns gerade erst kennengelernt.«

»In Gottes Namen Kapitän, nun mach endlich schneller«, brüllte Gordon. »Wir sind gleich bei den Klippen!«

Ich schüttelte mich vor Unglauben und starrte Andy noch einmal an. »Wir reden später darüber«, bellte ich. »Jetzt presst du dich so flach auf den Boden, wie du nur kannst.«

Er erwiderte nichts und schmiegte sich liegend an den Boden.

Zufrieden damit stieg ich zu Gordon vorn auf den Kutschbock und setzte mich neben ihn. »Wir haben noch einen Rotrock, um den wir uns kümmern müssen«, erinnerte ich ihn. »Halte die Pferde in gerader Linie. Ich erledige das mit den Zügeln.«

Dann kroch ich auf das Gestänge, in das die Pferde eingespannt waren. Jäh dämmerte mir, in welcher Gefahr ich mich befand. Ich konnte die Kraft der Tiere spüren, deren Hufe Dreck aufwirbelten, der mir ins Gesicht klatschte. Ich fischte das Entermesser aus dem Gürtel und fixierte dessen Heft vorsichtig zwischen meinen Zähnen. Nun biss ich kräftig zu, denn falls ich es verlor, wären wir geliefert. Behutsam tastete ich mich zentimeterweise zwischen den Pferden so weit vor, bis ich den Übergang der Zügel zu der Gebissstange der Pferde greifen konnte. Vorsichtig schnitt ich die Lederriemen durch, die diese an Ort und Stelle fixierten.

»Gordon, lass die Zügel los!«

Die Pferde erahnten die nahenden Klippen und scherten sofort aus der Bahn aus, um dem drohenden Verhängnis zu entrinnen. Vor uns erstreckten sich nur noch achtzig Meter, ehe der Felsen mehrere hundert Schritte in die Tiefe bis zur Brandung des Atlantiks abfiel. Ich balancierte auf den Kutschbock zurück und folgte Gordon auf das Dach des Wagens. Oben angekommen betrachtete Gordon Andy und krächzte verwirrt: »Wer zum Teufel ist das?«

»Andy Bonnet natürlich«, antwortete ich.

»Andrea Bonnet, um genau zu sein«, korrigierte Andy mich und erkundigte sich nonchalant: »Wie geht's euch?« Ihr langes Haar flatterte im Wind.

Gordon guckte mindestens ebenso verdutzt, wie ich es getan hatte, als mir klar geworden war, dass wir eine Frau befreit hatten. Nun blieb uns allerdings keine Zeit, darüber zu diskutieren, denn der Transporter legte an Geschwindigkeit zu, da der Weg, den er entlangrollte, zusehends abwärts verlief.

»Sobald der Wagen über die Klippe hinaus ist, springen wir ab«, sagte ich. »Schaut, dass ihr so viel Abstand wie möglich zu dem Ding gewinnt. Wir möchten doch nicht, dass es uns unten im Wasser auf den Kopf fällt.«

Gordon, der vorher schon gewusst hatte, was ihm blühte, nickte entschlossen.

Andreas schmutziges Gesicht dagegen bewölkte blanker Horror. »Meinst du das ernst?«

»Natürlich nicht.«

Der bange Ausdruck in ihren Zügen verwandelte sich in Wut. Bevor sie etwas erwidern konnte, schoss der Wagen über die Kante der Klippe, als wäre er aus einer Zwölfpfünder-Kanone abgefeuert worden. Der Boden unter uns wich den Weiten des Ozeans. Wir stießen uns mit aller Kraft von dem mit Rädern versehenen Gebilde aus Holz und Eisen ab. Ich muss eingestehen, dass ich damit rechnete, dass Andrea im Fallen laut schreien würde. Vielleicht tat sie das auch, aber ich konnte sie aufgrund der enormen Lautstärke von Gordons infernalischem Gebrüll nicht hören.

Schließlich prallte ich – die Füße voran – auf die Wasseroberfläche. So tief wie ich in das flüssige Nass eintauchte, erwartete ich, mit den Sohlen meiner Stiefel den sandigen Meeresboden zu berühren. Doch bevor ich festen Grund unter den Füßen spürte, fing ich mit Schwimmbewegungen an und arbeitete mich so wieder nach oben. In völliger Dunkelheit zu schwimmen, erzeugte ein gespenstisches Gefühl in mir und ich fragte mich, ob ich nach oben oder nach unten schwamm? Meinen Instinkten folgend durchstieß ich endlich die Wasseroberfläche hinein in die kühle

Nachtluft. Sofort konzentrierte ich mich darauf, Gordon und Andrea zu finden.

»Gordon«, rief ich. »Andrea, wo seid ihr?«

Ein gurgelndes Geräusch mit einem Platschen im Nachklang ertönte. Als ich mich danach umschaute, sah ich gerade noch, wie der letzte Zipfel des Gefangenentransporters absoff.

»Hier«, meldete sich Andrea, »Ich bin hier drüben.« Sie paddelte ein gutes Stück hinter der Aufschlagstelle des Wagens herum.

Während ich zu ihr vorstieß, versuchte ich vergeblich, Gordon zu erspähen. Gerade als ich anfing, mir ernsthafte Sorgen um ihn zu machen, hörte ich eine Stimme, die nicht die seine war.

»Was für ein Husarenstück, Käpt'n«, rief Langley irgendwo zu meiner Rechten. Meine Augen hatten sich allmählich an die Dunkelheit angepasst und so sah ich die Silhouette des kleinen Ruderboots, das auf Andrea zusteuerte. Langley hatte seine Aufgabe pflichtgemäß erfüllt, Gordons Zweifel hin oder her. Wie immer hatte ich recht damit gehabt, ihm zu vertrauen.

»Ja, war ein mächtiger Spaß«, antwortete ich. »Hast du Gordon irgendwo gesehen?«

»Hab ihn hier bei mir. Er iss'n echter Glückspilz. Er war ohnmächtig und trieb auf dem Teich rum, wie 'ne Leiche. Hat sich vermutlich die Rübe am verflixten Wagen angestoßen.«

Ich war erleichtert. Dem Tonfall nach, in dem Langley sprach, hatte sich Gordon nicht allzu übel verletzt. Als ich das Boot erreichte, zog Langley gerade Andrea an Bord. Ich stemmte mich aus eigener Kraft über die Reling, kroch neben Gordon und legte meine Schläfe auf seine Brust. Sein Herzschlag ging kräftig und der Oberkörper hob und senkte sich … er atmete. Am Kopf hatte er eine ordentliche Beule, genau zwischen der linken Augenbraue und dem Haaransatz. Daneben prangte eine kleine Schnittwunde, die nur mäßig blutete. Langley hatte recht gehabt. Gordon war tatsächlich ein echter Glückspilz.

»Langley, zur Grotte … schnell.«

»Wer seid ihr eigentlich?«, fragte Andrea wie aus dem Nichts.

Nun gut, jetzt war ein ebenso passender Zeitpunkt wie sonst irgendwann, um ihr alles zu erklären.

»Schatz, der Mann, der gerade ein Nickerchen hält, ist Gordon Littleton. Gerettet hat uns Oliver Langley. Meine Wenigkeit hört auf den berüchtigten Namen Redd Reeves.«

Verblüfft hakte sie nach: »Du bist wer?«

Ich schnaubte. Sollte ich mich angegriffen oder beleidigt fühlen? »Hast du allen Ernstes noch nie von mir gehört?«

»So leid es mir tut, ich habe keine Ahnung, wer du bist.«

Die Augen rollend antwortete ich: »Darauf kommt es momentan nicht an, Schätzchen. Worauf es ankommt, ist diese Frage: Warst du ein Mitglied der Besatzung von Kapitän Winston Trimble?«

Niemand sprach auch nur ein Wort. Die einzigen hörbaren Geräusche gingen vom regelmäßigen Eintauchen der Ruder in das Wasser aus.

»Trimble hat mich ausgesetzt. Er ließ mich zum Sterben zurück.« An ihrem Tonfall war zu erkennen, wie sehr sie die Tat des Kapitäns verletzt hatte. Mir war ihre Jugend durchaus bewusst. Dennoch wunderte ich mich darüber, wieso sie nicht verstand, welches Glück dies für sie bedeutete. Nur dadurch war sie einem wesentlich schlimmeren Schicksal entkommen, das ihr in den Händen eines solch sadistischen Irren gedroht hätte.

»Andrea, ausgesetzt zu werden, ist für jeden Piraten eine fürchterliche Angelegenheit. Egal, ob Mann oder Frau. Ich frage mich jedoch, warum Trimble dich so glimpflich davonkommen ließ.«

Sie antwortete nicht.

»Was mich wirklich interessiert, ist, wie eine junge Lady – wie du – auf ein verdammtes Piratenschiff geriet? Und kein gewöhnliches noch dazu, sondern auf den gefürchtetsten Pott auf der ganzen Welt? Wie kam es dazu?«

Sie schniefte und fing an zu weinen. »Nun, es verhält sich so … Kapitän Trimble ist mein Vater.« Als sie es gesagt hatte, barg sie das Gesicht in ihre Hände und weinte haltlos.

4

Die See schien ebenso zu Oliver Langley zu gehören wie seine Arme oder Beine. Er konnte ein Schiff – oder ein Ruderboot, wie in diesem Fall, – in der Finsternis mit derselben Präzision wie am helllichten Tag lenken. So seltsam es auch klingen mag, die Instinkte, die ihn dabei leiteten, wurden sogar noch schärfer als gewöhnlich, wenn er ein paar Becher Rum intus hatte. Ich selbst konnte in dieser mondlosen Sommernacht so gut wie keine Einzelheiten wahrnehmen, und so musste ich mein Vertrauen auf das Gelingen unserer Flucht vor den ausschwärmenden Rotröcken, die nach Überlebenden des Absturzes suchten, auf Langley setzten.

Ich fragte mich, ob sie schlau genug wären, um zu realisieren, dass unser Absturz von den Klippen Teil einer gut durchdachten Aktion war? Natürlich wünschte ich mir, dass sie glaubten, wir hätten etwas ganz anderes vorgehabt und alles sei total in die Hose gegangen. Anfangs würde Verwirrung herrschen, aber sobald sie die durchschnittenen Lederriemen des Pferdegespanns inspizierten, würden sie unser Vorgehen durchschauen.

Wie viel Zeit sie dazu benötigten, war alles entscheidend. Ohne Spuren zu hinterlassen, schnell an Land zu gelangen, würde die Erfolgschancen massiv zu unseren Gunsten neigen. Und dann gab es da einen weiteren Mitspieler, der bis dato nicht in die Partie eingegriffen hatte. Dieser harrte unserer Ankunft in einer verborgenen Grotte in der felsigen Klippe, auf der das *Parrot's Landing* errichtet war.

Der Eingang zu dieser Grotte war gerade weit genug, um unser Boot hineinschlüpfen zu lassen. Langley durchquerte den kritischen Engpass bravourös im ersten Anlauf, ohne anzuecken. Nach wenigen Metern ging der schmale Tunnel in eine größere Gesteinskammer über. Die schroffe Decke hing knapp über unseren Köpfen. Am anderen Ende der Kammer stand ein kleiner, silberhäuptiger Mann auf einem Felsvorsprung. Er hielt eine lodernde Fackel und wirkte äußerst müde. Sein Anblick erzeugte stechende Schuldgefühle in mir. Er musste auf die siebzig zugehen und ich hatte ihn zu so später Stunde aus dem Bett gescheucht.

Müde oder nicht, John Copperton befand sich, wie vor einigen Stunden in der Taverne zugesichert, an Ort und Stelle.

John war der Besitzer des *Parrot's Landing* und obwohl er bei den Behörden von Port Royal einen vorzüglichen Ruf genoss, steckte er mit zahllosen Piraten unter der Decke. Im Vorratsraum seines Establishments existierte eine Falltür, unter der ein verschlungener Geheimgang durch das felsige Erdreich bis zu jener Kammer, in der wir uns jetzt aufhielten, verlief. John hatte nur zögerlich zugestimmt, uns bei einem derart riskanten Vorhaben zur Hand zu gehen, aber er konnte sich schlecht weigern, da er praktisch zur Familie gehörte.

Langley landete das Boot behände an. Ich sprang forsch auf den Felsvorsprung und er warf mir ein an meinem Ende aufgerolltes Seil zu, das ich an einem massiven Eisennagel vertäute, den jemand vor vielen, vielen Jahren in den Felsen gehämmert hatte.

»William, irgendwann wirst du mein Tod sein«, jammerte John.

John Copperton war der einzige Mensch neben Gordon, der mich William nennen durfte, ohne einen Boxhieb zu kassieren. Er kam für mich dem, was man gemeinhin als Vaterfigur bezeichnete, am nächsten. Mein leiblicher Vater war nämlich in meiner Kindheit, die ich in London verbracht hatte, ermordet worden.

Mein Vater ... Ich hatte lange nicht mehr an ihn gedacht. Jahrelang, um ehrlich zu sein. Diese Erkenntnis entfachte aus heiterem Himmel eine Sturzflut an Erinnerungen in mir ... an eine höllische Kindheit, die mich zu dem Mann formte, der ich heute bin.

Meine Mutter starb kurz nach meiner Geburt. Ihr Tod hatte gravierende Auswirkungen auf meinen alten Herrn.

Er verkam zu einem starken Trinker. Vor diesem verhängnisvollen Ereignis hatte er eine vernünftige Anstellung in einem Ladengeschäft. Dank seines zunehmenden Alkoholismus wurde er jedoch gefeuert, da er ständig besoffen zur Arbeit erschien.

Die Kombination aus dem Verlust seiner Ehefrau, fehlendem Einkommen und der Trinkerei, führten meinen Vater auf die schiefe Bahn und er wandte sich dem Verbrechen zu. Er musste ein recht erfolgreicher Dieb gewesen sein, denn wir hatten stets genug zu futtern. Ich erinnerte mich an viele Momente, in denen er mich allein zu Hause ließ, da war ich gerade vier Jahre alt. Wahrscheinlich hatte er das auch schon früher getan, doch so weit kann ich nicht zurückdenken.

Die nächsten Jahre verstrichen wie im Flug und obwohl sich unser Dasein in jeglicher Hinsicht unorthodox gestaltete, waren wir meistens glücklich.

Doch nicht für immer.

Irgendwann entwickelte mein Vater zu allem Übel ein Problem mit dem Glücksspiel, das ihn in eine Schuldenfalle trieb. An einem verschneiten Weihnachtsabend im Jahr 1699 klopfte es an unserer Tür. Mein Alter war, aufgrund seines Berufs, von Natur aus ein vorsichtiger Mensch. An diesem besonderen Abend verzichtete er allerdings auf einen Blick durch den Türspion, um zu prüfen, wer da auf der Türschwelle stand. Sorglos öffnete er die Tür und ein Kerl namens Charles Higgins schlitzte ihm die Kehle mit einer Rasierklinge auf, bevor er nur einen Laut von sich gab.

Er fiel um, wie ein Sack Kartoffeln. Nach einigen wilden Zuckungen war er tot. Für mich, als einem Jungen von zehn Jahren, war der Anblick von so viel Blut schockierend. Ich rührte mich nicht und starrte die Leiche meines Vaters mit offenem Mund an. Ich befand mich wohl in einer Art Trance.

Mister Higgins erschrak, als er mich so sah. Ich glaube, er ahnte bis dahin nicht einmal, dass sein Opfer einen Sohn hatte. Ihm ging es nur um Vergeltung für die immense Summe, die ihm der tote Mann zu seinen Füßen geschuldet hatte. Und dieser Mann hatte nun die Schulden mit seinem Leben beglichen.

Der erschrockene Ausdruck wich aus Higgins Miene und verwandelte sich in Mitleid. Er trat vor und zuerst bildete ich mir ein, er würde mich auch töten. Stattdessen nahm er mich auf die Arme und trug mich huckepack hinaus in die bitterkalte Nacht. Wir bewegten uns fast unsichtbar und lautlos durch die dunklen Gassen, bis wir den Hafen erreichten. Ehe ich mich's versah, fand ich mich an Bord eines Piratenschiffs wieder. In einer normalen Nacht hätte mich diese Erkenntnis gewiss entsetzt, aber es war keine normale Nacht. Der Tod meines Vaters und all das Blut waren mir frisch im Gedächtnis.

Higgins stoppte vor der Kajüte des Kapitäns und klopfte hektisch an die Tür. Diese schwang unmittelbar auf und zum Vorschein kam ein zerfurchtes, wettergegerbtes Gesicht. Unter der langen Nase des Kapitäns wucherte ein dichter, sichelförmiger Schnurrbart, dessen Enden nach unten zeigten, hin zu seinem ergrauten Kinnbart. Seine

Augen wirkten müde, aber dennoch wachsam. Er schlussfolgerte offensichtlich, dass es einen guten Grund geben musste, weshalb ihn einer seiner Offiziere zu einer solch unchristlichen Stunde störte.

Sein Bootsmann – also Higgins – berichtete ihm von den Ereignissen rund um den Tod meines Vaters. Er sprach dabei so hastig, dass ich mir nicht sicher war, ob der Kapitän auch nur ein einziges Wort verstand, das von Higgins rauen Lippen drang. Als der Kerl seinen Bericht abgeschlossen hatte, musterte mich der Kapitän mitleidig, ging in die Hocke und blickte mir unumwunden in die Augen. Die Hälfte seines Kopfs wurde von den Schatten der Nacht verdunkelt. Ich roch den starken Rum in seinem Atem. Er fragte nach meinem Namen und ich antwortete ihm eingeschüchtert mit zittriger Stimme. Ruhig und freundlich erläuterte mir der alte Seebär meine Situation. Ich hatte zwei Möglichkeiten zur Wahl und es lag an mir, die Entscheidung selbstständig und eigenverantwortlich zu treffen. Die erste Option war der Tod, verkündete er mir glaubwürdig. Für diesen Fall versprach er mir ein schnelles und schmerzloses Ableben. Der zweite Weg, der mir offenstand, war, einen Vertrag zu unterzeichnen und auf seinem Schiff anzuheuern.

Für mich als einen zehnjährigen Jungen erschien diese Aussicht wenig verlockend, besonders da ich dann den Mörder meines Vaters täglich zu Gesicht bekäme. Die Furcht vor dem Tod machte mir die Entscheidung jedoch leicht und wenige Minuten später unterschrieb ich in der Kajüte des Kapitäns das Papier, das mir eine neue Existenz bescherte.

»William, ist mit dir alles in Ordnung?«, fragte John und holte mich damit in die Gegenwart zurück.

Erst schüttelte ich den Kopf. Dann nickte ich. »Danke, mir geht es gut. Ohne dich hätten wir die Sache niemals durchziehen können. Auch dafür vielen Dank.«

Er winkte ab und beäugte Andrea.

»Darf ich vorstellen: Andrea Bonnett«, sagte ich. »Sie ist diejenige, die wir befreit haben.«

»Wenn du das sagst«, antwortete er und starrte die junge Frau weiter an.

»Glotzt er neue Bekanntschaften immer so dämlich an?«, fragte mich Andrea missmutig.

Ihre Worte rüttelten ihn auf und eine rosige Färbung übertünchte seine Wangen. »Oh, darf ich um Verzeihung bitten? Ich habe jemand anderes erwartet … du siehst wie keiner der Piraten aus, die ich bisher kennengelernt habe. Und ich habe im Lauf der Jahre viele Piraten kennengelernt.«

Andrea schmunzelte ihn verständnisvoll an. »So viele können es dann doch nicht gewesen sein. Es gibt mehr weibliche Vertreter dieser Zunft, als du denkst.«

»Aye, einige davon habe ich schon getroffen. Diese waren aber weniger …« Er verstummte auf der Suche nach dem richtigen Wort.

»Weniger was?«, bohrte Andrea nach.

»Weniger … weniger …«

»Hübsch«, warf ich ein. »Weniger hübsch, John. Du kannst es gern sagen. Sie ist tatsächlich außergewöhnlich gut aussehend.«

Diesmal errötete nicht nur John, sondern auch Andrea.

»Was soll das brotlose Gequatsche, ihr Nichtsnutze«, moserte Langley. »Kann mir mal jemand helfen, Gordon aus dem Boot zu wuchten?«

Ich wandte mich um und ergriff Gordons Beine. Langley schleppte den Bewusstlosen unter den Armbeugen. John führte uns mit einer Fackel in der Hand über eine in den Felsen gehauene Treppe nach oben. In der Vorratskammer der Taverne angekommen, breitete John dort einen dick wattierten Wollmantel auf dem Fußboden aus, auf den wir Gordon zur Ruhe legten.

»Wir lassen ihn über Nacht hier«, schlug ich vor. »Wir können ihn schlecht durch die Straßen tragen, ohne Aufmerksamkeit zu erregen.«

»Keiner von euch kann einen Fuß vor die Tür setzen, ohne einen Aufruhr auszulösen«, gab John zu bedenken. »Also verbringt ihr *alle* die Nacht hier.«

»Nein«, widersprach ich. »Das ist zu riskant. Sie werden auch nach Tagesanbruch weiter nach uns fahnden. Dann werden wir noch leichter aufgespürt als jetzt.«

John blinzelte und kratzte sich am Kopf. Das tat er stets, wenn er konzentriert nachdachte. Plötzlich strahlte er über das ganze Gesicht. »Ich glaube, ich habe eine Idee, wie ihr unbemerkt davonkommt.« An Andrea gewandt, fügte er hinzu: »So leid es mir tut, es wird jedoch ziemlich unangenehm, werte Dame.«

»Ich werde mit allem fertig, was meinen Weg zur Freiheit behindert«, stellte diese in einem entschlossenen Tonfall fest.

»Sehr gut. Dann folgt mir.«

Andrea, Langley und ich gingen ihm in eine der Ecken der Vorratskammer nach, in der sich Lattenkisten und Holzfässer türmten.

»Die Lieferanten, mit denen ich zusammenarbeite, möchten gewöhnlich, dass ich ihnen die leeren Kisten und Fässer zurückschicke. Wie ihr seht, sind manche davon ziemlich geräumig, sodass ein Erwachsener ohne Weiteres hineinpasst.« John grinste.

»Du weißt ja, die Korvette, die mir der Gouverneur zur Verfügung stellt, benötigt dringend eine Lieferung Lebensmittel.«

»Das *Parrot's Landing* ist dafür berühmt, zu jeder Tages- und Nachtzeit Bestellungen zu seinen Kunden zu bringen.«

Langley grummelte, als er kapierte, was ihm bevorstand. »Käpt'n, das vergessen wir gleich wieder. Ich werde nicht jünger und meine alten Knochen machen so was nicht mehr länger mit.«

»Ich schätze, wir werden dich in ein Rumfass stopfen. Der Geruch darin wird dir die Reise erträglicher machen.«

»Aye, wenn es sein muss.«

»Für die Lady finden wir bestimmt auch noch ein Fass«, prophezeite John.

»Das wird nicht nötig sein. Ich teile mir gern eine Kiste mit Kapitän Reeves. Wir verwenden das zweitgrößte Fass besser für Gordon. Und denk daran, dieses besonders sorgfältig zu behandeln. Er ist verletzt.«

Ich war total perplex, als ich hörte, dass Andrea mit mir eine Kiste teilen wollte. Als ich mich gefasst hatte, sagte ich: »Andrea, du kannst gern deine eigene Ki…«

»Kapitän«, unterbrach sie mich streng. Ihre blauen Augen funkelten. »Wenn du meine Nähe scheust, dann bitte ich sogar darum.«

»Also ist es abgemacht«, resümierte ich. »Langley und Gordon beziehen je ein Fass und ich verkrieche mich zusammen mit Andrea in einer der Lattenkisten.«

»Sehr gut«, antwortete John und rollte ein Fass aus der Ecke. »Wir haben keine Zeit zu verlieren.« Mithilfe eines besonders zuverlässigen Angestellten von John wurden unsere Reisebehältnisse versiegelt. Innerhalb einer halben Stunde verluden uns die beiden auf einen Planwagen. Andrea und ich hockten mit angewinkelten Beinen in der gemeinsamen Kiste. Die Arme hatten wir um unsere Beine geschlungen. Unsere Köpfe konnten wir aufrecht halten, da es nach oben hin genug Freiraum gab.

Endlich kam der Wagen mit einem Ruck in Bewegung.

»Warum hast du mich eigentlich gerettet?«, fragte Andrea in der rabenschwarzen Dunkelheit.

Da ging mir auf, weshalb sie darauf gedrängt hatte, zusammen mit mir in einer Kiste transportiert zu werden. Ihr brannten etliche Fragen auf der Zunge. Mir kam dies ebenfalls gelegen, da ich mir selbst einige Auskünfte von ihr erwünschte.

»Ich bin auf der Suche nach Kapitän Trimble. Ich habe dich vor dem Galgen bewahrt, weil ich hoffte, du könntest mir seinen Aufenthaltsort verraten.«

»Weshalb möchtest du meinen Vater finden?«, fragte sie lauernd mit einem wütenden Unterton in der Stimme. Ob dieser Zorn ihrem Vater oder mir galt, war unklar.

»Er hat etwas, das ich in meinen Besitz bringen möchte … einen Ring.«

Andrea schwieg. Vermutlich, weil sie Kenntnis davon hatte, welches Schmuckstück ich meinte.

»Kennst du den Ring, von dem ich spreche?«

»Ja. Du meinst sicher den Siegelring Salomons. Was hast du damit vor?«

»Ich habe gehört, er verfüge über außergewöhnliche Kräfte. Ein Mann wie Trimble sollte nicht über eine solche Macht gebieten.«

Wieder schwieg Andrea. Dann kicherte sie jäh.

»Was ist daran so lustig?«

»Du bist ein verdammter Freibeuter, oder etwa nicht?«, schnauzte sie mich an. Diesmal bestand kein Zweifel daran, dass sich ihre Gereiztheit gegen mich richtete. »Die Krone hat dich gekauft, um den Ring zurückzubekommen!«

Es ergab für mich keinen Sinn, dies zu leugnen. »Etwa in der Art. Aber lass mich eines richtigstellen: Ich bin kein königlicher Freibeuter. Im Gegenzug für den Ring wurde mir die Freiheit versprochen.«

»Sobald du mit Einwilligung der Krone auf Kaperfahrt gehst, bist du ein Freibeuter. Ohne Wenn und Aber.«

Der Wagen bockte abrupt und unsere Kiste hüpfte kurz einige Zentimeter in die Luft. Mein Schädel knallte gegen den Deckel unseres Verstecks.

Verdammte Schlaglöcher, dachte ich. »Also gut, dann bin ich eben ein Freibeuter«, stimmte ich ihr zu und betastete währenddessen meinen schmerzenden Kopf. »Willst du mir dabei helfen, deinen Vater aufzuspüren oder nicht?«

»Angenommen, ich wüsste, wo er sich aufhält. Was würdest du tun, wenn wir ihn finden?«

In diesem Augenblick war ich wirklich froh darüber, dass mich die Dunkelheit vor Andrea verbarg. Vermutlich guckte ich ziemlich dumm aus der Wäsche. Ich hatte mir bislang noch gar keine richtigen Gedanken darüber gemacht, wie ich vorgehen sollte, sobald mir Trimble mit all seiner Macht tatsächlich gegenüberstand. Am besten war ich ihr gegenüber ehrlich. »Darüber habe ich noch gar nicht nachgedacht«, sagte ich zögerlich.

Andrea fing laut zu lachen an. In der Finsternis klang ihr Gelächter furchterregend. Exakt so, wie man es von einer Tochter Trimbles erwarten würde. »Genau so habe ich dich eingeschätzt«, erwiderte sie prustend. »Es kann nur zwei Gründe geben, warum du dich meinem Vater auf die Fersen heftest. Entweder du bist der tapferste Mann auf der Welt oder der dümmste. Was davon trifft zu, Kapitän Redd?«

Ich biss mir auf die Zunge, bevor mir etwas herausrutschte, was ich später bereuen könnte. Ich war auf Andreas Hilfe angewiesen und sie zog mich damit auf. Ich unterdrückte einen deftigen Fluch und fragte mit vorgetäuschter Freundlichkeit: »Andrea, weißt du, wo dein Vater ist, oder nicht?«

Sie seufzte und wog ihre Antwort einen Moment ab, bevor sie sprach. »Ich habe keine Ahnung. Aber ich weiß, wo wir Leute auftreiben können, die uns weiterhelfen werden.«

»Das ist wundervoll. Wie kommen wir an sie heran?«

»In New Providence wimmelt es vor Piratenkapitänen, die meinen Vater kennen und die …« Sie hielt kurz inne. »Mir kommt da eine Idee.«

»Lass mich hören.«

»Wenn du den Ring ohne Blutvergießen von meinem Vater haben willst, brauchst du ein gleichwertiges Tauschobjekt.«

Ich runzelte die Stirn. »Und weiter?«

»Auf New Providence lebt ein alter Mann, der über den ungefähren Aufenthaltsort meines Vaters meistens informiert ist. Er ist zudem der einzige lebende Mensch, der uns Auskunft darüber geben kann, wo mein Vater die Truhe mit seinem wertvollsten Eigentum verbirgt.«

»Eine Truhe«, murmelte ich. »Was macht ihren Inhalt so besonders?«

»Ich kann nicht mit Sicherheit sagen, was sich darin befindet«, gestand sie ein. »Aber mein Vater setzt alles daran, das Geheimnis ihres Verstecks zu hüten. Möglicherweise finden wir darin etwas Taugliches, das wir ihm zum Tausch anbieten könnten.«

Meine Gedanken überschlugen sich.

Was mochte dies wohl sein? Gold? Juwelen? Oder etwas Finsteres?

»Gut. Das klingt nach einer vernünftigen Idee. Glaubst du, der Mann wird uns verraten, wo die Truhe steckt?«

»Mir gegenüber schon. Er ist nämlich mein Onkel. Ich könnte ihm vorflunkern, sein Bruder sei in Gefahr und benötige dringend die Kiste. Das könnte funktionieren.«

»Der Mann ist also sein Bruder …«

»Sein älterer Bruder. Er heißt Morgan. Hast du je etwas über ihn gehört?«

»Nein. Nicht, dass ich wüsste.«

»Er segelte Ende des siebzehnten Jahrhunderts anfangs unter Kapitän Kidd auf der *Adventure Prize* und erwarb dabei einen Ruf als ruchloser Pirat. Er gehörte zu den wenigen Männern, die entkamen, als Kidd dingfest gemacht wurde. Seine Tätigkeit als Gesetzloser hängte er erst in hohem Alter an den Nagel … na ja, zumindest bis zu einem gewissen Punkt.«

»Also gut. Dann soll es so sein. Sobald unser Schiff bereit ist, setzen wir Kurs auf New Providence.«

Der Planwagen stoppte ab.

»Endlich«, freute ich mich. »Langsam tun mir die Knie weh.«

Leider waren wir – wider Erwarten – nicht bei unserem Schiff angekommen. Ich hörte, wie sich mehrere Leute vorn am Wagen unterhielten. Die Wortfetzen, die zu mir drangen, waren zu gedämpft, um etwas zu verstehen.

»Die Rotröcke haben uns angehalten«, flüsterte Andrea.

»Kannst du verstehen, um was genau es geht?«

»Ja. Sie befragen Mister Copperton zu seiner Fracht.«

»Was sagt er?«, fragte ich frustriert darüber, dass sie – im Gegensatz zu mir – mitbekam, was sich draußen abspielte.

»Er erzählt, er sei unterwegs zu den Docks. Die Soldaten sagen, dass sie einen entflohenen Gefangenen suchen … jetzt wollen sie den Wagen kontrollieren.«

»Wundervoll«, nuschelte ich mit zusammengebissenen Zähnen, ergriff meine Pistole und spannte den Hammer.

Als Andrea das Klickgeräusch hörte, zischte sie erbost: »Bist du verrückt? Du hast keinen blassen Schimmer, wie viele Soldaten hier sind.«

»Ich gehe bloß auf Nummer sicher. John ist verdammt clever. Er wird gewiss eine Lösung finden.«

Die Rotröcke umrundeten den Wagen, und nun konnte ich sie auch verstehen. Unglücklicherweise würden sie uns ab jetzt umgekehrt auch hören können.

»Was ist in den Behältern?«, schnarrte ein Mann mit befehlsgewohnter Stimme.

»Das habe ich Ihnen doch schon gesagt. Apfelwein, Zucker, Gemüse und verschiedene Früchte«, antwortete John selbstsicher.

Es folgte ein kurzer Moment der Stille, dann kletterte jemand zu uns auf die Ladefläche.

»Mister Copperton, wären Sie damit einverstanden, wenn wir uns selbst vom Inhalt überzeugen?«, fragte der gleiche Soldat, ganz in unserer Nähe.

»Nein, das bin ich nicht«, knurrte John. »Möchten Sie behaupten, ich würde lügen?«

»Wir sind gleich fertig«, meinte der Soldat ungerührt. »Bitte halten Sie Abstand und behindern Sie uns nicht.«

Ich zuckte zusammen. Offensichtlich kannte der gute Mann John Copperton nicht.

»Wissen Sie überhaupt, wen Sie hier vor sich haben?«, erkundigte sich John.

»Um ehrlich zu sein, nein, Mister Copperton. Deshalb will ich ja gerade ihren Wagen inspizieren. Und Sie haben wohl auch keine Ahnung, mit wem Sie es meinerseits zu tun haben. Ich vertrete die Autorität von Gouverneur Winters und Sie sollten besser …«

»Ich bin ein enger Freund des Gouverneurs«, schnappte John. »Sie können mir glauben, ich werde ihn gleich nach Sonnenaufgang von Ihrem unverschämten Verhalten unterrichten.«

Den Soldaten ließ diese Drohung kalt.

»Mister Copperton, ich frage Sie nun zum letzten Mal, ob Sie uns freiwillig die Behälter öffnen lassen, um zu überprüfen, ob die flüchtige Person darin steckt. Falls Sie sich weigern, werde ich diese Maßnahme mit Gewalt durchsetzen.«

»Und ich warne dich zum letzten Mal, Kumpel. Schwing dich auf deinen Gaul und zisch ab.«

»Sie haben es nicht anders gewollt.«

Ich hörte das Geräusch von Metall, das über Leder glitt.

»Stecken Sie die Pistole sofort wieder in das Holster«, rief John lauthals.

Mein Herzschlag raste und ich musste sämtliche Kräfte mobilisieren, um mich davon abzuhalten, aus der Kiste zu springen. Dasselbe Ohnmachtsgefühl, das mich gepeinigt hatte, als man mich in Ketten gelegt hatte, kam erneut in mir hoch. Andrea blieb still. Es gab absolut nichts, was einer von uns beiden hätte unternehmen können.

Da ertöne ein heftiger Knall.

Warum hat der Kerl seine verfluchte Waffe abgefeuert?, wunderte ich mich.

Hat er auf John geschossen?

Es dauerte kurz, bis ich die Antwort erhielt.

»Sind Sie jetzt zufrieden?«, fragte John. »Immerhin haben Sie ein hübsches Loch in ein Fass mit bestem Apfelwein gemacht.«

Tatsächlich. Als ich die Ohren spitzte, hörte ich, wie Flüssigkeit aus einem Fass spritzte und neben dem Wagen auf die Erde platschte. Dankenswerterweise hatte der Kerl eines der Fässer ins Visier genommen, in dem weder Gordon noch Langley verborgen war. Ich hielt den Atem an und hoffte, der Soldat würde damit genug haben und uns ziehen lassen.

»Mister Copperton, ich danke Ihnen für die Kooperation. Sie dürfen weiterfahren«, verkündete er.

»Gouverneur Winters wird über diesen Vorfall nicht erfreut sein, junger Mann«, prophezeite John. »Sie werden für das zerstörte Fass geradestehen müssen.«

Der Rotrock behielt die Fassung und antwortete gleichmütig auf die Androhung meines Freundes: »Mister Copperton, sollten Sie im Zusammenhang mit dem entflohenen Gefangenen etwas sehen oder hören, vertraue ich darauf, dass Sie die Behörden unverzüglich einweihen.«

Kurz darauf ertönte der Hufschlag mehrerer davongaloppierender Pferde. Der Rest unseres Wegs verlief ohne nennenswerte Zwischenfälle. Im Hafen angekommen, wies John zwei seiner Leute an, die Ladung auf der Korvette, mit der uns der Gouverneur ausgestattet hatte, unter Deck zu bringen. Endlich waren wir in Sicherheit und konnten aus unseren Verstecken kriechen. Sobald ich aus dem Fass heraus war, streckte ich meine Arme. Wir hatten wesentlich längere Zeit in den Behältern verbracht als ursprünglich geplant.

Langley saß auf einer Wassertonne und massierte seine Knie. Im diffusen Licht einer Laterne waren nur seine Umrisse erkennbar. »Das mach' ich kein zweites Mal mit, Käpt'n. Nee, nee.«

»Ich auch nicht«, pflichtete ich ihm bei und wandte mich an John: »Die Soldaten hast du herrlich abgefertigt.«

»Habe ich das? Ich wäre mir da keineswegs sicher. Der Soldat hätte ohne Weiteres einen von euch dreien erschießen können und ich hätte keinerlei Handhabe dagegen gehabt.«

»Du hast es gut gemacht«, versicherte Andrea ihm. »Wir sind am Ziel und wir leben. Darauf kommt es an.« Sie beugte den Oberkörper vor und drückte ihm einen Kuss auf die Wange. »Vielen Dank, John.«

Es war eine Schande, dass wir kein besseres Licht hatten. Nur zu gern hätte ich den Gesichtsausdruck des alten Manns bewundert.

»Es war mir ein Vergnügen«, gab er höflich in einem erfreuten Tonfall zurück. »Oh, ich hätte da fast noch etwas vergessen.« Er hob einen Stoffsack von einer der Lattenkisten auf und warf ihn Andrea geschickt zu. »Da nach euch gefahndet wird, solltet ihr die Klamotten wechseln. Es sind leider nur Männersachen, aber etwas davon dürfte auch dir passen.«

»Danke, John. Auf dich ist immer Verlass«, lobte ich ihn.

»Du weißt, du kannst stets auf mich zählen, wenn du in der Tinte steckst, William.«

Dann verabschiedete John sich und ging von Bord.

5

Oliver Langley steuerte direkt die Mannschaftsquartiere des Schiffs an und hüpfte in die erstbeste Hängematte. Ich hatte entschieden, dass für Gordon und Andrea der beste Ort zum Erholen in meiner Kabine sei. Wir hatten eine möglichst schnelle und komplette Wiederherstellung Gordons bitternötig. Also bekam er ein weiches Bett. Und das Einzige an Bord, das diese Voraussetzung erfüllte, war das des Kapitäns.

Ich legte mir Gordon über das Kreuz und schritt mit Andrea an den Fersen über das Deck. In meiner Kajüte bettete ich den immer noch schlaffen Gordon sanft in meine Koje. In der Kabine war es recht düster, aber hell genug, um auf das Anzünden einer Laterne zu verzichten. Andrea begnügte sich mit einer Liege und schlief in

Minutenschnelle sacht und regelmäßig atmend ein. Ich stützte die Hände in die Hüften und reflektierte die Ereignisse des Tages.

Dass wir noch lebten, glich einem echten Wunder!

Über die Korvette, die ich nun kommandierte, wusste ich bislang wenig – noch nicht einmal, wie sie von außen aussah. Ich musste mich schleunigst mit ihr vertraut machen, wenn wir vor der Abendflut in See stechen wollten.

Die Erschöpfung ließ meine Augenlider schwer werden und ich überlegte mir ein Arrangement, das es mir erlaubte, mir eine Mütze Schlaf zu gönnen. Ich packte einen der hölzernen Stühle am Tisch, lehnte ihn schräg gegen die Wand und setzte mich vorsichtig darauf. Anschließend zog ich mir den Dreispitz über die Augen.

Am nächsten Morgen erwachte ich von Gordons Stöhnen und Ächzen. Ich erschrak so sehr, dass ich fast mit dem Stuhl umgekippt wäre. Gordon lag im Bett und massierte sich die Handflächen. Ich hielt die Geräusche, die er von sich gab, für ein gutes Zeichen. »Mit einer reichlichen Portion Grütze und einem guten Schluck Rum im Magen wirst du wieder ganz der Alte sein.«

»Ich fürchte, das wird ein wenig länger dauern«, gab er zu bedenken, richtete den Rücken umständlich auf und ließ kurz die Beine aus dem Bett baumeln. Dann setzte er die Füße auf den Boden und erhob sich. Er schien zu überlegen, ob er einen ersten Schritt wagen wollte. Seine Augen glänzten glasig, fast als hätte er einen über den Durst getrunken.

»Setz dich wieder hin, du törichter Narr«, befahl ich ihm.

»Sonst fällst du bloß hin und schlägst dir den Schädel diesmal richtig ein.«

Ich ging zu ihm und drückte ihn sanft auf die Koje zurück. Er funkelte mich wütend an, blieb aber sitzen.

Andrea regte sich auf ihrer Liege, anscheinend war sie schon eine Weile wach. »Der Kapitän hat recht, Gordon. Es ist noch zu früh für dich, um herumzuhüpfen.«

»Ich hüte das Bett, wenn du mir ein vernünftiges Frühstück bringst«, versprach er.

»Mein Magen fleht danach. Er ist es gewohnt, immer um diese Zeit gesättigt zu werden.«

Andrea stand auf.

»Wird gemacht.« An meine Adresse gewandt, fügte sie hinzu: »Richtig, Kapitän Redd?«

Es schmeckte mir nicht besonders, Gordon in seinem Zustand allein hierzulassen. Er ist ein sturer Bock und missachtet häufig Befehle oder nimmt nur wenig Rücksicht auf seine Gesundheit. Es wäre typisch für ihn, wenn er sofort nach unserem Verschwinden aufstehen würde, um sämtliche Schränke und Schubladen nach den Navigationskarten zu durchwühlen. Auf der anderen Seite kam mir die Gelegenheit, mit Andrea unter vier Augen zu reden, recht, da ich darauf brannte, an unser Gespräch über Trimble und den Siegelring König Salomons anzuknüpfen. Also beschloss ich, Gordon allein zu lassen. Sollte er sich den Schädel unterdessen einrennen, wäre es einzig seine eigene Schuld.

»Gordon du hütest das Bett, solange wir fort sind. Einverstanden?«

Seine Antwort fiel erwartungsgemäß aus: »Sicher, Kapitän. Ich werde bei eurer Rückkehr brav unter der Decke liegen. Könnte ich bitte Rührei haben?«

Ich hüstelte und bedeutete Andrea, mir zu folgen. Als wir oben an Deck waren, trafen wir zu meiner Verblüffung auf einige Besatzungsmitglieder. Sie lagen zumeist irgendwo herum und schliefen ihren gewaltigen Rausch von vergangener Nacht aus. Jetzt war ein ebenso passender Zeitpunkt wie später, um an Bord für die Einkehr von Normalität zu sorgen.

»Alle Mann auf die Beine!«, brüllte ich. »Ans Werk! Wir müssen das Schiff am frühen Nachmittag fertig zum Auslaufen haben!«

Die Männer taumelten auf die Füße. Einige fluchten dabei schändlich. Das kümmerte mich wenig, solange sie ihren Verpflichtungen nachkamen. Einer von ihnen, Robert Lynch, enterte sofort die Wanten zwecks Überprüfung der Takelage. Er war ein Mann Mitte zwanzig mit einer wilden, braunen Sturmfrisur und einem großen, kantigen Kopf. Aus seinem Oberkörper wuchs ein langer Hals. Dürr wie er war, strotze er dennoch vor Kraft und hatte das Zeug zu einem Anführer.

Als die Royal Navy mein Schiff, die *Rebecca*, aufbrachte, gehörte traurigerweise Bootsmann Isaac Norington zu unseren Verlusten. Norington war seit Jahren eine der tragenden Säulen der Mannschaft gewesen. Aufgrund seines couragierten, geradlinigen Verhaltens hatte er allgemeinen Respekt an Bord genossen. Es würde mir schwerfallen, ihn adäquat zu ersetzen, aber ich war davon überzeugt, dass

Robert Lynch das Zeug dazu hatte. Ich schlenderte zur Deckskante, in deren Nähe er seine Arbeit versah, und grüßte ihn jovial: »Guten Morgen, Robert.«

Er beendete die Fummelei am Seilwerk. »Guten Morgen, Kapitän. Bestes Wetter für einen Segelausflug«, antwortete er. Dabei umspielte ein Lächeln seinen Mund.

»Aye, so ist es. Robert, ich habe mich gefragt, ob ich dich um einen Gefallen bitten dürfte?«

Sein Lächeln schwand und wich einem ernsten Ausdruck. »Natürlich, Sir. Wie kann ich zu Diensten sein?«

»Wie du weißt, wurde Isaac Norington vor fünf Tagen bei dem Angriff auf die *Rebecca* tödlich verwundet«, begann ich.

Trauer überschattete nun Roberts Gesicht.

»Sein Tod versetzt mich in die missliche Lage, jemanden zu finden, der seine Aufgaben übernimmt. Und das wenige Stunden bevor wir auslaufen. Es wird schwer sein, in seine Fußstapfen zu treten, doch ich bin überzeugt, du könntest es schaffen. Falls du es möchtest. Möchtest du?«

»Fragst du mich, ob ich die Stelle als Bootsmann haben will, Kapitän Redd?«, fragte er ungläubig.

»Du sagst es. Traust du dir diese Aufgabe zu?«

Gerade als Robert den Mund zu einer Antwort aufsperrte, unterbrach ihn die schrille Stimme von Jack »Jolly« Potter, dem Schiffskoch, der unsere Unterhaltung belauscht hatte. Jolly war ein erfahrener Seemann, der aus einem reichen Fundus an Geschichten schöpfen konnte. Wenn er sprach, hörten ihm die anderen Piraten zu. An der rechten Hand hatte er nur drei Finger. Die übrigen zwei hatte er vor gut zehn Jahren bei einem Überfall auf ein spanisches Fort eingebüßt. Mit der verstümmelten Hand deutete er auf Robert.

»Robert ist die beste Wahl, Käpt'n. Keine Frage.« An besagten Mann gewandt, fügte er hinzu: »Und du, Kumpel, nimmst das Angebot an, sonst versohl' ich dir deinen zarten Arsch, dass es knallt.«

Robert und ich kicherten.

»Du hast gehört, was Jolly entschieden hat. Also ist es abgemacht. Punkt.«

Kopfschüttelnd ließ Robert den Blick in die Ferne über die See schweifen. Offenbar wog er die Angelegenheit ab. Ich rückte näher an ihn heran, um uns ein wenig mehr Privatsphäre zu gewährleisten.

»Mein Freund, ich kann mich noch gut daran erinnern, weshalb du dich vor sechs Jahren zu einem Piratendasein entschlossen hast«, sagte ich sanft.

»Was willst du damit andeuten, Kapitän?«, fragte er gereizt.

»Falls du diese neue Herausforderung akzeptierst, kommst du *deinem* Ziel wesentlich näher.«

»Wenn dem so ist, ist es mir eine Ehre, der neue Bootsmann zu sein. Ich schwöre bei meinem Leben, ich werde all meine Pflichten nach bestem Wissen und Gewissen erfüllen.«

»Daran besteht kein Zweifel. Bist du bereit für deinen ersten Auftrag als Bootsmann?«

Den ersten Befehl in Ausübung seines neuen Amts so schnell zu erhalten, schien ihn zu überraschen. Er wirkte, als hätte ich ihn auf dem falschen Fuß erwischt. Hastig kletterte er aus den Wanten und baute sich vor mir auf. »Natürlich, Kapitän. Was soll ich erledigen?«

»Geh in die Stadt und sammele den Rest der Mannschaft auf. Es besteht keine Notwendigkeit, sie dabei schon von deiner neuen Position zu unterrichten. Diese Ehre werde ich dir zuteilwerden lassen, sobald wir Segel gesetzt haben.«

Seine Schultern sackten nach unten.

»Stimmt etwas nicht?«, fragte ich.

»Nein … na ja … es ist nur … was soll ich tun, wenn sie mir nicht gehorchen?«

»Dann bleiben diese nutzlosen Drückeberger an Land zurück. Ich glaube kaum, dass viele von ihnen sich sträuben werden. Nachdem sie dem Sensenmann so knapp von der Schippe gesprungen sind, werden sie froh sein, Anker zu lichten. Wir wollen vor Einbruch der Dämmerung auf Fahrt sein.«

»Aye, Sir. Ich bin garantiert rechtzeitig zurück.«

Nachdem Robert über den Landungssteg das Schiff verlassen und sich unter die Menschenmenge auf der Straße gemischt hatte, inspizierte ich den Rest meiner Besatzung. Alle gingen eifrig ihrer Arbeit nach, also konnte ich mich etwas anderem widmen.

Zusammen mit Andrea schickte ich mich gerade an, an Land zu gehen, da erspähte ich am anderen Ende des Piers drei Rotröcke, die auf uns zumarschierten. Ich blieb an Bord und gewährte ihnen Zutritt.

Andrea zog sich den Hut tief ins Gesicht. Ich war froh, dass uns John letzte Nacht mit frischen Klamotten versorgt hatte. Die Soldaten musterten sie eine Weile neugierig, dann begutachteten sie die übrige Mannschaft. Dabei sahen sie meine Leute verächtlich an, als seien sie Küchenschaben.

»Kapitän, sicher haben Sie von dem Vorfall letzte Nacht gehört«, sprach mich einer der Soldaten an. Ich erkannte ihn sofort an der Stimme wieder. Es war derselbe Kerl, der ein Loch in Johns Apfelweinfass geschossen hatte. Er sah genau so aus, wie ich ihn mir ausgemalt hatte. Das glatte, blonde Haar trug er zu einem Pferdeschwanz gebunden. Unter seiner Nase wuchs ein schmaler, gepflegter Schnurrbart. Seine blauen Augen schienen etwas in weiter Ferne zu fixieren. Ein ansehnliches Grübchen teilte sein Kinn. Seine rangniederen Begleiter flankierten ihn mit versteinerten Gesichtszügen.

»Ich fürchte, da ist mir etwas entgangen. Was zur Hölle ist denn passiert?«

Den beiden Untergebenen des Rotrocks fiel der seriöse Ausdruck aus den Gesichtern. Einer von ihnen kämpfte damit, ein lautes Lachen zu unterdrücken. Blondie dagegen fletschte die perlweißen Zähne.

»Mister Reeves, ich darf Sie darauf hinweisen, dass ich mich nur ungern an der Nase herumführen lasse. Ich hasse Lügner. Und Piraten, wie Sie es einer sind, sind notorische Lügner.« Seine Augen wurden zu Schlitzen und ihr strahlendes Blau verdunkelte sich. »Schwindeln Sie mich nicht an, Reeves! Ich frage Sie erneut: Was wissen Sie über die Vorkommnisse von letzter Nacht?«

Das Gehabe des Soldaten verwunderte mich kaum, da ich ihn ja schon früher in Aktion erlebt hatte. Er probierte, mich in die Ecke zu drängen, und eigentlich sollte ich so schlau sein, es ihm nicht mit gleicher Münze heimzuzahlen. War ich aber nicht. »Haben Sie einen Namen, Soldat?«

»Flynn … Augustus Flynn.«

»Nun gut, Mister Flynn. Als Erstes bestehe ich darauf, mit Kapitän angesprochen zu werden.«

Seine Augen weiteten sich vor Unglauben.

»Zweitens habe ich Ihre Frage bereits beantwortet. Und drittens werden Sie sich an Ihren eigenen Worten verschlucken, wenn Sie mich noch einmal der Lüge bezichtigen.«

Flynn lief kirschrot an. Seine blutunterlaufenen Augen erweckten den Anschein, als wollten sie aus ihren Höhlen springen. Im Kontrast dazu wurden die Gesichter der anderen Soldaten kreidebleich. Offensichtlich war Mister Flynn nicht daran gewöhnt, dass man auf diese Weise mit ihm umsprang. Er umfasste das Heft seines Schwerts und zückte es. Ich trat einen Schritt zurück und wollte meinen Säbel ziehen. Erst da bemerkte ich, dass ich ihn in der Kajüte vergessen hatte. Flynn kam näher und pikste mich mit der Schwertspitze am Kinn. Andrea holte vernehmbar Luft und zwei meiner Leute beäugten die Szene kritisch, bereit, im Notfall einzugreifen. Ich warf ihnen einen Blick zu, der besagte: *Haltet euch zurück!* Ich ging rückwärts, bis ich an die Reling stieß. Flynn kam mit seinem Gesicht an mein eigenes bis auf wenige Zentimeter heran.

»Der einzige Grund, weshalb ich Ihnen nicht die Kehle bis auf die Knochen aufschlitze, liegt in der Anweisung von Gouverneur Winters, Ihnen keinen körperlichen Schaden zuzufügen.« Vor Wut sprühte beim Reden Spucke von seinen Lippen.

»Der Gouverneur hat Sie hierher befohlen?«

»*Unterbrich* mich nicht, Seeräuber!«

Ich hob beschwichtigend die Hände. Was sollte ich auch anderes machen, mit einer Klinge an der Kehle?

»Der Gouverneur hat mich tatsächlich ausgesandt. Meine Erkundigungen zu vergangener Nacht waren nur die Einleitung für die Bekanntgabe des wirklichen Grundes meines Hierseins.«

»Der wäre?«

Flynn presste das Schwert fester an meinen Hals. Gleichzeitig schien er ein wenig zu entspannen. Er verstand, dass er mich für den Moment besiegt hatte, und das verschaffte ihm Genugtuung. Er grinste.

Hat Winters seine Meinung geändert, fragte ich mich. *Werde ich erneut verhaftet?*

Wäre dies der Fall, wäre der Gouverneur allerdings kaum so töricht gewesen, bloß drei Mann mit der Inhaftierung zu beauftragen. Irritiert wartete ich auf Flynns Erklärung.

»Wir interessieren uns für ein bestimmtes Mitglied Ihrer Mannschaft.«

Ich hob die Augenbrauen. »Um wen handelt es sich bei diesem ominösen *wir*?«

Flynn grinste diabolisch und senkte endlich das Schwert. »Also gut, ich komme gleich auf den Punkt. König George persönlich hegt Interesse an dieser Person. Einer ihrer Männer wurde gestern versehentlich aus dem Kerker entlassen. Der Gouverneur befahl mir seine Rückführung.«

Meine Verwirrung wuchs. »Eine Rückführung? Weshalb?«

»Er wird für einen vor fünf Jahren verübten Mord gesucht.«

Schlagartig dämmerte mir, wen er meinte, trotzdem fragte ich: »Wie lautet sein Name.«

»Gordon Littleton. Er hat blondes Haar, ist stets gut gekleidet und legt Wert auf regelmäßige Körperpflege. Soll heißen: Er entspricht nicht dem gängigen Bild eines Piraten.«

Flynns Begleiter lachten pflichtbewusst über seinen Witz.

Ich zwinkerte Jolly Porter zu, der uns aufmerksam beobachtete, und behauptete voller Überzeugung: »Ich fürchte, ich habe Mister Littleton seit Längerem nicht mehr gesehen.«

Flynns Entspannung war mit einem Mal wie ausgetilgt. Er klopfte mehrmals mit der flachen Schwertseite gegen sein Bein. Das Geräusch machte mich nervös.

»Du lügst schon wieder, *Pirat.*« Das Wort Pirat dehnte er auffällig.

»Nein, ich sage die Wahrheit. Ich suche ihn schon die ganze Zeit. Er ist mein Navigator und ich habe mich die letzten Jahre vielleicht zu stark auf ihn verlassen. Ich bin etwas eingerostet, was das Lesen von Seekarten betrifft.« Ich seufzte. »Ich bin über sein Verschwinden verdammt sauer. Für ihn ist es vermutlich besser, wenn er Ihnen in die Finger gerät.«

Flynn starrte mich verblüfft an.

»Es ist zu seinem Wohl«, versuchte ich ihm zu erklären und warf Jolly einen Blick zu. »Wir haben schon lange niemanden mehr ordentlich kielgeholt. Was, Jolly?«

»Harr, harr, harr. Das is' richtig, Käpt'n. Deserteure haben auf 'nem Schiff von Käpt'n Reed nix zu lachen, Kumpel Rotrock.«

Flynn musterte Jolly eingehend, dann wandte er sich an mich: »Kapitän, sie werden mich umgehend benachrichtigen, sobald Sie seiner habhaft werden.«

Ich interpretierte die Tatsache, dass er mich Kapitän nannte, als Beweis dafür, dass er mir das Märchen abgekauft hatte.

»Versprochen, Mister Flynn.«

Er wandte sich zum Gehen. Dann wirbelte er auf dem Absatz herum und hielt mir die Schwertspitze vor die Nase. »Falls sie mich anlügen, reiße ich ihnen eigenhändig das Herz mit bloßen Händen heraus.«

Behutsam nahm ich den Hut ab und presste ihn sanft an meine Brust. »Ich möge an meinem eigenen Blut ersaufen, sollte ich Sie anschwindeln.«

Mit diesem Versprechen zufrieden lächelte Flynn, verstaute das drohende Schwert in der Scheide und begab sich mit seinen Anhängseln im Schlepptau auf das Festland.

Vor Erleichterung stieß ich einen schweren Seufzer aus. Andrea war weiß wie ein Gespenst, aber auch sie wirkte befreit.

Unvermittelt flog die Tür zum Niedergang auf. Gordon stürmte auf das Deck und rief ungeduldig: »Wo bleibt mein vermaledeites Frühstück?«

Das Herz rutschte mir in die Hosentasche und ich bedeutete ihm mit einem Wink, sofort wieder nach unten abzuhauen.

Von den Folgen der Kopfverletzung beeinträchtigt, torkelte er stattdessen auf mich zu und kippte mit dem Oberkörper neben mir über die Reling, an der ich lehnte. Ich packte ihn und schaffte es gerade so, zu verhindern, dass er über Bord ging. Zum Dank dafür kotzte er mir genau vor die Füße.

»Wer ist dieser Mann?«, rief Augustus Flynn scharf vom Pier aus, kehrte um und marschierte schnurstracks auf das Schiff zurück.

»Der da?«, tat ich unschuldig. »Das ist niemand.« Etwas Besseres fiel mir auf die Schnelle nicht ein.

Flynn ergriff Gordons Haarschopf im Nacken und zerrte seinen Kopf in die Höhe. Mit zusammengekniffenen Augen starrte er mich böse an.

Da mir schwante, was nun bevorstand, stob ich davon und suchte hinter Jollys breitem Kreuz Schutz. Der zog den Säbel und warf ihn mir zu. Ich machte mich auf ein Duell bis zum Tod eines der Kontrahenten gefasst.

»Flynn, Sir, Sie müssen nicht gegen ihn kämpfen«, rief einer seiner Gefolgsleute.

Ihn ignorierend, rückte der Angesprochene weiter vor. Ich zog mich zurück, in der Hoffnung, die beiden anderen Soldaten würden intervenieren, bevor es zum Äußersten kam.

»Sir, denken Sie daran, was Ihr Onkel Ihnen aufgetragen hat. Kapitän Reeves darf kein Haar gekrümmt werden.«

Onkel …, dachte ich. *Dieser Lump ist der Neffe von Gouverneur Winters …*

Diesmal drang der Ruf seines Kameraden zu Flynn durch. Er verharrte und bebte am ganzen Leib. In ihm hatte sich ein alles verzehrender Zorn aufgebaut und er glich einem Vulkan, der kurz vor dem explosionsartigen Ausbruch stand.

Die anderen beiden Rotröcke schnappten Gordon rechts und links an den Armen und führten ihn über den Landungssteg auf die Insel ab. Dabei meinte einer der beiden: »Was für ein Drecksack du bist. Die eigene Frau zu ermorden und sich dann feige zu verkriechen.«

»Wir erledigen das beim nächsten Mal«, knurrte mir Flynn zu und machte ebenfalls einen Abgang.

Hilflos sah ich hinter ihnen her. Gordon leistete weder Widerstand gegen die Verhaftung noch äußerte er ein einziges Wort. Als sie außer Sicht waren, hämmerte ich eine Faust auf die Reling.

»Du konntest nichts dagegen unternehmen«, tröstete mich Andrea.

»Ich hätte den Bastard abstechen sollen. Ich werde diesen Hafen nicht ohne Gordon verlassen. Niemals.« Ich umklammerte die Oberkante der Reling mit beiden Händen und rang damit, mich zu beruhigen.

Andrea legte ihre Hand auf eine der meinen. Ihre zärtliche Berührung kühlte meine Aufregung ab. »Es ist unmöglich, ihn zu retten. Sie werden ihn schwer bewachen.«

»Das wurdest du ebenfalls. Hat das uns vielleicht davon abgehalten, dich zu befreien?«

Sie runzelte die Stirn und mied meinen Blick. »Sie werden dafür sorgen, dass das nicht wieder geschieht. Das weißt du selbst.«

Das wusste ich tatsächlich.

Sie sprach nur eine unumstößliche Wahrheit aus. Es gab keine Chance, Gordon der Gerichtsbarkeit zu entreißen. Trotzdem musste ich den Versuch wagen, denn er würde ohne Zögern das Gleiche für mich tun.

Da tauchte Langley überraschenderweise vor mir auf – nüchtern und vor Tatendrang sprühend. »Jolly hat mir erzählt, was los war. Was werden wir machen, Käpt'n?«

»Wir holen Gordon raus«, antwortete ich sehr zu seiner Freude.

»Aye, Käpt'n.« Er zog blank und reckte den Säbel hoch in die Luft. »Meine Klinge ist scharf genug, um die ganze Royal Navy in Stücke zu hauen, wenn es sein muss.«

»Nein, das ist Wahnsinn«, warf Andrea ein.

Langley senkte die Waffe.

»Wenn ihr probiert, Mister Littleton rauszuholen, steckt ihr eure Köpfe freiwillig in die Schlinge. Wir sollten unseren Plan beibehalten und am späten Nachmittag in See stechen. Mit Rückenwind sind wir in weniger als einer Woche auf New Providence.«

Ich wog Andreas Einwand ab. Keine Frage, sie hatte recht. Meine Vernunft focht einen harten Kampf mit meinem Herzen aus. Da kam mir eine Idee, wie es vielleicht klappen könnte, Gordon zu helfen. Eine ziemlich weit hergeholte Idee zugegebenermaßen.

»Langley, du übernimmst das Kommando. Ich habe Robert in die Stadt geschickt, um die Nachzügler aufzusammeln. Ich brauche jeden Mann an Bord, damit wir rechtzeitig von hier loskommen. Da ich dieses Schiff kaum kenne, zähle ich auf dich. Mache dich mit jeder ihrer

Ecken und Kanten vertraut. Sie hat bisher noch nicht einmal einen Namen.«

»Wir taufen sie *Henrietta*«, plädierte Jolly. »Sie is' ein feines Mädchen, Käpt'n letzte Nacht hab ich mir zusammen mit 'nen paar von den Rotröcken einige Humpen gelehrt. Dabei hab ich sie ausgehorcht. Besoffen wie sie war'n, haben sie kein Blatt vor'n Mund genommen. Sie ist eins der schnellsten Schiffe ihrer Flotte. Leider hat sie nur sechs Kanonen auf jeder Seite.«

»Wir werden das Beste aus ihr herauskitzeln. Kümmert ihr euch bloß darum, dass klar Schiff ist, sobald ich wieder da bin.«

»Aye, Aye, Käpt'n«, antworteten Langley und Jolly im Chor.

Als ich von Bord gehen wollte, hielt mich Andrea am Hemd fest. »Und was ist mit mir?«

»Was soll mit dir sein?«

»Kann ich dich begleiten?«

Ich quittierte ihre Frage mit einem Kopfschütteln. »Niemand darf dich in der Stadt zu Gesicht kriegen. Bleib hier und unterstütze meine Leute so gut wie möglich bei der Arbeit.«

»Wohin willst du überhaupt?«

»Ich statte dem Gouverneur einen kleinen Besuch ab.«

6

Dummerweise hatte ich kein Pferd zur Verfügung, denn die Strecke bis King's House, wo der Gouverneur residierte, war verdammt lang. So stiefelte ich also zu Fuß durch die gerammelt vollen Straßen der Stadt, bis ich die Außenbezirke erreichte. Von dort schlängelte sich ein staubiger Pfad den Hügel hinauf, auf dem King's House in seinem üppigen Glanz thronte.

Palmen umsäumten das beeindruckende Bauwerk, das von einem wundervollen Garten umgeben wurde. Am Eingang zu der dreistöckigen, weiß gestrichenen Villa ragten sechs massive Säulen in die Höhe. Am Eisentor vor dem Gelände empfingen mich zwei Wachen mit schussbereiten Waffen.

»Schöner Tag heute«, begrüßte ich sie im Ansinnen, das Eis zu brechen.

»Was haben Sie hier zu schaffen, Sir?«, fragte einer von ihnen.

Ich nahm den Dreispitz vom Kopf und hielt ihn in beiden Händen, um auch nur den kleinsten Anschein einer Bedrohung zu vermeiden. »Ich muss umgehend den Gouverneur sprechen. Es ist von äußerster Dringlichkeit.«

Die Wachen entspannten ein wenig, blieben jedoch aufmerksam.

»Es ist niemandem erlaubt, einfach hier hereinzuschneien und nach dem Gouverneur zu verlangen«, sagte einer der Soldaten, in einem Tonfall, als spräche er mit einem Kind. »Und selbst wenn es Ihnen gestattet wäre, so fürchte ich doch: Der Gouverneur ist nicht vor Ort.«

»Warum erklärst du dem Kerl überhaupt was?«, grummelte der andere Rotrock. »Wenn er von Bedeutung wäre, würden wir ihn kennen.«

Der Erste nickte und meinte: »Verschwinden Sie. Wenn sie einen Termin beim Gouverneur haben möchten, beantragen Sie diesen gefälligst im Gerichtsgebäude oder im Rathaus.«

Vor Enttäuschung zerknautschte ich den Hut in meinen Fingern. »Werte Herren, Sie sind gewiss redliche Soldaten, die bloß ihren Dienst versehen, aber …«

»Kein aber. Sie werden den Gouverneur heute nicht mehr erreichen. Wir haben Sie doch bereits über das Prozedere der Terminvergabe informiert. Und jetzt machen Sie gefälligst einen Abflug.« Der Soldat wedelte mit der Hand, um mich zu vertreiben.

Mein Blutdruck stieg.

Ich grinste, um meine Erregung zu verbergen. »Meine Herren, ich habe vergessen zu erwähnen, dass ich ein enger Freund von Mister Winters bin.«

Sie musterten mich ausgiebig, dann sagte einer der zwei: »Und wie lautet Ihr werter Name?«

»Lassen Sie mich zu ihm vor, wenn ich damit herausrücke?«

»Wir haben doch schon gesagt, dass er nicht hier ist.«

»Wo ist er?«, wollte ich, vielleicht ein wenig zu forsch, wissen.

Einem der Soldaten passte mein Ton nicht und er trat einen Schritt auf mich zu.

Ich wich einen Schritt zurück. Er griff mit seiner behandschuhten Hand nach mir, dann hielt er ruckartig in der Bewegung inne und spähte über meine Schulter den Weg hangabwärts nach unten. Er zog die Hand zurück und begab sich auf seinen ursprünglichen Posten, so als wäre nichts geschehen. Vom Fuß des Hügels kam eine Kutsche herauf.

»Sieht so aus, als bekämen Sie Ihren Willen«, meinte er. »Der Gouverneur kommt heute frühzeitig nach Hause.«

Mit verschränkten Armen geduldete ich mich, bis die Kutsche vor dem Tor ausgerollt war.

Gouverneur Winters lugte in der Mittagssonne peinlich berührt aus dem Fenster des Fahrzeugs. »Was zur Hölle haben *Sie* hier verloren?«

»Ich schätze, Sie wissen genau, was ich will. Ihr Neffe hat mich heute Morgen besucht und mir ein wichtiges Besatzungsmitglied geraubt.«

Miesepetrig winkte mich Winters zu sich in das Gespann und wies den Kutscher an, uns vor dem Weiterfahren einen Moment für eine Unterhaltung zu geben.

In der Kabine war es stickig. Der Gouverneur fächelte sich zur Abkühlung Luft zu. »Langsam bedauere ich meine Entscheidung, Ihnen die Freiheit zu schenken, Kapitän Reeves.«

»Ich möchte Gordon sofort zurück.«

Er beugte den Oberkörper vor und knuffte mich mit der Fingerspitze an der Brust. »Danken Sie mir so meine Freundlichkeit? Indem Sie mich uneingeladen vor meinem Heim aufzusuchen und unverschämte Forderungen stellen?«

»Gouverneur, um Ihren Auftrag auszuführen, ist Gordon *unverzichtbar.*«

»Der Mann wird für einen Mord gesucht. Überall in der Stadt hängen Steckbriefe mit seinem Konterfei. Die Krone besteht auf seine baldige Rückführung nach London zwecks Aushändigung an die Behörden. Was glauben Sie, soll ich tun? Einen königlichen Befehl verweigern?«

»Haben Sie das nicht bereits getan, als Sie uns gestern aus dem Kerker entließen?«

Meine Worte trafen ihn wie eine Peitsche ins Gesicht. Er knirschte mit den Zähnen. »Ich tue bloß, was notwendig ist, um zahllose Leben vor der Verdammnis zu bewahren. Das Meer wird nicht eher befriedet sein, bis es vom Bann Winston Trimbles befreit ist. Deshalb tat ich, was ich tun musste. Ursprünglich wollte ich nur Sie persönlich freilassen. Sie verdanken es ausschließlich meiner Gnade, dass sonst noch einer aus Ihrer unwürdigen Bande atmet. Für Gordon Littleton bin ich nicht zuständig und Sie werden auch ohne ihn Ihr Ziel erreichen. Falls Sie unfähig dazu sein sollten, ist es mir ein Vergnügen, Sie und Ihre Meute wieder in der gleichen ungastlichen Zelle wegzusperren, in die ich Sie schon einmal geworfen habe. Und nun gehen Sie mir aus den Augen!«

Er schwang die Tür auf und wies mich gestenreich aus der Kutsche. Zögernd stieg ich aus. Als er die Tür schließen wollte, fiel ich ihm in den Arm.

»Was wird mit Gordon geschehen?«

»Morgen wird Kapitän Edward Sutton mit der *Neptune's Castle* in aller Herrgottsfrühe in See stechen. Mit Mister Littleton in seiner Brig. Zwei Monate später wird er in London anlanden, wo man den Delinquenten anklagen und hängen wird. Genügt Ihnen diese Antwort auf Ihre Frage? Einen schönen Tag noch.« Winters schüttelte meine Hand ab, und knallte die Tür zu.

Ich ballte die Hände zu Fäusten, während das Gespann anfuhr. Sobald der Wagen das Tor durchquert hatte, schlossen die Wachen selbiges. Dann gaben sie mir zu verstehen, dass ich mich vom Acker machen sollte.

Langsam wandte ich mich ab und brach zu der frisch getauften *Henrietta* auf. Übellaunig grübelte ich über die Worte des Gouverneurs nach. Meine Stimmung hob sich, während in meinem Kopf ein neuer Plan Form gewann. Fröhlich schlenderte ich den Abhang hinab.

Als ich auf das Schiff zurückkehrte, war Robert Lynch bereits wieder da. Er hatte jedes einzelne Mitglied der

Mannschaft erfolgreich aufgelesen. Einige der Männer wirkten verkatert und ausgelaugt, doch das war mir egal. Die See würde die beste Medizin sein, um sie von ihrer Erschöpfung zu kurieren. Und das schon kurz, nachdem wir den Anker gelichtet hatten.

Andrea und Langley kamen sofort zu mir. Ihre Reaktion auf meine Schilderung der Ereignisse hätte nicht unterschiedlicher ausfallen können. Langley tobte und wollte am liebsten das Gefängnis mit Waffengewalt stürmen. Andrea dagegen schien erleichtert, dass der Gouverneur meine Bitte abschlägig behandelt hatte. Vermutlich glaubte Sie, ich würde Gordons Rettung jetzt aufgeben. Schon bald würde Sie lernen, dass sie mich bislang nur schlecht kannte.

Ich setzte gerade dazu an, Andrea und Langley meinen Plan darzulegen, da fielen mir gut und gern zwanzig afrikanische Männer auf, die dicht gedrängt das Achterdeck bevölkerten. Von Robert erhoffte ich mir eine Aufklärung dieses merkwürdigen Sachverhalts.

»Sie waren schon hier, als ich aus der Stadt zurückkam«, berichtete er.

»Einige Rotröcke haben sie vor etwa einer Stunde an Bord verfrachtet«, ergänzte Andrea. »Sie behaupteten, der Gouverneur habe sie als Kompensation geschickt.«

»Kompensation? Für was oder wen? Für Gordon?« Ich fluchte stumm in mich hinein und wünschte, ich hätte früher über Winters Idee, den Verlust von Gordon zu kompensieren, Bescheid gewusst. Am besten, bevor ich ihn zu Hause besuchte. Nur zu gern hätte ich ihm gesagt, dass er seine Sklaven behalten könne, denn sie brachten mir keinerlei Nutzen ein.

Die Afrikaner waren verängstigt und verwirrt. Ich verspürte den starken Drang, sie wegzujagen. Doch wo sollten sie hin? Ihr bisheriges Leben war gewiss eher von der unangenehmen Sorte gewesen und sie selbst würden es – vor die Wahl gestellt – wahrscheinlich nur ungern wieder aufnehmen wollen. Zur See zu fahren, wäre mit Sicherheit eine Verbesserung für sie. Und es lag in meiner Macht, ihnen diese Perspektive anzubieten.

Ich ging zu ihnen hin und fragte: »Spricht jemand von euch Englisch?« Mehrere rückten einen Schritt vor.

»Gibt es einen unter euch, der mit mir gemeinsam eure Lage im Namen aller besprechen kann?«

Ein Einzelner trat einen zweiten Schritt vor und deutete auf seine Brust. Schätzungsweise war der Mann Ende dreißig. Seine Hände fielen mir sofort auf. Sie waren gigantisch und schienen eher zu einem Bären, als zu einem Menschen zu passen. Seine Körperlänge war enorm. Von meinen Leuten konnte diesbezüglich bestenfalls Hale Woodrow mithalten. Der Schädel des Afrikaners war kahl und glatt wie ein Babypopo. Der struppige Bart in seinem Gesicht konnte demnächst mal wieder eine Rasur vertragen. Er trug ein verdrecktes Leinenhemd und eine Baumwollhose. Wie alle seine Begleiter ging er barfuß.

Ich begab mich zusammen mit ihm auf den Weg zur Kapitänskajüte. Als sich Andrea anschickte, uns zu begleiten, flüsterte ich ihr ins Ohr: »Ich unterhalte mich lieber allein mit ihm.«

Beleidigt zog Andrea von dannen und widmete sich ihrer Arbeit. Da ich auf sie angewiesen war, um an ihren Vater heranzukommen, musste ich darauf achten, wie ich sie behandelte. Bislang hatte ich zudem keine Ahnung, ob ich ihr trauen konnte und über welche Charaktereigenschaften sie verfügte. In der Sache mit Gordon hatte sie sich kaltherzig und gefühllos gezeigt. Je schlauer ich aus ihr wurde, desto mehr Unangenehmes kam ans Tageslicht. Vermutlich war dem so, weil das Blut Trimbles in ihren Adern letzten Endes die Oberhand behielt. Wie viele seiner schlechten Eigenschaften hatte er ihr wohl vererbt?

In der Kajüte setzte ich mich hinter den schweren Eichentisch. Der Afrikaner nahm an dessen gegenüberliegender Seite Platz. Ich streckte die Hand aus. Er ergriff sie mit einem festen, freundlichen Händedruck.

»Ich bin Kapitän Reeves. Es gibt es keine einfache Lösung für eure Situation. Ich will ohne Umschweife zur Sache kommen. Ich bin ein Pirat, genau wie der Rest meiner Mannschaft. Der Gouverneur hat dich und die anderen geschickt, um uns auf einer heiklen Mission zu unterstützen. Dabei hat er euch mir vermutlich gegen euren Willen überantwortet.«

Mein Gast lauschte unbeeindruckt meinem Vortrag.

»Wie dem auch sei«, fuhr ich fort, »unser Leben unterscheidet sich gänzlich von einem Dasein in Port Royal. Bei uns gibt es keine Sklaven und das soll so bleiben. Die Männer an meiner Seite kämpfen aus eigenem Antrieb für mich. Unser Beruf ist oft beschwerlich, jedoch kann jeder den Dienst nach eigenem Belieben quittieren. Das gilt auch für dich und deine Leute. Ihr könnt sofort gehen oder an Bord bleiben. Ganz wie es euch passt.«

Der Afrikaner grinste breit – breiter als ich es jemals gesehen hatte. Aus seinem rechten Augenwinkel rann eine Träne.

»Das ist sehr gütig von Ihnen, Käpt'n«, sagte er leise in gutem Englisch. »Ich werde mich bei den anderen Männern erkundigen, wozu sie sich entscheiden. Wenn ich darf, würde ich selbst gern an Bord bleiben.«

Ich verschränkte die Arme und lehnte mich zurück. »Und wie lautet dein Name?«

»Jobah, Käpt'n. Ich heiße Jobah. Meist werde ich jedoch Joe gerufen.«

»Gut. Und wie wirst du am liebsten genannt.«

»Joe gefällt mir am besten, Sir.«

»Dann soll es also Joe sein. Joe, hast du irgendwelche Erfahrungen mit der Seefahrt?«

Er neigte den Kopf und schloss die Augen. »Nein. Ich kann mich nur vage daran erinnern, dass ich als kleiner Junge auf einem Schiff aus Afrika hierher verschleppt wurde.«

Als ich an die menschenunwürdigen Bedingungen dachte, denen die Sklaven bei diesen Transporten unterworfen wurden, erschauderte ich. »Joe, wie eingangs erwähnt, befinden wir uns auf einer waghalsigen Mission. Das Piratenleben ist hart und es gibt Etliches, das du lernen musst. Ich will ehrlich sein: Es besteht die Chance, nicht lebend heimzukommen. Bist du dir wirklich sicher, dass du dieses Risiko auf dich nehmen möchtest?«

Joe saß eine Weile schweigend und sinnierend da. Schließlich gab er mir eine Antwort, die ich nie vergessen werde: »Wenn das Leben eines Piraten ein freies Leben ist, dann ist es das richtige Leben für mich.«

Erfreut sagte ich: »Willkommen bei unserer Mannschaft Joe. Wir duzen uns übrigens alle.«

Wieder bei seinen Schicksalsgenossen, unterbreitete er ihnen mein Angebot. Nach einigem Hin und Her ging ungefähr die Hälfte von ihnen an Land. Die Übrigen schworen mir die Treue.

»Der Gouverneur hat mir mitgeteilt, dass Gordon morgen in aller Frühe auf die *Neptune's Castle* verbracht wird«, verriet ich Langley und Andrea wenig später.

»Ich kenne das Schiff«, sagte sie. »Es ist das Schiff, das mich auf der Insel, auf der ich ausgesetzt wurde, aufgepickt hat. Es handelt sich um eine Galeone. Ein wundervoller Dreimaster.«

»Eine Galeone?«, hakte ich entmutigt nach.

»Ja. Mit vierzig Kanonen und mindestens hundertfünfzig Mann Besatzung.«

Ich umfasste das Hafengelände mit einer ausholenden Geste. »Siehst du sie hier irgendwo.«

Mit zusammengekniffenen Lidern musterte sie die vor Anker liegenden Schiffe der Royal Navy und deutete eines von ihnen heraus. »Das da. Ich glaube, das ist sie.«

»Wir müssen näher ran, um Gewissheit zu haben«, meinte ich.

»Wieso?«, fragte Langley. »Wozu gibt es Fernrohre. Ich hole uns eins.«

Mit dem Fernrohr am Auge sagte ich kurz darauf: »Ein feines Schiff. Ich hatte gehofft, es wäre kleiner.«

Als Andrea realisierte, worauf ich hinaus wollte, fauchte sie: »Das kann unmöglich dein Ernst sein!«

Ich verzichtete auf eine Antwort.

»Schau dir im Vergleich dazu unsere Nussschale an. Mit ihr können wir niemals gegen ein Schiff vom Kaliber der *Neptune's Castle* anstinken. Du musst es dir noch einmal überlegen. Das Leben eines einzelnen Mannes kann die vielen Toten, die uns das kosten würde, nicht wert sein. Niemals.«

Inzwischen war fast jeder auf unseren Disput aufmerksam geworden. Um die ungebetenen Lauscher loszuwerden, dirigierte ich Andrea in meine Kajüte, um das Gespräch in einem diskreteren Rahmen fortzuführen. Als ich sie dort nonchalant auf einen Stuhl schubste, schnaubte sie mich erbost an.

»Ich bin ein Piratenkapitän, Andrea …«

»Und ein ziemlich dummer noch dazu«, unterbrach sie mich. »Wir sollten schnellstens nach New Providence segeln. Wenn mein Vater erst einmal genug Zeit und Muße hatte, um sich mit den Kräften des Siegelrings vertraut zu machen, wird er damit erbarmungslos sowohl die englische als auch die spanische Flotte in die Knie zwingen.«

»Das werde ich ihm nicht gestatten.«

»Dann tu, was ich dir sage und vergiss den Blödsinn mit Mister Littleton.«

Zorn kochte in mir auf. Es war ihr Glück, dass sie eine Frau war. Wäre sie ein Mann, hätte ich ihr für diese

Aussage eine ordentliche Abreibung verpasst. »Andrea, du hast behauptet, mit der *Henrietta* hätten wir keine Chance? Wie kommst du darauf?«

»Was sollen diese nutzlosen Ausflüchte?«

»Wenn wir gegen die *Neptune's Castle* nicht ankommen, wie sollen wir mit ihr dann deiner Meinung nach der *Sea Witch* Paroli bieten?«

»Gar nicht, natürlich. Ich gehe davon aus, dass wir uns in New Providence ein besseres Schiff besorgen.«

»Daran habe ich auch schon gedacht. Nun habe ich aber eine Idee, wie wir zwei Fliegen mit einer Klappe schlagen können.«

Ihrem Gesichtsausdruck nach wusste sie genau, worauf ich hinauswollte. »Du meinst also, wir holen uns Gordon und die *Neptune's Castle*.«

Ich nickte.

»Ich höre«, sagte sie.

Nachdem ich einen Stuhl herangezogen und mich darauf mit der Lehne nach vorn ihr gegenüber niedergelassen hatte, fuhr ich fort: »Unser Schiff ist eine Korvette. Und wofür sind Korvetten bekannt?«

»Für ihre Geschwindigkeit, natürlich.«

»Das ist richtig«, stimmte ich zu. »Wir werden wie geplant auslaufen, aber unsere Reise geht nicht nach New Providence, sondern nach Tortuga.«

»Tortuga?«, wiederholte sie empört.

»Ich habe dort einen Kumpel, der mir eine Gefälligkeit schuldet. Er verfügt über genug Männer und das passende Schiff, um die *Neptune's Castle* in die Tasche zu stecken.

Ich wette, die *Henrietta* ist flott genug, um in weniger als einem Tag nach Tortuga zu fahren. Von dort aus werden wir mit unserem neuen Schiff die *Neptune's Castle* auf ihrer Route nach England abfangen.«

»Warte eine Minute. Ich hätte gedacht, du willst die *Neptune's Castle* stehlen und nicht in Fetzen schießen.«

»Davon werden wir selbstverständlich absehen. Jedenfalls, solange es nicht erforderlich sein sollte, um Gordon zu befreien.«

Sie lief knallrot an. Offensichtlich hatte sie etwas anderes hören wollen.

»Wie dem auch sei«, griff ich den Gesprächsfaden auf. »Es liegt in unserem ureigenen Interesse, Gordon ohne Beschädigung der *Neptune's Castle* rauszuhauen. Ricardo ist der beste Mann auf den sieben Weltmeeren, wenn es darum geht, ein Schiff mittels eines Tricks zu kapern. Zusammen werden wir etwas Funktionierendes aushecken.«

»Ich vermute, Ricardo ist der Kumpel, den du erwähnt hast?«

»Aye. Wir stecken schon seit einer Ewigkeit unter einer Decke. Zusammen haben wir bestimmt schon ein Dutzend Galeonen aufgebracht und ihre Schätze eingesackt. Als die Royal Navy vor fünf Tagen mein Schiff geentert hat, waren wir gerade gemeinsam auf Beutefahrt. Leider hat er sich aus dem Staub gemacht, während die Rotröcke meine Leute abgeschlachtet haben.«

»Deshalb schuldet er dir also einen Gefallen. Woher willst du überhaupt wissen, dass er momentan auf Tortuga ist?«

»Wir waren gerade dorthin unterwegs, als die Royal Navy unseren Kurs kreuzte. Auf Tortuga lebt eine Frau, der Ricardo verfallen ist. Seitdem verbringt er seine gesamte Zeit an Land dort. Als wir uns letztens unterhielten, war er schon ganz versessen darauf, wieder bei ihr zu sein. Wenn er dort ist, sticht er nicht wieder so schnell in See. Erst recht nicht, nachdem er die Royal Navy erst neulich in Aktion bewundern durfte. Er wird noch mindestens eine Woche auf Tortuga sein. Vielleicht sogar zwei.«

Andrea schürzte die Lippen. »In Ordnung. Tortuga liegt recht dicht an der Route nach New Providence. Und du kannst diesem Mann mit Sicherheit vertrauen?«

»Ricardo?« Ich gab alles, um so zu klingen, als sei ich wegen dieser Frage eingeschnappt. »Er ist der Archetyp eines Halsabschneiders und er verfügt über einen wesentlich dunkleren Charakter als ich selbst.«

»Genau deshalb wundere ich mich, ob wir ihm trauen können.«

»Normalerweise schon. Aber immerhin ist er geflohen, als mein Schiff angegriffen wurde.«

Sie verschränkte die Arme.

»Exakt. Damit ist zur Genüge bewiesen, dass er nicht vertrauenswürdig ist.«

Ich zuckte mit den Achseln. »Natürlich ist es ein Wagnis. Aber nur ein kleines.«

»Klein?«, echote sie gedehnt.

»Zumindest ist mein Plan durchdachter als alles, was *du* bis jetzt auf den Tisch gelegt hast«, konterte ich.

Andrea schluckte und verzichtete auf eine Antwort, da ihr klar war, wie gering ihre Chancen sein würden, mich umzustimmen.

Eine Stunde später stießen wir flott in Richtung Tortuga vor.

7

Die Reise nach Tortuga verlief glatt und ohne bemerkenswerte Zwischenfälle. Die *Henrietta* glitt zur späten Mittagszeit in den lokalen Hafen, mit einem reichlich betrunkenen Oliver Langley am Steuer. Sobald Jamaika außer Sicht geraten war, verkündete ich offiziell die Ernennung Roberts zum Bootsmann. Wie vermutet fand meine Maßnahme wegen seiner Beliebtheit breite Zustimmung. Das hielt die Jungs jedoch nicht davon ab, ihrem Kumpel diverse Streiche zu spielen, um ihn zu testen. Er ertrug es mit Fassung.

Meine nächste Herausforderung bestand darin, meinen Männern die genauen Umstände ihrer Freilassung zu enthüllen. Ein delikates Unternehmen, da ich bislang jegliche Erklärung geschickt umschifft hatte. Doch ich schuldete ihnen eine genauere Beleuchtung der Umstände. Ohne viel Umschweife skizzierte ich die wahre Natur unserer Unternehmung. Als sie Trimbles Namen hörten, schwankten ihre Reaktionen zwischen einem Schock und Wut.

Eine Erwähnung des Siegelrings König Salomons sparte ich mir, genau wie früher bei Langley und Gordon. Ich fühlte mich deshalb unbehaglich, aber ich wollte sie nicht übermäßig in Angst und Schrecken versetzen. Trimble war auch ohne dieses Artefakt schon furchterregend genug. Andrea beäugte mich kritisch, als sie registrierte, dass ich das Vorhandensein des Rings unter der Decke hielt. Einen Herzschlag lang dachte ich, sie würde mir einen Strich durch die Rechnung machen und alles ausplaudern. Zum Glück schwieg sie.

Joe und seine aus neun Mann bestehende Truppe kamen mit den Gegebenheiten auf dem Meer besser zurecht als erahnt. Nur zwei der ehemaligen Sklaven ereilte die Seekrankheit. Ich hätte gegen die beiden keine Vorwürfe erhoben, wenn sie bei unserer Ankunft in Tortuga das Seemannsleben aufgegeben hätten, doch sie entschieden sich, weiterzumachen.

Als wir am Pier lagen, rackerten sie sich mit doppeltem Eifer ab, gerade so, als wollten sie nachholen, was sie durch die Krankheit versäumt hatten. Der Rest der Besatzung mochte ein räudiger Haufen sein, dennoch nahm man die neuen Mitglieder gut auf und griff ihnen unter die Arme. Schließlich war es auch in ihrem Interesse, dass sich ihre neuen Kameraden schnellstmöglich akklimatisierten. Joe und seine Kumpane zeigten sich außerordentlich gelehrig, was das Seemannshandwerk betraf.

Sobald er nicht mehr gebraucht wurde, taumelte Langley unter Deck und schlief in einer Hängematte seinen Rausch aus.

Andrea beobachtete das seltsame Spektakel fasziniert. »Ich bin Männer in meiner Umgebung gewohnt, die mehr trinken als der durstigste Fisch. Aber ich habe noch nie erlebt, dass jemand in einer so kurzen Spanne solche Unmengen in sich hineingekippt hat wie Langley. Ich frage mich, wie er das überleben kann?«

»Warte erst mal ab, wie rasch er wieder nüchtern wird. Das wird dich noch stärker beeindrucken. In ein paar Stunden ist er wieder voll einsatzfähig.«

Sie schüttelte den Kopf. »Das muss ich selbst sehen, um es zu glauben, Kapitän.« Sie schlich näher an mich heran und sprach flüsternd weiter: »Ich kam nicht umhin zu bemerken, dass du einige Details, die meinen Vater angehen, gegenüber der Mannschaft ausgespart hast: beispielsweise das Schmuckstück in seinem Besitz.«

Ich seufzte. »Ich sehe keinen Sinn darin, ihnen frühzeitig diese Bürde aufzulasten. Sie werden die Wahrheit erfahren, sowie die Zeit reif dafür ist.«

Andrea schwieg.

Neugierig auf ihre Meinung fragte ich: »Stimmst du mit dieser Entscheidung nicht überein?«

»Tatsächlich halte ich es für einen klugen Entschluss.«

»Wirklich?«, stieß ich verblüfft aus. »Würdest du mir das bitte erläutern?«

»Mein Vater ist niemand, den man nur aus Spaß an der Freude jagt. Er ist eine Monstrosität, ein bluthungriger

Hai; und die Männer, die er auf der *Sea Witch* um sich geschart hat, sind vom gleichen Schlag. Sogar ohne Seeungeheuer und Magie als Zugabe obendrauf sind sie äußerst schlimm.«

»Magst du mir etwas über deinen Vater erzählen?«

Lächelnd trat Andrea einen halben Meter zurück. »Was möchtest du wissen?«

»Weshalb ist er so verrufen? Ich meine, schon ehe er den Ring erworben hat. Letzten Endes ist er auch nur ein gewöhnlicher Mensch, genau wie alle anderen.«

Ein kalter Schleier überzog Andreas Augen. »Mein Vater ist *kein* gewöhnlicher Mensch.«

»Was soll das heißen?«

»Er fühlt keinen Schmerz. Nicht so wie du oder ich.«

»Das wage ich in drei Teufels Namen zu bezweifeln. Jeder Mensch empfindet Schmerzen«, widersprach ich und stemmte die Arme in die Hüften.

»Natürlich fühlt er Schmerzen, aber nicht so stark wie andere. Bist du meinem Vater je begegnet?«

»Nein. Sonst wäre heute vermutlich einer von uns beiden tot.«

»Wenn du ihn je gesehen hättest, wüsstest du, dass seine komplette linke Körperhälfte von Narbengewebe bedeckt ist.«

»Ich habe gehört, er trägt links eine Augenklappe.«

»Das stimmt. In seiner Jugend, lange bevor er zum Kapitän wurde, hatte er ein furchtbares Erlebnis, das ihn zu dem Monster formte, das er jetzt ist; und um das sich zahllose Legenden ranken. Er diente damals bereits als Schiffsjunge auf einem Piratenschiff. Dieses wurde von einem anderen Piraten überfallen. In einer blutigen Schlacht wurde fast die ganze Mannschaft niedergemetzelt. Das Schiff, auf dem mein Vater fuhr, wurde nach der Plünderung von den Siegern zum Abschied in Brand gesteckt. Sie hatten ihn zuvor niedergeschossen und sie ließen ihn einfach auf dem brennenden Schiff liegen, da sie glaubten, er sei bereits tot. Die Flammen leckten schon an ihm, als er die Besinnung verlor. Und so ging er davon aus, erst in der Hölle wieder aufzuwachen. Doch seltsamerweise kam alles anders als gedacht. Tage später fand er sich, fast am ganzen Körper bandagiert, in einem Bett wieder. Die Schmerzen, die er in den kommenden Wochen und Monaten erlitt, waren unvorstellbar heftig. Die Zeit heilte zwar die Wunden, aber seine linke Körperhälfte war von nun an von komplett vernarbt. Er büßte zudem sein linkes Augenlicht und das Schmerzempfinden auf derselben Seite ein. Bis heute ist er links total schmerzunempfindlich. Du kannst ihm dort ein Messer bis auf die Knochen in den Leib rammen, er spürt nichts dabei.«

Das Blut sackte mir erkennbar aus dem Gesicht, während ich der Geschichte lauschte.

»Was ist los mit dir, Kapitän?«

»Der Name … wie lautete damals der Name des angreifenden Schiffs?«, fragte ich zögerlich.

»Tut mir leid, leider ist mir sein Name unbekannt. Ich kann mich aber daran erinnern, unter welchem Kommando es segelte. Vielleicht hilft dir das weiter.«

»Und wie hieß der Kapitän?«

»Douglas Bloodbane.«

Meine Knie wurden weich. Ich riss mich zusammen, damit Andrea mein Zustand nicht auffiel.

»Hast du jemals etwas über ihn gehört?«

Ich lachte nervös. »Ich kenne ihn gut. Verdammt gut sogar. Ich bin nämlich unter diesem verflixten Bastard zur See gefahren.«

Andrea packte mich an den Schultern, als wolle sie mich durchschütteln. »Das haut mich um. Du hast also an dem Angriff auf meinen Vater teilgenommen?«

»Auch ich war damals nur ein Schiffsjunge, den man erst wenige Monate davor zur Seefahrt gepresst hatte. So kam ich unfreiwillig auf die *Dawn Breaker*. Sie war ein großartiges Schiff. Ich kann mich noch gut daran erinnern, wie ich die Decks schrubbte, als in der Ferne ein Kanonenschuss ertönte. Dann lag ich auch schon von Holzsplittern bedeckt rücklings auf dem Boden. Meine Ohren klingelten. Nur wenige Meter von mir entfernt klaffte ein veritables Loch in der Hülle der *Dawn Breaker*.«

»Also wurdet ihr zuerst attackiert?«

»Es scheint so. Nachdem wir den Treffer eingesteckt hatten, gellte Bloodbanes Stimme über das Oberdeck und alle Mann machten klar Schiff zum Gefecht. Mir wurde befohlen, ich solle aus dem Weg gehen und nur helfen, wenn ich gefragt werde. Ich kauerte mich seitlich neben dem Loch im Schiffsrumpf zusammen und beobachtete, wie der Feind näherkam. Er verfügte über eine beeindruckende Brigantine mit mindestens zehn Geschützen auf jeder Seite. Am Hauptmast hatte sie große, rechteckige, rote Segel gehisst und am Vormast flatterten kleinere, weiße Dreieckssegel. Das Schiff wirkte so neu, als käme es frisch vom Stapellauf. Und ich schätzte, seine Mannschaft würde genauso frisch und erlebnishungrig sein.«

»Was soll das heißen?«

»Ich meine, dass es ihr vermutlich an Kampferfahrung fehlte und sie keinen blassen Schimmer hatte, worauf sie sich da gerade einließ. Sie begingen haufenweise Fehler und unser Kapitän nutzte jeden Einzelnen zu seinen Gunsten. Die *Dawn Breaker* war zudem als Galeone größer und wirksamer bewaffnet. Wir boten auf jeder Seite fünf Kanonen mehr auf. Bloodbane kommandierte sein Schiff so geschickt, dass unser Gegner gar nicht erst die Gelegenheit erhielt, eine volle Breitseite auf uns abzufeuern. Die *Dawn Breaker* segelte hart Backbord an den Angreifer heran und zeigte ihm ihren Bug. Da der Wind mitspielte, kamen wir, bevor es sich die anderen versahen, in eine Position, in der wir Steuerbord eine Breitseite aus fünfzehn Rohren abgeben konnten.«

»Und erwiderte das andere Schiff das Feuer«, warf Andrea ein.

»Aye, das hat es. Wie gesagt, handelte es sich bei ihnen jedoch um Grünschnäbel und sie reagierten viel zu langsam, um uns ernsthaft Schaden zuzufügen. Außerdem hatte unsere erste Salve wahrscheinlich die meisten ihrer Kanoniere getötet oder schwer verwundet. Sie schossen lediglich aus drei Geschützen zurück. Zu allem Überfluss hatte Bloodbane Männer an der Reling postiert, die im Vorbeifahren mit Glas- und Metallsplittern gespickte

Granaten auf das andere Schiff schleuderten. Damit fegten sie einen Großteil der feindlichen Besatzung auf dem Hauptdeck von den Füßen. Als wir sie umsegelt hatten und von ihrer Steuerbordseite an sie herankamen, waren sie derart demoralisiert, dass sie zu keiner Gegenwehr mehr fähig waren. Mit einer zweiten Breitseite zertrümmerten wir den wehrlosen Pott zu Kleinholz.«

»Und was war mit meinem Vater?«, wollte Andrea wissen.

»Keine Ahnung. Ich blieb auf der *Dawn Breaker*, während der Kapitän mit dem Gros der Mannschaft das waidwunde Schiff enterte. Von drüben klang der typische Gefechtslärm herüber. Die Verwundeten schrien erbärmlich. Am Ende ordnete Bloodbane an, das Schiff abzufackeln. Selbst wenn ich deinen Vater gesehen hätte, hätte ich unmöglich etwas zu seiner Rettung unternehmen können.«

Andrea schöpfte tief Luft. »Danke für deine Ehrlichkeit mir gegenüber.«

»Dafür musst du mir nicht danken. Das ist doch selbstverständlich.«

Sie schüttelte den Kopf und legte mir eine Hand auf die Schulter. »Doch, ich muss dir dankbar sein. Ich weiß so wenig über das Leben meines Vaters. Es ist ein einziges Puzzle für mich. Du hast mir gerade eines der fehlenden Teile gegeben.«

Andrea wirkte erschöpft. Die emotionale Berg- und Talfahrt bezüglich ihres Vaters schien ihren Tribut zu fordern.

»Andrea, da gibt es noch etwas, das wir besprechen sollten.«

Sie reckte zur Antwort erwartungsvoll das Kinn vor.

»Wenn sich in New Providence alles so verhält, wie du mir erzählt hast, werden wir dort deinen Onkel besuchen, um von ihm etwas zu bekommen, das wir als Faustpfand gegen deinen Vater einsetzen können.«

»Willst du behaupten, ich würde dich anlügen, um dich irgendwie zu hintergehen?«, antwortete sie giftig.

»Nein. Nur was passiert, sobald wir dieses Druckmittel in Händen haben?«

»Ich verstehe nicht, worauf du hinaus willst?«

»Natürlich tust du das. Weshalb bist du eigentlich so erpicht darauf, dass ich deinen Vater aufspüre. Weshalb unterstützt du mich bei der Suche nach ihm?«

»Bildest du dir etwa ein, ich sei in Wirklichkeit im Auftrag meines Vaters bei dir?«, fauchte sie.

»Ähm … na ja … du weißt ja selbst, wie es im Volksmund heißt: Blut ist dicker als Wasser.«

Andrea stieß hart mit der Kuppe ihres Zeigefingers gegen meine Brust. »Mein Vater hat mich *ausgesetzt*! Er hätte mich sterben lassen. Seine eigene Tochter. Ich liebe ihn, weil er mein eigenes Fleisch und Blut ist. Aber glaubst du *tatsächlich*, mir wäre entgangen, was für ein Ungeheuer er ist? Ich musste beobachten, wie er Dinge tat, die dich in deinen schlimmsten Albträumen verfolgen würden, Kapitän Redd.«

Ein schlechtes Gewissen für das Gesagte wogte in mir. »Andrea, ich … ich wollte dich nicht verärgern. Es fällt mir nur schwer, mir vorzustellen, wie … wie jemand wie du sozusagen ein Todesurteil über den eigenen Vater verhängen kann. Du stehst nicht in der Pflicht, dich in eine solche

Situation zu begeben. Wenn es dir zu viel wird, kannst du jederzeit …«

»Es wird mir nicht zu viel«, unterbrach sie mich. »Mein Vater hat den Tod verdient. Und wenn es sein muss, werde ich diejenige sein, die ihm diesen bringt.« Sie wandte sich von mir ab und stürmte unter Deck.

Ich verharrte irritiert an Ort und Stelle. Einerseits hasste Andrea ihren Vater definitiv. Andererseits verspürte sie ihm gegenüber eine starke Zuneigung. Beides unter einen Hut zu bringen, musste enorm schwierig und verstörend für das bedauernswerte Mädchen sein. Trotzdem verdächtigte ich sie, mir etwas zu verschweigen.

Ich verdrängte den Gedanken und entschloss mich, umgehend den nächsten Teil meines Plans in Angriff zu nehmen. Es galt, meinen alten Freund Ricardo La Salle zu finden, und ich wusste, wo er steckte. Die Gaststätte, zu der ich hintrottete, heißt schlicht *Janes's Kitchen.* Es handelte sich dabei um ein zweistöckiges Gebäude, mit einer frontseitigen Holzterrasse im Obergeschoss. Dicke Holzbalken stützten das Konstrukt.

Im Schankraum standen sechs Eichentische mit einer Länge von je sechs Metern, flankiert von Holzbänken aus dem gleichen Material. Eine bunte Mischung aus Halsabschneidern und Verbrechen bevölkerte die Kulisse, also genau jene Sorte von Männern, die ich hier vermutet hatte. Die Stimmung war ausgelassen. Die Anwesenden frönten fröhlich jeder Art von Glücksspiel, sei es mit Karten oder mit Würfeln. Überall klimperten Münzen, die den Besitzer wechselten, rhythmisch zum Klang der Musik eines

Gitarristen, der in einem dunklen Winkel sein Instrument mit flinken Fingern spielte.

Ricardo residierte auf seinem üblichen Platz – einem thronartigen Stuhl am Kopfende des Tisches, der dem Zentrum des Raums am nächsten stand.

Auf seinem Schoß räkelte sich eine Frau von überirdischer Schönheit. Ihre langen, schwarzen Locken fielen ihr in Kaskaden auf den Rücken. Sie legte den Kopf in den Nacken und lachte zur Antwort auf etwas, das Ricardo gesagt hatte. Meine alte Begierde nach dieser Frau loderte genau in jenem Moment neu auf. Ich liebte Jane Mitchell heimlich, seit ich ihr zum ersten Mal begegnet war. Dummerweise befand ich mich just zu diesem Zeitpunkt in Ricardos Gesellschaft. Ricardo zog Frauen geradezu magisch an, so auch in diesem Fall. Ich selbst verhielt mich, als hätte ich kein Interesse an Jane. So schwer es mir auch fiel, ich zwang mich, ihre Beziehung neutral zu betrachten und mich entsprechend zu benehmen. An diese Maxime würde ich mich auch heute und künftig halten.

Ricardo entdeckte mich plötzlich. Verständlicherweise reagierte er mit einer Mischung aus Überraschung und Erleichterung, hatte er mich doch zuletzt in einer schier ausweglosen Lage gesehen, aus der er selbst nur unter Mühen entkam. Und dies wäre ihm kaum gelungen, hätte sich die Royal Navy nicht darauf konzentriert, mich zu erledigen. Ricardo würde sich nicht bei mir entschuldigen, denn es war nicht seine Art, sich für seine Taten schuldig zu fühlen. Worauf ich jedoch zählen durfte, war seine Bereitschaft, mir die erbetene Hilfe zu gewähren.

Aufgrund der Lautstärke in der Gaststätte winkte Ricardo mich mit erhobenem Arm zu sich. Ich winkte zurück, setzte ein Lächeln auf und schlenderte in seine Richtung. Als ich bei ihm eintraf, gab er Jane einen sanften Klaps auf den Oberschenkel.

Sie erhob sich und begrüßte mich mit einer herzlichen Umarmung. »Redd, ich bin so glücklich, dich in Sicherheit zu wissen. Ich habe mir solche Sorgen um dich gemacht.«

Sie nahm meine Hände in die ihrigen, trat einen Schritt zurück und musterte mich von oben bis unten. Sie trug ein weißes Leinenkleid mit prächtigen Stulpenärmeln. Sie war sogar noch betörender, als ich sie in Erinnerung hatte.

»Jane, du bist eine Augenweide.«

Sie errötete und suchte Blickkontakt zu Ricardo. Er lächelte uns beide an. Dann verließ er den Stuhl und umarmte mich ebenfalls.

»Wie schön, dich wieder bei uns zu haben. Die Lady gehört jedoch mir.«

Wir lachten beide. Jane kicherte und legte einen Arm um Ricardo, den anderen um mich. »Ricardo, andere Männer lassen mich kalt.« Die grünäugige Schönheit drückte mir einen angedeuteten Kuss auf die Wange und hauchte – vielleicht eine Tonlage zu verführerisch: »Außer vielleicht Redd.«

Als ich rot wurde, lachte das Pärchen schallend. Ich stimmte ein und bemühte mich, nicht verlegen zu wirken, insbesondere, als Jane ihren Kopf an mich schmiegte und flötete: »Ich bin so müde.«

»Dann geh ins Bett«, riet Ricardo.

»Das kann ich nicht.«

»Wieso? Du hattest eine lange Nacht. Verschwinde und gönn' dir ein bisschen Ruhe.«

»Redd ist gerade erst hier angekommen. Es wäre unhöflich, wenn ich mich jetzt hinlege.«

»Ist schon in Ordnung«, gab ich ihr zu verstehen. »Ich weiß, wie anstrengend solche Nächte an der Theke für dich sind. Lass dich von mir nicht bei deinem wohlverdienten Schlaf stören.«

Sie richtete den Kopf auf. »Reise nicht wieder ab, ohne dich zu verabschieden.«

»Natürlich nicht. Und jetzt ruhe dich aus. Ich werde immer noch da sein, wenn du aufwachst. Ich habe eine Menge mit Ricardo zu besprechen.«

»Also gut.« Sie gähnte, küsste Ricardo zu meinem Unbehagen auf die Lippen und verschwand aus dem Schankraum. Hoffentlich war ihm meine Missgunst entgangen.

»Sie ist eine tolle Frau«, stellte Ricardo fest.

»Aye, das ist sie gewiss.«

»Sie mag dich sehr.« Während er dies kundtat, achtete er auffällig auf meine Reaktion. Als er spitzbekam, wie ich ins Schwitzen geriet, lachte er erneut. »Señor, ich necke dich doch nur. Entspann dich, mein Freund.«

Obwohl ich die Situation äußerst unlustig fand, lachte ich zur Erwiderung. »Ricardo, es gibt da eine Sache, über die wir ohne etwaige Zuhörer reden müssen.«

Ricardo führte mich über eine Treppe in den ersten Stock. Dort gingen wir durch einen Gang auf den Balkon, von dem aus ich beste Sicht auf ein Gehege hatte, das von Ricardos Sammelleidenschaft zeugte. Unter uns befand sich eine ganze Menagerie an Raubkatzen. Insgesamt dreizehn davon, hauptsächlich Löwen und Tiger. Sein Liebling war ein kräftiger Löwe namens Samson, der aus bernsteinfarbenen Augen zu mir hoch starrte. Als er brüllte, entblößte er in seinem Maul ein mächtiges, tödliches Gebiss.

»Nimm Platz, Señor«, lud mich Ricardo an einen kleinen, runden Tisch ein, dem zwei Polstersessel Gesellschaft leisteten.

Sobald wir es uns bequem gemacht hatten, berichtete ich ihm unumwunden, was mir seit unserem letzten Treffen widerfahren war. Ich begann mit der Gerichtsverhandlung und Gouverneur Winters und endete mit Gordons Arrest. Den Siegelring König Salomons im Besitz Trimbles hielt ich nicht zurück. Ricardo glaubte an Magie und ich vermutete, das Artefakt würde seine Bereitschaft, mich zu unterstützen, eher vergrößern, denn verkleinern. Ich hatte recht.

»Die Legende des Rings ist mir wohlbekannt. Es wundert mich, dass du als Engländer bislang nichts davon gehört hattest.«

»Mir mangelt es an guter Bildung. Aber ich kenne die See und weiß, dass in ihren Tiefen grauenhafte Kreaturen lauern. Kein Pirat – und besonders ein Strolch wie Trimble – sollte über die Macht verfügen, ihnen Befehle zu erteilen. Er würde alle Meere beherrschen, vielleicht sogar die gesamte Welt. Männer wie du und ich dürfen dabei keinesfalls ruhig zuschauen.«

»Und das werden wir nicht.« Ricardo hieb die Faust auf den Tisch. »Meine Männer und ich werden dich begleiten. Ich bin überzeugt, dass die *Sea Witch* bis zum Bersten mit Reichtümern gefüllt ist. Zudem werden an Bord Karten sein, die uns die Verstecke weiterer Schätze offenbaren. Für eine solche Menge an Gold und Juwelen werden meine Jungs selbst Trimble die Stirn bieten.«

»Ich benötige mehr als nur eure Muskeln und dein Schiff, Kumpel. Ich brauche außerdem deinen Verstand.«

»Meinen Verstand? Was meinst du damit?«

»Deine Listigkeit. Denn ich plane, die Royal Navy um ein Schiff zu erleichtern – die *Neptune's Castle*. Dabei befreien wir nebenbei auch Gordon, der in der Brig dieses Kahns hockt.«

Ricardo seufzte und ich fürchtete, zu viel von ihm zu verlangen.

»Um was für ein Schiff dreht es sich dabei?«

»Eine englische Galeone mit vierzig Kanonen.«

Ricardo nickte mit zusammengebissenen Zähnen. »Hat sie irgendwelche Wertgegenstände an Bord?«

»Glaube kaum, aber ich bin mir nicht sicher.«

Er stand auf und deponierte eine Hand auf meiner Schulter. »Verstehe«, sagte er enttäuscht. »Gib mir ein wenig Zeit, um mit meiner Mannschaft zu palavern. Ich muss sie geschlossen hinter mich bringen, sonst ist das Ganze sinnlos. Warte hier auf mich. Ich gehe jetzt sofort nach unten und kläre das.«

Es dauerte rund eine Stunde, bis auf der Treppe das Getrappel von Stiefel erklang. Ricardos Gesicht wirkte ausgezehrt, als er zu mir kam. Das war ein schlechtes Zeichen.

»Redd, mein alter Freund. Ich habe gute und schlechte Nachrichten.«

»In Ordnung. Erst die Guten.«

»Bei der Jagd auf Kapitän Trimble sind alle dabei. Ich bin stolz darauf, dass sie sich Schulter an Schulter der Herausforderung stellen, diesen Schrecken aus der Welt zu tilgen.«

»Und die schlechten?«

Ricardo nahm den Hut ab und legte ihn auf den Tisch. »Der Großteil meiner Männer ist nicht damit einverstanden, Gordon zu retten.«

Ich schloss die Augen, um meine Verbitterung zu verschleiern. »Nun gut, du hast getan, was du konntest und ich freue mich auf eure Hilfe beim Kampf gegen Trimble.«

»Redd, ich betrachte Gordon selbst als guten Freund ...«, räumte Ricardo beschämt ein.

Da er nicht fortfuhr, erwiderte ich: »Ricardo, du musst bei mir nicht um Verzeihung bitten. Es gehört zu den Aufgaben eines jeden Anführers, die Bedenken seiner Leute zu berücksichtigen.«

»Das ist wahr. Aber ich hatte keineswegs vor, mich zu entschuldigen.«

Seine Antwort traf mich knüppelhart. Ich kochte vor Zorn.

»Beruhige dich. Ich habe gesagt, der *Großteil* meiner Mannschaft, *nicht* die gesamte.«

»Könntest du bitte auf den Punkt kommen.«

»Du bekommst mein Schwert und die Schwerter einiger meiner Männer. Wir werden also vermutlich in der

Unterzahl sein. Doch wie du vorhin richtig angemerkt hast, kommt es auf mehr als nur die Muskeln an. Du hast gesagt, du benötigst meinen Listenreichtum. Und ich habe auch schon eine todsichere Idee, wie wir Gordon rausholen und uns die *Neptune's Castle* unter den Nagel reißen.«

8

Ricardo nannte mehrere Schiffe sein Eigen. Das Prunkstück seiner kleinen Flottille stellte eine spanische Galeone dar, die er *Jane* getauft hatte – ein gewaltiger Pott mit fünfzig Kanonen und einer Besatzung, die normalerweise zweihundert Mann betrug. Aufgrund ihrer Abmessungen war die *Jane* nicht besonders wendig. Ihre bloße Erscheinung wirkte jedoch so einschüchternd auf jeden Feind, dass dieser Nachteil in der Schlacht nicht weiter ins Gewicht fiel. Manche Gegner ergaben sich automatisch kampflos, sobald die *Jane* auftauchte, da sie hofften, so deren tödlichen Fängen zu entwischen.

Deshalb wählte Ricardo für unsere Konfrontation mit der *Neptune's Castle* auch besagtes Schiff aus. Ihre schiere Größe sollte Kapitän Sutton bei der Durchführung des

Plans, den wir auf dem Balkon ausgeheckt hatten, beeindrucken und uns so von vornherein einen Vorteil verschaffen.

Leider hatten wir keine zweihundert Mitstreiter, um die *Jane* vollständig zu bemannen. Von Ricardos Leuten kamen lediglich fünfzig zu meinen neununddreißig. Dennoch waren wir damit in der Lage, beide Schiffe, die *Jane* und die *Henrietta*, einsatzfähig zu kriegen.

Den Abend verbrachten wir damit, Lebensmittel und Wasser auf der *Jane* in ausreichender Menge zu bunkern, sodass wir nach Gordons Befreiung direkt nach New Providence weitersegeln konnten.

Als wir damit fast fertig waren, kehrte ich in *Jane's Kitchen* zurück und verabschiedete mich wie versprochen von der Namensgeberin der Taverne. Ich hätte gern einen Augenblick allein mit ihr verbracht, aber Ricardo leistete uns Gesellschaft. Wahrscheinlich war es besser so, da Jane schließlich seine Geliebte war und nicht meine. Jedenfalls verursachte seine Anwesenheit mir ein flaues Gefühl im Magen, da ich meine Emotionen äußerlich leugnen musste, während ich mich mit ihr unterhielt. Meines Erachtens ist es falsch, die Frau meines Freundes zu begehren, aber ich war diesbezüglich nicht mehr Herr meiner Gefühle.

Als wir ankamen, schuftete Jane gerade in der Küche. Sie war so sehr in ihre Tätigkeit versunken, dass ihr unsere Gegenwart entging. Ricardo schlich auf Zehenspitzen bis an ihren Rücken und umschlang ihre Taille. Jane erkannte ihn anhand der vertrauten Berührung, legte den Nacken nach hinten und küsste ihn auf den Mund. Zum Glück bekamen sie meinen säuerlichen Gesichtsausdruck dabei nicht mit.

Als mir Jane endlich einen Blick schenkte, grinste ich wie ein dummer Schuljunge. Schüchtern wandte ich den Kopf ab.

Jane und Ricardo verdrückten sich dann in eine abgelegene Ecke der Küche und flüsterten miteinander. Plötzlich überzog ein dunkler Schatten Janes Gesicht. Vermutlich hatte Ricardo gerade ausgeplaudert, dass wir hinter der *Sea Witch* und Trimble her waren. Am Ende der Unterhaltung umarmten sie sich, als wäre dies ein Abschied für immer.

Hand in Hand kamen die beiden zu mir zurück. Jane ließ Ricardo los, legte die Arme um meinen Nacken, zog mich heran und gab mir einen Kuss auf die Wange.

»Ich werde gut auf Ricardo aufpassen«, schwor ich.

»Dessen bin ich mir gewiss. Sollte ihm etwas zustoßen, möchte ich, dass du derjenige bist, der mir die Nachricht übermittelt.«

Ich löste mich von ihr und versprach: »Die Sache wird gut laufen.«

Sie nickte. Ihr Gesichtsausdruck verriet jedoch ihren Unglauben an mein Versprechen.

Ricardo ging anschließend auf sein Schiff und ich auf die *Henrietta*. Als sich unsere Wege trennten, verlor keiner von uns ein Wort, so sehr waren wir auf unsere Unternehmung fixiert.

Auf der *Henrietta* erklomm ich, flankiert von Andrea und Langley, das Achterdeck. Alle Mann versammelten sich, um meiner Rede zu lauschen. Ich berichtete ihnen von unserem Plan. Als ich damit fertig war, brachen alle in einen kollektiven Jubel aus, der mich mit Stolz erfüllte.

Robert bellte Befehle und ich instruierte Langley, Kurs Nordost auf die Windward-Passage zu setzen. Unser Ziel war eine kleine Inselgruppe mit Tortuga im Norden und den Bahamas im Südwesten.

In den Reihen der Royal Navy verkehrten Schiffe auf der Reise nach Europa üblicherweise auf einem Kurs durch diese Meerenge. Dort wollten wir Sutton und die *Neptune's Castle* abfangen, bevor sie in der Weite des Atlantischen Ozeans spurlos verloren gingen.

Meine Hochstimmung aufgrund der enthusiastischen Reaktion meiner Männer auf unser Vorhaben erhielt einen Dämpfer – und zwar von der einzigen Frau an Bord.

»Mir gefällt das Ganze nicht«, monierte Andrea. »Es ist dämlich und obendrein viel zu riskant.«

Wenigstens offenbarte sie mir ihre Ablehnung unseres Vorhabens im privaten Rahmen meiner Kajüte.

»Schätze das ist er. Gordon hat übrigens das Gleiche über meinen Plan, dich aus dem Gefangenentransporter zu holen, behauptet.« Ich schnappte mir die Flasche Rum auf dem Tisch, entkorkte sie und schenkte uns beiden je einen gut mit der dunklen Flüssigkeit gefüllten Becher ein.

»Kapitän, eines muss ich dir zugestehen: Dein Mut übersteigt deine Idiotie noch.« Sie trank einen ordentlichen Schluck.

»Das bringt es auf den Punkt«, meinte ich und kicherte.

Sie hielt die Hand vor dem Mund, um das hochprozentige Gesöff vor Prusten nicht unfreiwillig wieder auszuspucken.

»Ich habe eben eine andere Herangehensweise an Dinge als dein Vater«, sagte ich und erlaubte mir selbst einen kräftigen Schluck.

Nach einer kurzen Kunstpause antwortete Andrea: »Ich glaube, ich brauche einfach ein bisschen Zeit, um mich daran zu gewöhnen.«

»Bei der Bande von Taugenichtsen hier an Bord geht das bestimmt ganz schnell. Zurück zu unserem Plan: Was hast du daran auszusetzen?«

Sie wiegte den Kopf und überlegte. Dann sagte sie: »Beispielsweise der Teil mit der riesen …«

»Kapitän!«, rief Langley und stürmte in die Kajüte. »Rieche ich etwa den verlockenden Duft von Rum hier?«

»Aye, das tust du, Kumpel«, antwortete ich und warf ihm die verkorkte Flasche zu.

Er fing sie mit geübtem Griff, zerrte den Korken mit den Zähnen heraus und nahm einen endlos langen Zug. Danach putzte er sich den Mund mit der Handrückseite ab. »Was dagegen, wenn ich die Flasche mit hochnehme?«

»Nein. Ich habe noch reichlich davon hier.«

Zufrieden mit dieser Antwort kehrte Langley auf seinen Posten zurück.

Sobald er draußen war, lachten Andrea und ich los.

»Die Reise zu den Bahamas ist ziemlich kurz«, griff Andrea den zerrissenen Gesprächsfaden wieder auf. »Glaubst du, er wird bis dahin betrunken genug sein, um ein Schiff von der Größe der *Neptune's Castle* problemlos zu steuern?«

Immer noch lachend, erwiderte ich: »Das hoffe ich doch sehr.«

Wieder ernst fuhr Andrea fort: »Mir schmeckt der Plan immer noch nicht, trotzdem werde ich ihn unterstützen. Welche andere Wahl hätte ich denn?«

»Keine, wie es ausschaut. Wenn er funktioniert, wird er dir gefallen.«

»Dann bekommst du eine Entschuldigung von mir.«

»Behalte deine Entschuldigung für dich. Das ist mir zu billig. Ich möchte, dass du dich schuldig dafür fühlst, deinem Kapitän misstraut zu haben.«

Sie beäugte mich misstrauisch. »Was meinst du, soll ich dann tun?«

»Wenn alles gut geht und wir Gordon und das verdammte Schiff haben, wirst du mir zur Belohnung einen Kuss geben.«

»Werde ich das?«, fragte sie verdutzt.

»Aye. Wenn du so sicher bist, dass die Sache schiefgeht, wovor fürchtest du dich dann?«

»Nein, nein. Ich hoffe ja, dass wir das Kind schon schaukeln. Ein Erfolg kommt ja auch mir zugute. Also ich spiele dein Spielchen mit – wenn es gelingt, kriegst du einen Kuss.«

»Sehr gut«, sagte ich zufrieden mit dem getroffenen Arrangement.

»Bilde dir bloß nicht ein, ich würde den Kuss auch nur für eine verdammte Sekunde genießen. Du tischst jetzt besser eine neue Flasche Rum auf, damit ich in die nötige Verfassung komme, um auch nur den Gedanken daran überhaupt ertragen zu können.«

Bei unserem Eintreffen am Ziel tauchte der äußerste Rand der Sonne gerade im Osten am Horizont auf. Ich stand auf dem Achterdeck. Eine kühle Morgenbrise umwehte mich. Die Sterne und der silberne Mond verblassten langsam. Unheimliche Ruhe lastete auf der See. Die vergangenen Tage forderten ihren Tribut von meinem Körper und Geist. Die zurückliegende Nacht hatte mir zudem nur einen unruhigen und wenig erholsamen Schlaf gewährt.

Als ich gähnte, rief mir Jolly zu: »Du musst mal gescheit ausschlafen, Käpt'n.«

»Keine Zeit. Die nächsten Stunden werden ziemlich haarig. Die *Neptune's Castle* kann jeden Moment hier sein. Da kann ich es mir kaum leisten, ein Nickerchen zu machen.«

»Aye, Käpt'n.« Er grübelte angestrengt darüber nach, welches Argument er als Nächstes ins Feld führen sollte, um mich dazu zu bewegen, mich hinzulegen.

Ich entschied mich, ihm einen Befehl zu erteilen, um ihn von dieser Bürde zu befreien. »Jack, du hisst jetzt die Flagge.«

»Aye«, antwortete er kurz angebunden und stapfte unter Deck, um die Unionsfahne zu holen.

Um einen Überblick über die Moral und Einsatzbereitschaft meiner Männer zu bekommen, begab ich mich auf einen Rundgang durch das Schiff. Joe schrubbte zusammen mit den übrigen Ex-Sklaven das Deck. Sie gingen dabei derart akribisch vor, dass ich einen Eindruck davon gewann, unter welcher Sorte von Sklavenhaltern sie gelitten hatten. Die Planken waren bereits blitzblank, dennoch polierten sie das Holz weiter, als drohe ihnen eine grausame Strafe, falls sie das kleinste Fitzelchen Dreck übersahen. Ich ging rüber zu Joe. »Kann ich dich gerade sprechen?«

Joe sprang jäh auf, den Mob fest in der rechten Hand. »Ja, Sir. Was soll ich erledigen, Sir.«

Ich geleitete ihn zu einem ruhigen Plätzchen auf der Steuerbordseite der *Rebecca.*

»Joe, ihr arbeitet hervorragend.«

»Das ist sehr freundlich. Wir geben unser Bestes«, sagte er erfreut.

»Das stimmt zweifelsfrei. Aber es gibt da ein kleines Problem.«

Joe zuckte zusammen. Er schien kurz davor zu sein, in Tränen auszubrechen.

»Hör mir genau zu. Die Worte, die mir nun entweichen, habe ich nie zuvor ausgesprochen und ich werde es auch künftig niemals wieder tun.«

Mein Gegenüber biss sich vor Nervosität auf die Unterlippe.

»Joe, ihr stellt auch verdammt gut an. Mir scheint es fast, dass ihr ein wenig zu hart schuftet, Kumpel.«

Joes Kinnlade klappte nach unten. Zuerst dachte ich, er sei betrübt, doch dann realisierte ich den eigentlichen Grund – er war schlicht und einfach fassungslos. Nachdem er sich wieder sortiert hatte, fragte er ungläubig: »Wir arbeiten zu hart, Käpt'n?«

Ich umfasste seine Schulter und drückte sie sanft. »Joe, ich wollte dir zu verstehen geben, dass die anderen Mannschaftsmitglieder ab und zu eine Pause einlegen. Das dürft ihr auch. Das Deck ist sauber genug. Erkundet das Schiff und freundet euch mit den anderen an. Sie sind eure neue Familie und die See ist eure neue Heimat. Lernt so viel ihr könnt über das Meer.«

Es dauerte ein wenig, bis er das Gehörte verdaut hatte. »Wir werden das Gewünschte tun. Wir werden aber bestimmt eine Weile benötigen, um uns an das neue Leben zu gewöhnen und die vorgeschlagenen Pausen abzuhalten. Falls wir uns zu lange ausruhen, möchten wir bitte Bescheid bekommen.« Er hatte das Wort *Pausen* betont, als sei es etwas Schlimmes. Wahrscheinlich hatten er und seine Schicksalsgenossen von Kindesbeinen an nichts anderes gelernt, als sich von früh bis spät ohne Unterbrechung abzurackern.

»Versprochen. Und jetzt macht euch mit dem Schiff und der Besatzung bekannt.«

Joe nickte und grinste unsicher. Ich überlegte, ihnen allen zu befehlen, den Mopp sofort niederzulegen, entschied mich aber dagegen, um sie nicht zu überfordern. Ich konnte sie ja auch noch nachher darauf testen, wie schnell sie Kommandos befolgten.

Einige Stunden später ballten sich, am bis dahin strahlend hellen Himmel, erste Wolken zusammen und das Wetter würde schwüler und schwüler. Als die *Henrietta* den südlichsten Zipfel der Bahamas erreichte, warfen wir Anker und warteten, bis sich die Jane an unserer Backbordseite einfand. Die Enterhaken ihrer spanischen Besatzung verkrallten sich in unserer Reling und beide Seefahrzeuge wurden zueinander hingezogen. Sobald sie eng genug beisammen waren, sprang Ricardo zu uns herüber.

»Was macht deine Fracht?«, fragte ich.

»Bis jetzt ist sie ziemlich friedlich«, entgegnete er vergnügt. »Wir brauchen uns keine Sorgen zu machen, ehe wir die Verschläge öffnen.«

»Womit habt ihr sie verschlossen?«

»Mit einem starken Tau. So kann ich mit einem Säbelhieb die Deckel öffnen.«

Am Hauptmast der Jane flatterte die Piratenflagge, im Gegensatz zum Union Jack an unserem eigenen – genau so, wie es unser Trick vorsah. Obwohl bis jetzt alles wie am Schnürchen verlief, hatte ich ein flaues Gefühl im Magen. Zu meinem Leidwesen kannte ich dieses Gefühl nur zu gut. Es plagte mich immer dann, wenn bald darauf etwas in die Hose ging. Ich zwang mich, es zu ignorieren. Was sonst blieb mir auch übrig? Dies war die einzige Chance, Gordon rauszuholen und ein besseres Schiff zu ergattern. Es hieß also jetzt oder nie!

»Segel am Horizont«, gellte der Ruf aus dem Krähennest der *Jane.*

Ricardo eilte – gefolgt von mir – auf das Achterdeck, schnappte sich das Fernrohr und hielt es vor sein rechtes Auge. Er seufzte und händigte es mir aus, sobald er genug gesehen hatte.

Sobald ich scharf sah, machte ich die oberen Enden weißer Segel aus.

»Das müssen sie sein.«

»Aye. Zeit, um auf Position zu gehen«, antwortete Ricardo und kehrte auf sein eigenes Schiff zurück. Dort bellte er Befehle, worauf seine Männer unter Deck huschten und ihre wertvolle Fracht in sieben verschnürten Kisten nach oben transportierten.

»Sollen wir uns jetzt auf Position begeben?«, fragte mich Robert.

»Noch nicht. Wir haben noch eine gute halbe Stunde, bis sie uns entdecken können.«

»Aye, Kapitän. Ich hole alle Männer an Deck, versetze sie in Alarmbereitschaft und erwarte deine Befehle.«

Ich begab mich in meine Kajüte.

Andrea war vom übermäßigen Rumgenuss noch wie betäubt. Sie wollte zwar bei unserem heutigen Abenteuer nicht mitmischen, trotzdem musste ich sicherstellen, dass niemand von Suttons Besatzung sie an Deck sah. Eine Frau an Bord würde unnötig Verdacht erwecken. Außerdem durfte ich kein Risiko eingehen, sie in einem Gefecht zu verlieren, bevor sie uns auf Trimbles Fährte gebracht hatte. Deshalb hatte ich sie bis zum Anschlag abgefüllt, sodass sie nicht mehr in der Lage sein würde, die Kajüte zu verlassen. Ich nahm sie unter den Achseln und hob sie aus dem Bett. Sie murmelte etwas Unverständliches und schlief weiter. In diesem Zustand schleppte ich sie an Deck und pfiff nach Langley. »Hol den Schlüssel für die Brig. Wir treffen uns dort.«

Er kam kurz nach mir an der Tür unseres Bordgefängnisses an und schloss dessen Eisentür auf. Dann faltete Langley Andreas Mantel zu einem behelfsmäßigen Kissen zusammen. Ich bettete sie behutsam auf den Boden der Brig, legte ihren Kopf auf das weiche Kleidungsstück und platzierte ihren Hut so, dass er einen Großteil ihres Gesichts bedeckte. Danach verließen wir die Zelle und verriegelten diese hinter uns. Andrea wirkte nun so wie bei unserer ersten Begegnung, sprich wie ein junger Mann. Sollte Sutton mein Schiff filzen, würde er in ihr lediglich einen Betrunkenen wahrnehmen, den man zum Ausschlafen seines Rausches weggesperrt hatte.

Wieder an Deck stellte ich fest, dass uns die *Neptune's Castle* inzwischen ziemlich auf die Pelle gerückt war. Und die Distanz schrumpfte immer weiter. In maximal zwanzig Minuten würde sie bei uns sein.

Als es so weit war, mit der Scharade zu beginnen, kam Ricardo mit zehn seiner Mitstreiter an Bord der *Henrietta.*

»Robert, bring alle Mann auf Position«, bestimmte ich.

Auf Roberts Kommando setzten sich die Männer in einer Linie mit dem Rücken an der Steuerbordreling nebeneinander auf ihr Hinterteil. Nachdem sich Langley und meine Wenigkeit dazu gesellt hatten, legten Ricardo und seine Leute die Hände auf die Griffe ihrer Säbel.

»Ich hoffe, es klappt«, grummelte Langley.

Ricardo, der meinen Steuermann sogar noch länger kannte als ich selbst, lachte, als er dessen besorgten Tonfall registrierte. »Hab Vertrauen, Señor. Alles wird funktionieren.«

Vorgebeugt musterte ich die Gesichter meiner Männer. Die meisten davon waren ruhig und gefasst. Lediglich zwei von allen wirkten nervös – ironischerweise waren dies die beiden kräftigsten Männer an Bord. Hale Woodrow, der Schiffszimmermann, rieb verhohlen seine Hände. Und Joe bewegte mit geschlossenen Augen die Lippen, als bete er still.

Ihre gegenwärtige Stimmung bekümmerte mich nicht. Sobald ein Kampf ausbrach, würden beide ihren Mann stehen und dem Feind heftig zusetzen. Die Angst vor dem Sterben konnte durchaus hilfreich bei einem Gefecht sein, denn wer den Tod fürchtet, achtet besonders besonnen darauf, diesem im Handgemenge nicht anheimzufallen. Ich durfte mich glücklich schätzen, diese beiden Riesen auf unserer Seite zu haben.

»Achtung Señores«, flüsterte Ricardo. »Unsere Freunde sind da. Jetzt werden wir unser kleines Theaterstück aufführen.« Dann zog er den Säbel blank.

9

Besonders auffällig an der *Neptune's Castle* war ihre wundervoll gestaltete, hölzerne Galionsfigur. Sie zeigte einen gut gebauten, älteren Mann mit einer vollen Haarmähne und dem dazu passenden Vollbart. Die zusammengekniffenen Augen unter den buschigen Brauen brachten seinen Zorn zur Geltung. In der rechten Faust hielt er einen gewaltigen Dreizack. Die Griechen hatten ihn Poseidon genannt. Bei den Römern hieß dieser Gott der Meere Neptun.

Bisher hatte ich die *Neptune's Castle* erst einmal in Port Royal aus größerer Entfernung begutachtet. Aus der Nähe wirkte sie noch wesentlich imposanter. Ihre hellblau gestrichene Hülle verzierten vergoldete Linien. Die Geschützpforten standen gefechtsbereit offen. Aus ihnen ragten die Mündungen von Zwölfpfündern. Offensichtlich hatte

Sutton die Puzzlestücke so zusammengesetzt, wie von uns erhofft. Für ihn schien es, als sei die *Henrietta* ein Schiff, das gerade von Piraten überfallen wurde. Über der *Henrietta* wehten die Farben der Union und über der Jane eine *spanische* Piratenflagge. Dieses Detail würde Sutton als Engländer noch zusätzlich anheizen.

»Piraten, im Namen von König George befehle ich euch, die Waffen umgehend niederzulegen«, gellte es aus einem Sprachrohr an Suttons Lippen zu uns herüber.

»Niemals«, begehrte Ricardo auf. »Wagt es bloß, überzusetzen und wir werden das Deck mit englischem Blut rot streichen.« Dann zerrte er Langley an den Haaren in die Höhe und presste ihm die Schneide des Säbels an den Hals. Langleys Adamsapfel zuckte nervös. Ob diese Reaktion seiner Beklommenheit entwuchs oder ob es sich dabei um beste Schauspielkunst handelte, konnte ich nicht sagen.

Erst nach einer längeren Pause sprach Sutton erneut. »Nimm die Klinge von der Kehle dieses Manns«, äußerte er in einem neutralen Tonfall. »Ich möchte, falls irgendwie möglich, heute auf ein Blutvergießen verzichten. Lasst uns verhandeln.«

Leicht beruhigt entfernte Ricardo den Säbel ein Stückchen von Langleys Hals. »Sehr klug, Señor. Ich bin zu Verhandlungen bereit, solange niemand unsere Kapitulation fordert ... eher würde ich sterben.«

»Du scheinst verzweifelt zu sein, also nehme ich dich beim Wort. Du musst aber meinen Standpunkt verstehen. Du befindest dich auf einem englischen Schiff und drohst damit, unbescholtene Engländer zu ermorden. Sollte auch nur ein Tropfen Blut der Geiseln vergossen werden, werde ich über euch den Tod aus zwanzig Kanonen entfesseln.«

Ricardo grinste und lachte anschließend herzlich. »Señor, ich dachte, ich hätte mich verständlich ausgedrückt. Ich werde eher in den Tod marschieren, als mich zu ergeben. Niemand muss sterben, wenn du keinen Fehler machst. Wenn uns gestattet wird, auf unser Schiff zurückzukehren, werden wir die Geiseln unverletzt freilassen.«

»Wo ist der Kapitän des gekaperten Schiffs?«

Ricardo ließ Langley los, stieß ihn auf die Planken und zerrte mich in die Höhe. Nun hatte ich freie Sicht auf die *Neptune's Castle.*

Edward Sutton war ein großgewachsener Mann mit der Statur eines Bullen. Unter dem königsblauen Zweispitz, der seinen Kopf schmückte, quollen dunkelbraune, fast schwarze Locken hervor. Das beeindruckendste Merkmal an ihm waren die Augen, die fast so dunkel wie seine Haare waren. Sein Blick versprühte eine Stärke und Willenskraft, der man nur schwer standhalten konnte.

Der Mann neben Sutton schien mich zu erkennen. Er beugte sich zu seinem Kapitän und flüsterte ihm hinter vorgehaltener Hand etwas ins Ohr. Dieser mysteriöse Unbekannte kam mir auch vertraut vor, aber ich konnte ihn nicht zuordnen. Insbesondere da die Hand nun fast sein gesamtes Gesicht verdeckte. Zum Glück hatten Ricardo und ich von vornherein die Möglichkeit einkalkuliert, dass ich identifiziert würde. Tatsächlich würde dies unseren Plan eher befördern als behindern, da ich in dringendem Auftrag von Gouverneur Winters reiste. Und nun hielt mich ein spanischer Seeräuber davon ab, diesen pflichtgemäß zu erfüllen.

»Kapitän, gibt es Verletzte unter Ihren Männern?«, fragte Sutton besorgt.

»Bis jetzt nicht, Sir.«

»Ich würde gern mit dem Kapitän sprechen«, bat Sutton Ricardo.

»Dann sprich doch kurz mit ihm, Señor«, antwortete Ricardo frech. »Ich werde nichts tun, um dich davon abzuhalten.«

»Ich würde ein Gespräch unter vier Augen bevorzugen«, erläuterte Sutton, sichtlich irritiert von der Dreistigkeit des Piraten.

»Warum sollte ich das zulassen?«

»Beispielsweise, um ein Zeichen gegenseitigen Vertrauens zu setzen. Wenn du mir diesen Wunsch gestattest, werde ich euren freien Abzug in Betracht ziehen. Also schickt den Kapitän zu uns rüber. Ihr habt bis zu seiner Rückkehr ja noch die anderen Geiseln in der Gewalt.«

Ricardo starrte Sutton an, als wolle er ein Loch in ihn hineinbrennen. Mein Kumpel spielte seine Rolle so überzeugend, dass ich mir ins Gedächtnis rufen musste, auf welcher Seite er eigentlich stand. »Nun gut. Du sollst deinen Plausch mit dem Kapitän kriegen.«

»Ausgezeichnet. Lass ihn sofort zu mir.«

Sobald ich die Planken der *Neptune's Castle* unter den Füßen hatte, konnte ich Suttons geheimnisvollen Zuflüsterer genauer beäugen. Als ich ihn erkannte, kletterte mein

Puls unwillkürlich in schwindelerregende Höhen. Es handelte sich um den Neffen des Gouverneurs – Augustus Flynn. Meine letzte Begegnung mit ihm war recht unerfreulich verlaufen und ich fürchtete, die aktuelle würde ebenso enden.

Nachdem man mich in Suttons Kajüte gebracht hatte, wurde mir dort ein Stuhl an einem wundervollen Mahagonischreibtisch zugewiesen. Neben Flynn betraten weitere – mir unbekannte – Offiziere den Raum.

»Willkommen an Bord, dreckiger Pirat«, zischte mir Flynn mit vor Hass triefender Stimme zu.

Bevor er fortfahren konnte, intervenierte Sutton: »Das reicht, Flynn. Kapitän Reeves ist kein Pirat. Er ist ein Freibeuter auf einer dringlichen Mission im Auftrag des Gouverneurs.«

Sutton nahm einen silbernen Becher vom Tisch und tat einen tiefen Zug. Flynn verschränkte die Arme vor der Brust.

»Nun verraten Sie mir bitte, Kapitän Reeves, wie es zu dieser Verwicklung mit den Spaniern kam? Da der Zweck Ihres Auftrags streng geheim ist, dürften sie keinerlei Kenntnis davon haben.«

»Die spanischen Piraten haben tatsächlich keine Ahnung davon. Sie sind uns auf den Fersen, seit wir Tortuga passiert haben. Als sie auf Kanonenreichweite kamen, feuerten sie ein paar Warnschüsse ab. Ich ließ Anker werfen, da ich fürchtete, sie würden uns sonst versenken. Sie verlangten von uns die Herausgabe sämtlicher Wertgegenstände und seitdem versuche ich, ihnen zu verdeutlichen, dass wir keine an Bord haben. Der geheime Charakter unserer Mission blieb bis dato unberührt.«

Sutton lehnte sich in seinem Stuhl zurück. »Verstehe. Und Sie haben tatsächlich nichts Wertvolles an Bord?«

»Nein. Reichtümer sind zur Erfüllung unserer Unternehmung nicht notwendig.«

»Er lügt«, fauchte Flynn. »Dieses Piratenpack steckt unter einer Decke. Ich wette, ihre Laderäume quellen über vor Gold.«

»Sie sind jederzeit willkommen, mein Schiff zu durchkämmen. Und was die Spanier angeht: Ich habe keinen Schimmer, was in ihren Laderäumen ist, da ich sie heute zum ersten Mal sah. Wie Ihr Kapitän schon anmerkte, bin ich ein Freibeuter, der unter dem Schutz der Krone segelt.«

Ich griff nach einem der Silberbecher auf dem Tisch. Flynn schlug das Gefäß ungehalten zur Seite, bevor meine Finger es umfassten. Dabei schrie er: »Lügner. Verdammter Lügner!«

Der Inhalt des Bechers verpasste zwei Offizieren der Royal Navy eine unfreiwillige Dusche, als er über den Tisch spritzte. Wutbebend erhoben sie sich.

»Flynn, Ihr Temperament wird Sie eines Tages den Kopf kosten«, prophezeite Sutton. »Raus aus meiner Kabine! Wir werden diese Angelegenheit später klären.«

Flynn durchbohrte mich zum Abschied mit einem letzten hasstriefenden Blick. »Also gut«, zischte er an Suttons Adresse. Dann stürmte er hinaus und schmetterte hinter sich die Tür in den Rahmen.

»Ich muss für Flynns ungebührliches Betragen um Vergebung bitten«, sagte Sutton. »Hätte sein Onkel nicht den Rang eines Gouverneurs inne, hätte ich ihn dafür in die Brig verbannt.« Der Kapitän machte den Rücken gerade. »Ich habe davon gehört, dass sie beide schon in der Vergangenheit Probleme miteinander hatten.«

»Unsere frühere Meinungsverschiedenheit drehte sich um den Arrest eines meiner Mannschaftsmitglieder.« Eine Diskussion über Gordon würde das Gespräch in eine Richtung lenken, die mir gar nicht gefiel; und die auch nur schlecht mit dem harmonierte, wozu Ricardo und die anderen eingeplant waren.

»Ah, Sie meinen den Mörder Gordon Littleton«, stellte Sutton fest, als sei er dazu befähigt, meine Gedanken zu lesen. »Jenen Gordon Littleton, der auf meinem Schiff zu einem Gericht in England überführt wird.«

»Aye. Um ihn geht es. Er sollte jedoch momentan unsere kleinste Sorge sein. Er sitzt sicher hinter Schloss und Riegel, während meine Mannschaft mit vorgehaltenen Klingen bedroht wird.«

Nach kurzem Überlegen nickte Sutton. »Ja, wir sollten lieber darüber reden, wie wir diese missliche Situation beenden. Haben Sie etwas über die spanischen Piraten in Erfahrung gebracht?«

»Zahlenmäßig sind Ihnen diese Halsabschneider definitiv haushoch unterlegen. Meines Wissens sind sie dazu bereit, sich die Freiheit zu erkaufen.«

»Erkaufen? Was soll das heißen? Wie kommen Sie darauf?«

»Als Kind habe ich Spanisch gelernt. Das habe ich denen natürlich verschwiegen. So konnte ich problemlos den Kapitän bei einer Lagebesprechung mit seinen Offizieren belauschen. Sie debattierten darüber, wie sie aus der Falle entwischen können, in der sie hängen, da unsere beiden Schiffe miteinander vertäut sind und sie das ihrige unmöglich rechtzeitig freimachen konnten, um einfach abzuhauen. In ihrer Verzweiflung haben sie all ihre erbeuteten Schätze in Kisten auf das Oberdeck geschleppt, um sich damit auszulösen.«

Sutton trommelte nachdenklich mit den Fingern auf den Mahagonitisch, während er überlegte. »Nein«, platzte es plötzlich aus ihm heraus.

»Nein?«, wiederholte ich fragend.

»Ich werde Sie alle töten und das Diebesgut konfiszieren. Es wäre ja noch schöner, wenn sich jeder dahergelaufene Verbrecher einfach freikaufen könnte.«

»Kapitän, darf ich meine bescheidene Meinung äußern?«, meldete sich einer der älteren Navy-Offiziere zu Wort, der wirkte, als habe er das sechzigste Lebensjahr bereits überschritten. Er schien nur noch sehr wenig zu sehen, dennoch musste ich meine Hoffnung auf ihn setzen, wenn es darum ging, die Meinung Suttons zu ändern.

»Natürlich«, sagte Sutton voller Wertschätzung für diesen Veteranen der Meere.

»Ich glaube, es wäre klug, zuerst so zu tun, als ließen wir uns auf den Handel ein. Die Piraten greifen wir am besten erst an, wenn sie sich in Sicherheit wiegen. Ansonsten versenken sie den Schatz vielleicht, bevor wir ihn beschlagnahmen können.«

Breit lächelnd erwiderte Sutton: »Wie immer sind Sie derjenige, dessen Rat am wertvollsten ist. Genau so werden wir agieren. Und nun gehen wir gleich nach oben und feilschen mit den Piraten.«

An Deck schrie Sutton vehement auf das andere Schiff hinüber: »Pirat, ich habe mich entschieden. Ich bin nicht willens zu verhandeln. Kapituliert oder sterbt!«

Ricardo steckte kichernd den Säbel in die Scheide. »Señor, ich hatte es schon im Urin, dass du etwas Derartiges herausposaunst. Wie gesagt, bin ich heute nicht in der Laune, mich zu ergeben. Allerdings kann ich dir einen Vorschlag unterbreiten, der es uns beiden erlaubt, das Gesicht zu wahren.«

»Ich höre. Aber beeil dich mit dem, was du zu sagen hast.«

»Auf meinem Schiff stapeln sich Reichtümer jenseits deiner Vorstellungskraft. Ich wäre bereit, mich von einem Teil zu trennen, falls wir unbeeinträchtigt abziehen dürfen.«

»Du bist willens, einen *Teil* davon abzugeben? Tut mir leid. An einer solchen Vereinbarung habe ich kein Interesse. Lieber blase ich dir ein paar Löcher in den Kahn und nehme mir *alles*.«

Ricardo verdrehte dramatisch die Augen. »Ist ja gut. Ihr könnt alles haben, aber lasst uns gehen.« Er schauspielerte wirklich bravourös. Seine Verzweiflung wirkte unheimlich echt.

Sutton beugte sich über die Reling der *Neptune's Castle* und starrte nach unten auf das Wasser zwischen den Schiffen, als erwöge er das Angebot gewissenhaft. Ich fand es ziemlich belustigend, mit welchem Elan die beiden Kontrahenten darum wetteiferten, wer den jeweils anderen geschickter hinters Licht führen konnte.

Als Sutton glaubte, er habe Ricardo genug vorgegaukelt, hob er den Kopf. »Nun gut. Wenn ihr sämtliche Wertgegenstände unverzüglich zu uns an Bord verfrachtet, gewähre ich euch freien Abzug. Beeilt euch! Dank euch bin ich mit meinem eigentlichen Zeitplan ziemlich in Verzug.«

»Unser Lösegeld wird dich für dieses Versäumnis reichlich entschädigen, Señor«, behauptete Ricardo und brüllte seinen Männern auf der *Jane* Befehle zu. Diese warfen daraufhin zwei Taue zur *Neptune's Castle*, die als improvisierte Seilbahn fungierten, mit deren Hilfe die schweren Kisten von Schiff zu Schiff transportiert wurden.

Als die erste Kiste auf dem Deck seines Schiffes stand, zerschnitt Sutton die Seile, die den Deckel festhielten, mit seinem Schwert. Als er den Behälter öffnete und hineinsah, bekam er angesichts des funkelnden Inhalts glänzende Wangen und murmelte: »Welche Schönheit.« Dann wandte er sich an seine Offiziere und wies diese an, die folgenden Kisten direkt im Frachtraum zu verstauen. Zu mir sagte er fröhlich: »Bald können Sie Ihre Reise fortsetzen. Vielen Dank für den Hinweis auf diesen Schatz. Dafür gebührt Ihnen der Dank von König George.«

»Aye, das ist gewiss. Legen Sie bei Ihrer Majestät ein gutes Wort für mich ein, wenn Sie ihn sehen.«

Sutton lachte und nickte. Als alle Kisten sicher unter Deck waren, rief er Ricardo zu, er solle schleunigst abfahren.

»Aye, Señor. Es war mir ein Vergnügen, ein Geschäft mit dir zu tätigen.«

»Wir sind noch nicht fertig miteinander«, flüsterte Sutton mit zusammengebissenen Zähnen und fügte an mich gewandt jovial hinzu: »Kommen Sie, Kapitän Reeves, gehen wir nach unten und bewundern unseren Fang, bevor wir den Spaniern den Garaus machen.«

»Vielen Dank für das großzügige Angebot, das ich leider ablehnen muss. Durch den Piratenüberfall habe ich schon genug Verspätung. Deshalb sollte ich sofort auf mein Schiff zurückkehren.«

Sutton schien ein wenig enttäuscht, aber er hatte Verständnis für meine Bedürfnisse. Er hielt mir die Hand hin und ich schüttelte diese herzlich.

»Vielen Dank für Ihre Hilfe«, sagte ich.

»Gern geschehen. Halten Sie sich auf dem Rest Ihrer Reise von Piraten fern, und es wird Ihnen sicherlich gelingen, die Mission rasch zu einem befriedigenden Ende zu bringen.«

»Aye«, antwortete ich kurz und knapp. Dies sollte das Letzte sein, was ich jemals zu ihm sagte. Und ebenso würde ich ihn niemals wieder lebendig zu Gesicht bekommen.

Ich stieg hinüber auf die H*enrietta*, auf der sich Robert und Langley bereits für den nahenden Kampf wappneten. Nun galt es nur noch, auf die Schreie zu warten. Es dauerte nicht lange …

Kapitän Sutton hatte nur wenig Zeit damit verschwendet, die übrigen sechs Kisten zu öffnen. Zu seinem Unglück befanden sich darin keine weiteren Kostbarkeiten. Der

Schatz in der ersten Kiste hatte lediglich dazu gedient, ihn auszutricksen – und tatsächlich hatte ihn der Glanz des Goldes vor Habgier unvorsichtig werden lassen. Ein Fehler, der ihm den Tod brachte. Denn als die Seile an den anderen Kisten durchtrennt wurden, waren die darin enthaltenen Löwen und Tiger frei. Das folgende blutige Chaos ebnete uns den Zugang zur *Neptune's Castle*, um dort die Sache zu Ende zu bringen.

Sobald Ricardo und seine Leute die gellenden Schreie hörten, benutzen sie die Seilbahn, mit deren Hilfe die Raubtiere von Schiff zu Schiff geschmuggelt worden waren, um die *Neptune's Castle* zu entern.

Robert, Langley und meine Wenigkeit führten den Sturmangriff von der *Henrietta* aus an. Während die Raubkatzen unter Deck aufräumten, kreuzten Ricardos und meine Männer auf dem Oberdeck die Klingen mit den Soldaten der Royal Navy.

Ich hatte bereits zwei Unglücksraben niedergemäht, da brüllte jemand vom Achterdeck aus grimmig meinen Namen. Es war Augustus Flynn, der mich von seiner erhöhten Position aus herausforderte. Von dort aus hatte er einen deutlichen Vorteil im Kampf. Er probierte mich mit einem schnellen, harten Hieb niederzustrecken. Ich warf mich auf die Planken und sein Schwert kitzelte mein Ohr, statt meinen Schädel zu spalten, während er durch die Luft an mir vorbeisauste. Hätte er nicht zuerst nach mir gerufen, wäre ich seinem Schlag zum Opfer gefallen. Wir rappelten uns beide zeitgleich vom Boden auf. Um uns herum tobte ein Chaos aus Piraten und Rotröcken, die sowohl mit Hieb- und Stichwaffen als auch mit Pistolen einander bis aufs Blut bekriegten. Nun war es also so weit und das unausweichliche Duell zwischen mir und Flynn fand statt. Zwar war Flynn jung und voller Energie, aber seine Schwertkampftechnik gehörte am ehesten in die Schublade *unbeholfen*. Er schwang die Waffe einhändig wild in großen Bögen. Als er damit keinen Erfolg erzielte, umfasste er das Heft mit beiden Händen, hob es hoch über den Kopf und benutzte es wie eine Axt. Von der Wucht seiner Attacke überrascht, stürzte ich beim Ausweichen vor seinem Schlag auf das Deck. Während ich aufsprang, stierte er mich mit vor Hass loderndem Blick und zerzausten Haaren an.

Als er wieder wie ein Berserker auf mich eindrosch, war ich besser vorbereitet, parierte seinen Schlag und trat ihm in den Bauch. Er stolperte rückwärts und nur die Reling bewahrte ihn davor, hinzufallen.

»Flynn, ich möchte dich nicht töten«, äußerte ich wahrheitsgemäß. Ich würde schon genug Ärger mit der Royal Navy bekommen, sobald ihr auffiel, dass ich eines ihrer Schiffe gestohlen hatte. Den Tod des Neffen des Gouverneurs auf meine Kappe zu nehmen, würde ihre Rachegelüste nur zusätzlich schüren. »Du hast die Chance, das hier zu überleben, Flynn. Lege deine Waffen nieder und geh rüber auf die *Henrietta*. Dir wird kein Unheil geschehen.«

Er biss die Zähne zusammen, die Miene vor Wut verzerrt. In dieser Sekunde wusste ich, mir würde keine andere Möglichkeit offenstehen, als ihn zu töten. Wieder griff er mich an und wieder parierte ich seine Attacke. Nach einem kurzen Schlagabtausch entdeckte ich seinen Schwachpunkt. Flynn versuchte, mit jedem Schlag mir eine tödliche Wunde beizubringen, indem er seine komplette Energie hineinlegte. Dadurch vernachlässigte er jedes Mal kurz seine Deckung. Es war genau in einem dieser Momente, als ich ihm die Spitze meines Säbels in die Brust stieß und die Waffe fast bis zum Heft darin versenkte.

Flynn verlor sein Schwert aus den Händen und sackte nach vorn zusammen. Ich fing ihn auf und zog meine Klinge aus seinem Herzen. Aus der Wunde sprudelte Blut und Flynn presste die Hände auf den Einstich, um den Ausfluss der roten Flüssigkeit zu unterbinden – vergeblich! Mit dem Bewusstsein, gerade sein Leben zu verwirken, sah er mir ein letztes Mal in die Augen. Der Hass darin wich einer bemitleidenswerten Furcht. Nachdem er in meinem Armen gestorben war, legte ich ihn behutsam auf die Deckplanken.

Als ich mich von ihm abwandte, war die Schlacht vorbei. Die einzigen Männer auf dem Unterdeck, die den Raubkatzen entrinnen konnten, hatten sich durch die Bullaugen mit einem Sprung in den Ozean in Sicherheit gebracht. Wir fischten sie heraus und trieben sie mit ihren Kameraden vom Oberdeck zusammen, die sich klugerweise ergeben hatten. Nur zwanzig der hundertfünfzig Köpfe zählenden Besatzung der *Neptune's Castle* hatten überlebt. Wir schafften sie geschlossen auf die *Henrietta.*

Was unsere eigenen Verluste anging, verlor ich lediglich zwei meiner Männer. Einer war ein junger Kerl namens Jeff, der erst vor Kurzem angeheuert hatte und mit dem ich bisher kaum ein Wort gewechselt hatte. Er hatte sich in der Kombüse bei Jolly als Hilfskoch verdingt. Das andere Opfer war einer der befreiten Sklaven. Nach dem Kampf hielt Joe dessen leblosen Körper an sich gedrückt und weinte. Ich legte ihm eine Hand auf die Schulter und murmelte tröstende Worte. An das Gesagte kann ich mich nicht mehr erinnern. Ich fühlte mich zu diesem Zeitpunkt wie in einem schlechten Traum. Was immer ich auch von mir gab, es schien Joe zu helfen, denn er nickte und seine Tränen versiegten. Zu meinem Neid hatte Ricardo keinen einzigen Mann eingebüßt.

Nachdem Ricardo unter Deck die Raubkatzen eingefangen hatte, ging ich nach unten. Das von den Löwen und Tigern entfachte Gemetzel musste entsetzlich gewesen sein. Überall stieß ich auf verstümmelte Leichen. Nun war es an uns, die Spuren dieses Infernos zu bereinigen.

Gordon fand ich in der Brig. Als er mich sah, dachte ich, er würde vor Erleichterung gleich anfangen zu heulen.

»Redd, ich hätte wissen sollen, dass du für diesen Wahnsinn verantwortlich bist.«

An der Wand hing ein Schlüsselring, den ich verwendete, um in aus der Brig herauszulassen.

Gordon strahlte und reichte mir die Hand. »Ich weiß gar nicht, wie ich mich für die Rettung bedanken soll, Kapitän.«

Ich winkte ab. »Wir haben einen Auftrag zu erledigen und dazu benötigen wir dich. Willkommen zurück in der Mannschaft.« Dann ergriff ich den Mopp, der in einer Ecke lehnte, und händigte ihn Gordon aus.

»Wofür soll der gut sein?«

»Du befindest dich auf unserem neuen Schiff, und dieses muss rasch auf Hochglanz gebracht werden.«

Widerwillig nahm Gordon an den Aufräumarbeiten teil.

Stunden später waren wir mit der grausigen Plackerei fertig und zu ihrem Abschluss warf ich die Leiche von Sutton über Bord. Die Männer, die vor einigen Tagen der Royal Navy zum Opfer fielen, erhielten damit ihre verdiente Vergeltung.

Kurz nach dem Ende unserer Reinigungsorgie wachte Andrea in der Brig der *Henrietta* auf. Langley hörte, wie sie schreiend ihre Freiheit forderte. Er kam ihrem Wunsch unmittelbar nach. Sofort eilte sie auf der Suche nach mir auf die *Neptune's Castle*. Sie entdeckte mich, während ich gerade damit beschäftigt war, den Männern auf dem Achterdeck Anweisungen zu geben.

»Schön, dich wiederzusehen.« Ich setzte ein gezwungenes Lächeln auf.

»Obwohl ich deine Entscheidung, mich bei dieser Aktion auszusparen, nicht billige, weiß ich die Eroberung unseres neuen Schiffs zu schätzen«, antwortete sie. Dann packte sie meinen Hinterkopf, zog mich an ihr Gesicht heran und küsste mich auf die Lippen. Die umstehenden Piraten quittierten das Schauspiel mit Applaus und anzüglichen Pfiffen.

»Da hast du deinen versprochenen Kuss«, sagte sie, nachdem sie mich wieder losgelassen hatte.

»Schön, dass ich es mit einer Frau zu tun habe, die ihre Versprechen hält.« Als ich meine Aufmerksamkeit zurück zu meinen Männern lenkte, dauerte es ein Weilchen, bis ihr Gelächter verstummte.

»Ihr alle habt tapfer gekämpft und ich kann euch gar nicht genug für eure Mühen danken. Auch wenn der Geschmack des Sieges süß ist … so hinterlässt er dennoch einen bitteren Nachgeschmack. Wir haben heute zwei unserer Kameraden verloren. Mögen wir sie niemals vergessen. Erinnert euch ihrer bei zukünftigen Schlachten und kämpft für sie. Vor uns liegt eine monumentale Aufgabe. Mehr als nur ein Rudel blutdürstiger Tiger und Löwen wird notwendig sein, um Trimble und die *Sea Witch* zur Strecke zu bringen.«

Ich legte eine Kunstpause ein, damit sie meine Worte verdauen konnten.

»Wie dem auch sein mag, wir haben unsere Chancen heute gewaltig gesteigert, indem wir uns dieses mächtige Schiff unter den Nagel gerissen haben. Die *Neptune's Castle* gehört nun uns, Jungs!«

Die Männer johlten und klatschten.

»Unser nächstes Ziel lautet New Providence. Sobald wir unter Fahrt sind, werden wir den heutigen Erfolg gebührend feiern.«

»Als los, ihr faulen Hunde. Ans Werk«, rief Langley. »Auf mich wartet eine frische Flasche Rum. Und ich hasse es, Freunde warten zu lassen. Lasst uns das Mädchen in den Wind bringen.«

Die Männer begaben sich auf ihre Posten, bereit, die Segel zu setzen.

Wie auf einer Seilbahn glitt ich auf einem der Taue, die die *Henrietta* und die *Neptune's Castle* verbanden, auf unser altes Schiff hinüber.

Ricardos Männer waren gerade damit fertig geworden, die Segel und die Takelage von den Masten zu schneiden. »Mit dieser alten Lady fährt niemand so schnell irgendwo hin«, verkündete er lautstark. Dann stellte er sich dicht neben mich, damit niemand mithören konnte. »Bist du dir sicher, dass du die Gefangenen verschonen willst? Sie sitzen hier zwar länger fest, doch irgendwann werden sie vermutlich ausplaudern, wer den Tod ihrer Kameraden auf dem Kerbholz hat.«

»Aye, das ist mir klar. Aber ich habe bis jetzt niemanden ermordet, der sich ergeben hat. Und ich werde auch heute nicht mit dieser Tradition brechen.«

Die lädierten Gefangenen saßen mit auf den Rücken gefesselten Händen auf dem Deck. Viele ihrer Freunde hatten im Gegensatz zu ihnen an diesem Tag sterben müssen.

»Die Henrietta schwimmt nun wie ein totes Huhn im Wasser. Sie bleiben gefesselt hier, bis wir in See stechen. Dann werfe ich ihnen ein Messer rüber. Irgendwie werden sie schon an die Klinge herankommen und sich damit losschneiden.«

Da kam mir eine Idee. Laut genug, damit es die Gefangenen hören konnte, sagte ich: »Bis die Kerle sich befreit haben, haben wir schon die halbe Strecke bis Madagaskar hinter uns.«

»Aye, die holen uns niemals ein«, stieg auch Ricardo auf mein Verschleierungsmanöver ein. »Obwohl … diese Navy-Burschen sind ziemlich ausgekocht.«

»Das sind sie«, stimmte ich zu. »Besser, wir segeln gleich los. Wir treffen uns am Ziel wieder.«

»Bis dann«, verabschiedete sich Ricardo und wir begaben uns auf unsere Schiffe.

Sobald ich an Deck der *Neptune's Castle* war, schmiss ich, wie angekündigt, ein Messer auf die *Henrietta*, das in einiger Entfernung zu den gefesselten Gefangenen zu einem Halt kam. Mit genügend Anstrengung würden sie es sicherlich erreichen.

Dann stellte ich mich hinter das Steuerrad meines neu erworbenen Schiffes, da ich derjenige sein wollte, der es in Bewegung setzte. Ich genoss den Wind, der mich aus Richtung der im Westen am Horizont stehenden Sonne umwehte, denn er vergegenwärtigte mir, wie schön es ist, nach einem Gefecht noch am Leben zu sein. In den letzten Jahren hatte ich Gevatter Tod so häufig ein Schnippchen geschlagen, dass ich mich wunderte, ob mir ein solches Glück treu bleiben würde? Es galt noch, etliche, künftige Schwierigkeiten zu bewältigen und diesen war bestimmt nicht leichter beizukommen als den vergangenen.

Gordon stapfte über die Treppe hoch zur mir auf das Achterdeck und stellte sich neben mich. Eine ganze Weile sprach keiner von uns eine einzige Silbe.

Schließlich versprach mir mein Freund in einem feierlichen Ton: »William, ich werde eine Möglichkeit finden, dir das zurückzuzahlen, was du heute für mich getan hast.«

»So wie ich es sehe, habe ich damit meine Schulden bei dir abgetragen.«

Gordons Kinnlade klappte nach unten.

»Nun ja, ich habe dich in die Piraterie gepresst. Du hast dich damals nicht gerade freiwillig gemeldet.«

Gordon nickte zustimmend. »Ich schätze, damit hast du recht. Das war nicht gerade das Dasein, von dem ich seinerzeit träumte. Inzwischen habe ich mich daran gewöhnt. Es ist die gerechte Strafe für das, was ich meiner Frau und ihrem Liebhaber zugefügt habe.«

»Verspürst du deshalb Reue?«

»Jeden Tag. Ich habe etwas Schreckliches auf dem Gewissen.«

»Aye. Aber vorher hat deine Frau dir ebenfalls Schreckliches angetan.«

»Trotz allem hatte sie es nicht verdient, so zu sterben. Ich war blind vor Eifersucht und verlor die Kontrolle über mich. Aus diesem Grund gab es zwei Tote. Ich wünschte, ich könnte es ungeschehen machen. Doch egal, wie ich es drehe und wende, das wird mir nie gelingen. Also akzeptiere ich mein neues Leben als Pirat. Männer wie du und Langley haben mir diesen Weg ungemein erleichtert.« Der Schmerz, den Gordon fühlte, hing fast greifbar in der Luft.

»Ich bin wirklich gesegnet, dich bei uns zu haben«, tröstete ich ihn. »Du sollst dennoch wissen, es steht dir jederzeit frei, abzuheuern.«

»Ich weiß, aber ich möchte nicht fort. Ein anderes Leben zu führen, wäre falsch.« Er atmete tief durch. »Jetzt haben wir genug über die Vergangenheit geschwätzt. Ich vermute, wir sind immer noch hinter Trimble her?«

»Aye. Und willst du ihm auch an den Kragen?«

»Natürlich!«

Jolly kam mit einem mir bestens vertrauten Bündel aus schwarzem Stoff zu uns hoch. »Käpt'n, es ist an der Zeit, unsere Flagge zu hissen.« Er schüttelte das Stoffbündel aus. Die Fahne zeigte ein weißes Skelett mit rotem Kopf, das in der einen Faust einen Säbel schwang.

»Da hast du recht, Jolly. Hoch mit dem Ding am Hauptmast und da weht es von heute an, solange wir unbesiegt sind.«

10

Gordon Littleton fand nach den Leiden der Gefangenschaft nur langsam zu seinem alten Selbst zurück. Die Reise nach New Providence dauerte nur wenige Tage und es schien mir, als hätte ich jede Minute davon damit zugebracht, meinem loyalen Navigator aufzumuntern, um ihm sein früheres Selbstbewusstsein wiederzugeben. Der Gordon, den ich vor seinem Arrest gekannt hatte, war ein extravaganter, starrsinniger Mann gewesen, der meine Beschlüsse gern überprüfte und hinterfragte. Damit avancierte er zu einer essenziellen Komponente unseres Erfolgs – auch wenn ich dies niemals öffentlich eingestanden hätte. Er verhinderte übereilte Entscheidungen und zwang mich dazu, auch kleine, zunächst unwichtig erscheinende Details zu berücksichtigen. Durch ihn vermied ich zahlreiche Fehler. Gordon teilte mir seine Meinung stets mit, selbst dann, wenn ich ihn darauf hinwies, dass ich der Kapitän und seine Stellungnahme unerwünscht sei. Das war durchaus mein Ernst und erst nach einem erfolgreichen Überfall oder Gefecht begriff ich normalerweise, welche Früchte seine Einwände getragen hatten. Regelmäßig verzichtete ich darauf, ihn dafür zu loben, stolz wie ich bin. Außerdem fürchtete ich, ihm könne zu viel Anerkennung zu Kopf steigen.

Der Gordon Littleton, den ich Suttons Klauen entrissen hatte, präsentiert sich ganz anders. Statt widerspenstig zu sein, war er über alle Maßen kooperativ und tat stets, ohne kritisches Nachbohren, was ich ihm befahl. Zuerst war mir dieses Verhalten ehrlich gesagt reichlich willkommen. Doch mit der Zeit sehnte ich mir den alten Gordon zurück, den mir Sutton gestohlen hatte.

Als ich endlich die Nase gestrichen von seinem merkwürdigen Benehmen voll hatte, packte ich die erste Gelegenheit für eine klärende Unterhaltung beim Schopfe. Er reagierte pikiert und zurückweisend. Vielleicht hätte ich mich schlauerweise weniger direkt äußern sollen, denn er war felsenfest überzeugt davon, noch immer ganz der Alte zu sein. Wenn ich seinen früheren Geist wiedererwecken wollte, hatte ich keine andere Wahl, als etwas derart haarsträubend Dummes anzustellen, dass ihm nichts anderes übrigblieb, als meine Autorität anzuzweifeln.

Gordon hatte freundschaftliche Bande zu Joe geknüpft, dem Anführer der ehemaligen Sklaven aus Port Royal. Joe war das Abbild dessen, was man einen sanften Riesen nennt. Jeder an Bord mochte ihn und er schuftete härter als alle anderen Matrosen. Vor diesem Hintergrund zitierte ich Joe und Andrea in meine Kajüte, um ihnen die Idee zu enthüllen, mit der ich Gordon wieder in die Spur bringen wollte. Joe grinste begeistert, als ich damit fertig war und auch Andrea zeigte sich zuversichtlich.

Noch immer war ich mir unsicher, ob Andrea tatsächlich auf unserer Seite stand, obwohl ich mir dies ersehnte. Immerhin war sie die Tochter des ruchlosen Winston Trimble, den wir gerade jagten. In der Vergangenheit hatte sie nur wenig Interesse an Gordons Rettung gezeigt, ja sie hatte sogar versucht, mir diese madig zu machen. Ich war überzeugt gewesen, dies läge daran, dass sie Gordon einfach nicht leiden könne. Später wirkte sie jedoch aufrichtig erleichtert, als wir ihn befreit hatten. Warum sollte sie auch nicht erfreut darüber sein, denn Gordon hatte auf Jamaika für ihre eigene Rettung seinen Hals riskiert. Also war es nur logisch, dass sie mir nun mit Gordon helfen wollte.

Sobald ich die Gewissheit hatte, dass jeder kapiert hatte, welche Rolle er bei der Ausführung des Plans zu spielen habe, setzten wir diesen in die Tat um. Joe ging zunächst seinen üblichen Pflichten nach und als er sich anschickte, unter Deck die Hühner zu füttern und ihre Eier einzusammeln, bat ich Gordon, ihm dabei zur Hand zu gehen. Wie vermutet, stimmte er zu. Andrea schickte ich in die Kombüse, um dort an Jollys Stelle die Ablieferung der Eier entgegenzunehmen. Ich versteckte mich ganz in ihrer Nähe hinter einem Schrank, von wo aus ich das kommende Geschehen beobachten konnte.

Als die beiden eintraten, fing Andrea sofort an, die geringe Ausbeute an Eiern in Joes Korb zu bemängeln. »Das darf doch nicht wahr sein. Das verdammte Federvieh produziert sonst immer viel mehr Eier.«

Joe nahm sein Kopftuch ab, zwirbelte es nervös mit den Fingern und neigte das Haupt. »Leider nein, Ma'am. Mehr gab es heute nicht.«

»Du lügst. Ich bin übrigens hier, weil der Kapitän dich und deine Kumpane verdächtigt, Essen zu klauen. Redd möchte, dass ich mich um diese Vorfälle kümmere.«

»Warte einen Moment«, intervenierte Gordon. »Ich war zusammen mit Joe bei den Hühnern. Das hier sind alle Eier, die da waren. Er kann die Viecher schlecht dazu zwingen, schneller Eier zu legen.«

»Gordon, mein Schatz«, flötete sie lieblich, »glaubst du, dieser Verdacht besteht erst seit heute?«

Gordon öffnete den Mund, entschied sich dann jedoch, zu schweigen.

»Das Ganze begann gleich, nachdem Joe und seine Leute auf die *Henrietta* kamen. Du kennst Joe erst seit ein paar Tagen. Lass dir von jemand gesagt sein, der schon länger mit ihm unterwegs ist, dass dieser Mann stiehlt.« Sie hob eine Augenbraue. »Warum glaubst du wohl, hat der Kapitän dich zusammen mit ihm nach unten geschickt?«

Gordons Augen wurden groß, als er realisierte, dass ich ihn als Spion gegen Joe eingesetzt hatte. Kurz flackerte in seinem Gesichtsausdruck sein altes Selbst auf. Dann löste es sich ebenso schnell wieder auf, wie es gekommen war. Gordon musterte Joe. Der bedauerliche Mann zitterte vor Furcht.

»Joe«, fragte Gordon, »hast du Essen geklaut?«

»Nein, Sir. Ich schwöre, wir essen nur unsere zugeteilten Rationen. Das ist die Wahrheit.«

Gordon nickte und wandte sich an Andrea: »Es tut mir leid, aber du liegst falsch. Dieser Mann ist kein Dieb. Er stiehlt weder deine vermaledeiten Eier noch etwas anderes. Hast du irgendeinen Beweis für deine haltlosen Vorwürfe?«

Nun war es für mich so weit, die Bühne zu betreten. Ich glitt hinter dem Schrank in das trübe Licht der Kombüse hervor. Mein Auftauchen von hier auf jetzt verblüffte Gordon, dem ich Folgendes vorhielt: »Du bist erst nach unten zu ihm gekommen, als er schon einige Minuten allein bei den Hühnern war. Er hatte bis dahin genug Zeit, einige Eier zur Seite zu schaffen. Ich wette, seine Freunde haben sie inzwischen irgendwo gebunkert, während wir hier um den heißen Brei herumstreichen. Ich weiß, du magst diesen Mann … wir alle mochten in ursprünglich. In Wahrheit ist er jedoch ein Langfinger und er und seine Kumpane sind Abschaum.«

Gordons erstarrte vor Schock. Er schnappte nach Luft, als hätte ich ihm eine Ohrfeige versetzt.

Ich musste ein Grinsen unterdrücken – zumindest so lange, bis Gordon mit seiner Tirade anfing, Erst dann würde ich Gewissheit haben, dass er sein altes Selbst wiedergewonnen hatte.

Joe zerfloss fast vor Selbstmitleid und flehte darum, ihm zu glauben, dass er zu Unrecht angeklagt werde.

»Ich glaube dir, Joe«, versichert ihm Gordon. Dann fragte er mich: »Welche Strafe soll er erhalten?«

»Er hat den Vertrag unterschrieben. Du kennst den Vertrag und weißt selbst ganz genau, welche Strafe ihm blüht. Er wird wie jeder andere hier an Bord behandelt: Wir werden ihn auf dem nächstbesten Zipfel Land aussetzen, den wir kreuzen.«

»Das kannst du nicht machen. Zumindest nicht bis seine Schuld einwandfrei geklärt ist. Bitte gib ihm Zeit, seine Unschuld zu beweisen.«

»Tut mir leid, Kumpel. Das kommt nicht infrage. Für Diebstahl darf es keine Toleranz geben.«

Ich trat vor und packte Joes mächtigen Oberarm. »Los, komm mit. Wir werfen dich in die Brig, dort kannst du bis zu deinem Abschied von der *Neptune's Castle* versauern.«

Joe brachte vor Schreck kein Wort heraus.

Ich zerrte ihn zur Tür und dachte schon, Gordon werde auf jeden Widerstand verzichten … doch dann geschah es. Wir kamen zu einem abrupten Stopp, als Gordon Joe an dessen Hosenbund festhielt.

»Das darf ich nicht zulassen, Kapitän. Dieser Mann hat nichts verbrochen und ich kann nicht untätig herumstehen und dabei zuschauen, wie du sein Todesurteil sprichst.«

Während ich Joe näher zu mir zog, fauchte ich: »Ich brauche weder deine Erlaubnis in dieser Sache noch deine Kommentare. Joe hat den Vertrag unterzeichnet wie alle anderen an Bord auch und damit basta.«

Mit einem Ruck zerrte Gordon Joe zurück in die Mitte der Kombüse.

»Du wirst ihn nicht einsperren, Redd.«

Ich riss Joe wieder zu mir. »Genau das werde ich. Nimm deine verdammten Pfoten von ihm, sonst leistest du ihm ruckzuck in der Brig Gesellschaft.«

Gordons Gesicht lief knallrot an. Diesen Farbton hatte er zum letzten Mal im *Parrot's Landing* angenommen, als ich ihm von meinem Vorhaben zu Andreas Befreiung erzählte. Er knirschte mit den Zähnen und seine Augen wurden zu schmalen Schlitzen. Blitzschnell zog er Andreas Säbel aus der Scheide, ehe sie überhaupt nachvollziehen konnte, was vorging. Und schon hielt mir Gordon die Klinge an die Kehle.

»Lass ihn frei«, forderte er eiskalt. »Danach zieh deinen Säbel.«

Urplötzlich war der alte Gordon wieder auf der Bildfläche. Sosehr ich mir dies gewünscht hatte, wünschte ich mir nun ironischerweise sein zwischenzeitliches lethargisches Ich zurück. Sachte ließ ich Joe los und lächelte beschwichtigend. »Da ist er wieder – der Gordon, den ich kannte. Genau das wollte ich haben.«

»Zieh endlich«, zischte er.

»Beruhige dich erst einmal.« Ich hob die Hände und zeigte ihm meine blanken Handflächen. »Mein Säbel bleibt, wo er ist. Nimm die Waffe runter, damit wir reden können.«

Gordon behielt mich im Fokus und wies Joe an: »Geh und hol Oliver Langley. Sag ihm, es eilt. Ich brauche dringend seine Hilfe.«

»Du rührst keinen Fuß«, herrschte ich Joe an. »Ich hatte dir ja versprochen, dass der Plan funktionieren würde.«

»Welcher Plan?«, fragte Gordon.

»Das Ganze ist ein verdammter Trick, Kumpel. Ich wollte dich solange provozieren, bis der alte Gordon wieder zum Vorschein kommt.«

Gordons entspannte und neigte den Säbel leicht. »Du … du hast mich ausgetrickst?«

Mit der offenen Handfläche schob ich den Säbel ein Stück von mir weg. »Aye, und du bist darauf reingefallen, mein Freund.«

»Wir wollten dir nur helfen, du Trottel«, warf Andrea ein.

»Stimmt das?«, fragte Gordon den immer noch verunsichert wirkenden Joe.

Der Riese von einem Mann nickte bedächtig. »Es war nur zu deinem Besten.«

Gordon richtete die Spitze des Säbels auf den Boden und trat einen kleinen Schritt nach hinten. Er sah mich abschätzig mit einem – mir nur zu allzu gut vertrauten Blick – an. »Du hast Glück gehabt, dass ich dir nicht den bescheuerten Schädel abgeschlagen habe.«

»Das würde ich dir ohne Weiteres zutrauen, alter Mordbube.«

Gordon grinste und trottete kommentarlos auf das Oberdeck.

Als er fort war, fragte Joe: »Ist das der Gordon, den du haben wolltest?«

Ich nickte.

»Aber … aber er hätte dich fast getötet«, stammelte Joe ungläubig.

»Aye, aber nur fast und exakt so möchte ich ihn haben.«

II

Ich hatte mich selbst nie als besonders religiösen Menschen wahrgenommen. Deshalb war ich auch äußerst skeptisch, was Gouverneur Winters Bericht über Salomons Ring betraf. Gleiches galt für die Geschichte mit dem Kraken, den Trimble mittels dieses Artefakts angeblich heraufbeschworen und kontrolliert hatte. Und wenn ich mir den Himmel ausmale, dann geht es dort so zu wie auf New Providence.

In meinen Tagträumen schaukele ich dort in einer Hängematte am Strand und ein kühler Wind, der von der kristallklaren See herüberweht, sorgt für angenehme Temperaturen. New Providence ist für jeden Piraten der Himmel auf Erden, der Platz, an dem er sich am Ende seiner Laufbahn zur Ruhe setzen möchte, um seine letzten Tage auf Erden zu genießen. Aus diesem Grund hatte Andreas Onkel, Morgan Trimble, eben jenem Ort als Alterswohnsitz auserkoren.

Das Wasser rund um die Insel ist seicht, deshalb müssen Schiffe mit größerem Tiefgang weit entfernt von der Küste ankern. Diese Tatsache prädestiniert New Providence geradezu als Schlupfwinkel für Piraten. Kriegsschiffe konnten in diesem Flachwasser unmöglich eng genug an die Küste heranfahren, um einen Überraschungsangriff zu lancieren.

Als die *Neptune's Castle* frühmorgens vor Ort ankam, setzten Andrea und ich mit einem unserer Beiboote an die Küste über, um Morgan ausfindig zu machen. Sobald wir seiner habhaft wurden, würden wir ihn über die geheimnisvolle Schatztruhe seines Bruders ausfragen, von der Andrea behauptete, sie gäbe mir ein wirksames Faustpfand gegen ihren Vater in die Hand.

Ricardo würde mit etwas Verspätung vor New Providence eintrudeln. Ich hatte Gordon und Langley beauftragt, ihn bei seiner Ankunft über Andreas und meinen Aufenthaltsort zu informieren. Robert hatte von mir die Anweisung bekommen, der Mannschaft in kleinen Gruppen schichtweise einige Stunden Landgang zu gewähren. Allerdings nur bis Sonnenuntergang, denn ich war guter Dinge, dass wir bis dahin von Morgan gehört hatten, was wir von ihm wissen wollten.

In dem Städtchen auf New Providence ging es wegen der frühen Uhrzeit beschaulich und verschlafen zu. Die meisten seiner Bewohner kämpften vermutlich noch mit dem Kater, den ihnen das Zechgelage der vergangenen Nacht beschert hatte. Und tatsächlich lungerten in allen Ecken und Enden vor sich hindösende Piraten herum. Selbst an den Anlegeplätzen der verwaisten Fischerboote herrschte Stille.

Ich folgte Andrea zu einer großen Taverne am Rand der Siedlung. Ich hatte New Providence schon etliche Besuche abgestattet, doch in dieser Kneipe hatte ich bislang noch nie das Vergnügen gehabt, mich zu betrinken. Auf der blau gestrichenen Front der Taverne stand in dicken Lettern: *The Blue Delphin.* Neben der Schrift verblassten die Umrisse eines aufgemalten Bilds eben jenes Geschöpfs.

Sobald wir im Gebäude waren, wurden wir mit den Spuren der letzten Nacht konfrontiert. Einige der Gäste lagen schnarchend auf den Tischen, andere darunter. Die Wenigen, die bereits munter waren, hielten sich die schmerzenden Köpfe und ich konnte nur schlecht sagen, ob ihre Brummschädel von einem Besäufnis oder einer Schlägerei herrührten. Und ich hatte auch nicht vor, mich danach zu erkundigen.

Inmitten dieser frustrierenden Kulisse saß ein junger Mann aufrecht auf einem Stuhl. Er trug einen ausladenden Hut, in dessen Band eine farbenfrohe Pfauenfeder klemmte. Er spielte auf einem Saiteninstrument eine fröhliche Melodie, deren Stimmung zu der Atmosphäre im Raum in einem krassen Gegensatz stand. Unter seinem dünnen Schnurrbart schmunzelte er breit, obwohl ihm niemand Aufmerksamkeit schenkte.

Andrea steuerte direkt die Theke an. Der Barmann reagierte nervös auf ihr Erscheinen. Er hatte eine Glatze und einen ähnlichen Bart wie der Musiker. Seine Kleidung setzte sich aus einem blauen Baumwollhemd und einer weißen Hose zusammen. Andrea schickte sich an, ihn anzusprechen.

Doch ich war schneller und bestellte mir ein Getränk: »Barmann, ich hätte gern ein Glas vom besten Wein des Hauses.« Dann klatschte ich mit der Hand eine Münze auf die Theke.

Der Glatzköpfige kam meiner Bitte flink nach und schnappte sich anschließend das von mir vorgelegte Goldstück.

Andrea musterte mich entsetzt.

Feixend gönnte ich mir einen Schluck aus dem Weinglas.

»Wie geht's, Willie?«, fragte sie den Barmann mit einer Freundlichkeit, die gekünstelt klang.

»Gut, gut … viel Stress, aber gut. Möchtest du etwas zu trinken?«

»Ich bin nicht zum Spaß hier.«

Willie wischte sich die Hände an den Oberschenkeln ab und ließ sich auf einem Hocker hinter der Theke nieder. Als er nach unten langte, zuckte Andreas rechte Hand zum Knauf ihrer Pistole. Als Willie die Bewegung bemerkte, schnellten sofort seine beiden Hände hoch über den Rand der Theke. In den Fingern der einen Hand hielt er eine grüne Flasche. Andrea atmete durch. Willie entkorkte die Flasche und schenkte sich daraus zitterig einen Becher ein. Als er seinen Durst gestillt hatte, tupfte er seinen Mund mit dem Ärmel ab und fragte: »Was kann ich stattdessen für dich tun, Andrea?«

»Ich suche meinen Onkel.«

»Du weißt nicht, wo er ist?«, staunte Willie.

Andrea lächelte kurz schelmisch. »Ich war nicht immer eine gute Nichte, Willie.« Ernst fügte sie hinzu: »Kannst du mir bitte verraten, wo er steckt?«

»Tut mir leid, das kann ich nicht. Vielleicht kann dir der Gentleman dort drüben Auskunft geben.« Er deutete auf eine Gestalt, die in einer dunklen Ecke des Schankraums döste.

Es handelte sich dabei um einen alten Mann, mehr konnte ich wegen der diffusen Lichtverhältnisse nicht ausmachen.

»Hier verkehren keine Gentlemen«, stellte Andrea fest. »Wer ist er?«

»Ein hundsgemeiner Lump«, gab Willie zu, »mit dem man sich besser nicht anlegt.«

»Er ist ein alter Knacker. Was soll er mir schon antun? Hat er einen Namen?«, fragte Andrea.

»Aye, den hat er selbstverständlich. Jeder spricht von ihm aber nur als *Der Kapitän.*«

Neugierig versuchte ich, einen deutlicheren Blick auf diesen mysteriösen Alten zu erhaschen. »Weshalb genau ist dieser Kerl so gefährlich?« Während ich fragte, schob ich Willie mein leeres Glas zu.

Als er die Flasche nahm und mir nachgießen wollte, hob ich abwehrend die Hand. Nachdem er die Flasche wieder hinter der Theke verstaut hatte, flüsterte er: »Ich bin ein Barmann, und wie bei allen Mitgliedern dieser Zunft gehört mehr als das Ausgeben von Getränken zu meinem

Beruf. Wir sind sozusagen professionelle Zuhörer. Wir hören immer zu, selbst wenn die Gäste nicht merken, dass wir dies tun. Deshalb habe ich zahlreiche Geschichten über *Den Kapitän* vernommen. Er ist ein ehemaliger Pirat, und zwar einer von der allerschlimmsten Sorte.«

»Dann kennt er bestimmt meinen Vater«, vermutete Andrea.

»Natürlich kennt er deinen Vater. Und ich muss dir dringend raten, ihm gegenüber keinesfalls zu erwähnen, dass du Winstons Tochter bist.«

»Weshalb sollte sie das unterlassen?«, fragte ich.

»Er hat wahrscheinlich recht«, warf Andrea ein. »Nur wenige Menschen pflegen ein freundschaftliches Verhältnis zu meinem Erzeuger.«

»Der Kapitän schon. Zumindest früher. Heute hasst er Winston. Es gab viel böses Blut zwischen den beiden.« Willie hielt kurz gedankenverloren inne. »Wenn ich es recht bedenke, ist es wohl keine gute Idee, wenn du mit ihm sprichst. Wir sollten jemand anderen finden, der dir bei der Suche nach Morgan hilft.«

»Nein«, legte ich mein Veto ein. »Das ist nicht nötig. Ich werde mit ihm reden.«

»Nein Danke«, fauchte Andrea. »Ich kann für mich selbst sprechen.«

Als sie in die Richtung des alten Mannes lostigerte, hielt ich sie in der Armbeuge fest. »Sei keine gottverdammte Närrin. Setz dich an die Theke und lass mir fünf Minuten Zeit.«

Zorn flammte in Andreas Augen auf. Ich gab ihren Arm frei, bevor sie sich weiter in diese Stimmung hineinsteigern konnte. Ihr Blick schweifte zu dem Alten und dann zurück zu mir.

»In Ordnung. Ich will keine Szene machen, nur weil ich darauf bestehe, selbst mit ihm zu quatschen.«

»Richtig. Aufmerksamkeit ist das Letzte, was wir gebrauchen können. Ich erledige das schnell und unauffällig.«

Sie nickte. »Und wenn wir gerade dabei sind, muss ich dir beichten, dass du mich bei dem Treffen mit meinem Onkel nicht begleiten kannst.«

»Warum zum Teufel …«

»Ich muss mich dir gegenüber nicht rechtfertigen, Redd. Er ist mein Onkel und wenn es um meinen Vater geht, diskutiere ich lieber allein mit ihm. In deiner Gegenwart würde er niemals das Versteck der Schatztruhe seines Bruders ausplaudern, da er eine Falle wittern würde.«

»Was, wenn er mit den Informationen nicht herausrücken will? Was wenn er dir gegenüber gewalttätig wird?«

»Er ist immer noch mein Onkel, du Trottel. Wenn du so etwas glaubst, täuschst du dich in ihm. Er ist aus ganz anderem Holz geschnitzt als mein Vater.«

»Also gut. Doch was wirst du unternehmen, wenn er den Mund hält?«

»Dann bringe ich ihn dazu, diesen zu öffnen«, behauptete sie kalt.

»Ich unterbreche euch nur ungern«, meldete sich Willie zu Wort, »aber *Der Kapitän* begibt sich gerade auf den Nachhauseweg.«

»Ich bin gleich wieder da«, versprach ich Andrea und rannte dem Alten nach draußen hinterher. Mittlerweile war dort wesentlich mehr los, als bei unserer Ankunft auf der Insel. Der Kapitän bog gerade um eine Hausecke herum in eine Seitenstraße ab. Unvorsichtig hastete ich ihm nach. Er erwartete mich schon mit seiner Pistole im Anschlag. Den Hut tief vor die Augen gezogen, zielte er mit der Waffe auf meine Brust. Die Hutkrempe warf dunkle Schatten auf seine Augenpartie. Er war komplett in Schwarz gekleidet und sein Mantel hatte gewiss eine schöne Stange Geld gekostet.

»Immer mit der Ruhe, Kumpel«, flüsterte ich. »Ich will dir nichts Böses. Ich möchte lediglich eine Auskunft von dir.«

Der alte Mann kicherte verächtlich und trat ein Stück vor. »Denkst du, du kannst mich so billig zum Narren halten, Redd? Du hast es auf meinen Kopf abgesehen. Ich mag ein alter Knochen sein, meine Sinne habe ich aber immer noch alle beisammen. Ich habe beobachtet, wie du an der Theke mit der Blondine über mich getuschelt hast.«

Ich war irritiert. Er wusste offensichtlich, wer ich bin und er schien Angst vor mir zu haben … nur warum? Ich biss mir auf die Lippe. Je näher ich ihn betrachtete, desto vertrauter kam er mir vor. »Spinnst du? Du kommst mir irgendwie bekannt vor, mehr auch nicht. Wenn du mir deinen Namen erzählst, wüsste ich vielleicht, weshalb du dir diesen Blödsinn einbildest.«

Der Kapitän schob den Hut nach oben. Als mir danach noch immer kein Licht aufging, mit wem ich es zu tun hatte, wirkte er ziemlich verstört.

Ich wartete auf den Moment, in dem er die Pistole senkte. Dieser Moment blieb aus.

»Du hast tatsächlich keine Ahnung, wer ich bin?«

»Tut mir leid. So ist es. Die hübsche junge Frau und ich kamen in die Taverne, weil wir jemanden suchen. Der Barmann hat uns auf dich aufmerksam gemacht. Deshalb haben wir über dich gesprochen.«

»Verstehe.« Endlich beruhigte er sich ein wenig. Die Pistole behielt er im Anschlag. »Nun gut, wen wollt ihr finden?«

»Einen Mann namens Morgan Trimble. Er segelte einst unter Kapitän Kidd, nachdem er dem Galgen entwischt war. Er hat sich hier zur Ruhe gesetzt.«

Der Alte sah erleichtert aus. »Wenn das so ist … tatsächlich weiß ich, wo Morgan steckt.«

»Fein. Sag's mir und ich mache mich wieder vom Acker.«

»Was wollt ihr von Morgan.«

Ich überlegte, was ich antworten sollte. Das Beste, das mir einfiel, war: »Na ja, um ehrlich zu sein, möchte ich ihn gar nicht treffen. Das Schätzchen in der Taverne hat etwas mit ihm zu klären.«

Mein Gegenüber neigte den Kopf seitlich. »Ist sie sein Flittchen?«

»Nein, du Idiot. Es geht dich überhaupt nichts an, was sie von ihm möchte. Jetzt rück endlich damit heraus, wo er ist.«

»Dafür, dass ich dich vor meiner Pistolenmündung habe, bist du verdammt unverschämt, Kumpel. Ich darf ein wenig mehr Respekt verlangen.«

Ich hielt zunächst lieber die Klappe. Wenn ich laut ausgesprochen hätte, was ich dachte, wäre mir eine Kugel in der Stirn sicher gewesen.

Nach einigen Sekunden des Schweigens sagte er: »Geht zu den Docks zurück. Hinter der Schmiede ist ein Feldweg, dem ihr bis auf den Hügel hinauf folgt. Dort oben wohnt Morgan Trimble. Und jetzt nimm die Beine in die Hand, bevor ich eine Kugel für deinen stinkenden Kadaver verschwende.«

Da bog Andrea um die Ecke in die Gasse herein. Der Alte bedrohte mich immer noch mit der Waffe.

»Was ist denn hier los?«, fragte Andrea perplex.

»Ich habe die Situation unter Kontrolle«, entgegnete ich.

»Das sehe ich«, spottete Andrea in einem ironischen Tonfall. »Hat er dir verraten, wo wir Morgan finden?«

»Aye.« Ich wiederholte, was mir *Der Kapitän* mitgeteilt hatte.

»Sehr gut.« An den Mann in Schwarz gewandt, meinte sie: »Vielen Dank. Sehr freundlich von dir.«

Der Alte nahm den Hut ab, richtete endlich den Lauf der Pistole auf den Boden, drehte sich um und schlich davon. Dabei fiel mir etwas an ihm auf, das mir bisher entgangen war … er hatte nur eine Augenbraue.

»Gut, ich werde jetzt meinem Onkel besuchen und ich gehe allein, Redd«, sagte Andrea um einer Debatte vorzubeugen. Vermutlich hätte ich auch eine solche vom Zaun gebrochen, wenn ich nicht eben eine Entdeckung gemacht hätte, aufgrund derer ich Dringlicheres vorhatte.

»In Ordnung. Wir treffen uns später im Hafen.« Ich setzte dazu an, den Mann in Schwarz zu verfolgen.

»Wer ist er?«, fragte Andrea.

»Charles Higgins. Er hat meinen Vater ermordet.«

12

Während ich dem Mörder meines Vaters nachhetzte, kletterte mein Puls in astronomische Höhen. Nie zuvor seit meiner Geburt war ich schneller gerannt. Als ich mich ihm näherte, drehte er den Kopf nach hinten und sah mich. Er zog das Tempo in dem verzweifelten Bemühen, mir zu entwischen, an.

Ich holte ihn ein und schleuderte ihn auf den Boden. Sein Hut flog weg und sein Kopf klatschte lautstark auf die Pflastersteine. Vom Sturz benommen lag er auf dem Rücken. Dennoch war er geistesgegenwärtig genug, nach seiner Pistole zu greifen, die einen halben Meter neben ihm aufgeschlagen war. Ich beförderte die Waffe mit einem Tritt aus seiner Reichweite. Dann beugte ich mich über ihn und drückte ihm meinen Säbel an die Gurgel. Niemand war in der Nähe, der ihm hätte zu Hilfe eilen können. Sein Leben lag nun vollständig in meiner Macht.

»Mister Higgins, eine solche Chance habe ich mir mein ganzes Leben gewünscht«, flüsterte ich ihm zu.

»Redd, mein Junge.« Er schnappte ängstlich nach Luft. »Ich wusste, du würdest mich wiedererkennen … ich wusste es.«

»Wie könnte ich eine solch abscheuliche Kreatur je vergessen.« Ich presste die Klinge fester an seinen Hals.

Higgins packte sie mit beiden Händen und probierte vergeblich, sie wegzustoßen. »Mir war klar, dieser Tag würde irgendwann kommen«, krächzte er heißer. »Ich schwöre dir mein Junge, wenn ich die Uhr zurückdrehen und alles ungeschehen machen könnte, würde ich es ohne Zögern tun. Ich schwöre es bei meinem Seelenheil.«

»Du und eine Seele? Du besitzt keine … du Ungeheuer.«

»Aye, das bin ich«, würgte er heraus. »Ein Ungeheuer. Das ist die Wahrheit. Bitte sei trotzdem gnädig mit mir, mein Junge.«

Als Higgins anfing, wie ein Säugling zu greinen, wallten in mir Gefühle auf, die ich in diesem Moment niemals erwartet hätte. Ich spürte Mitleid und ich hasste mich dafür. Wie konnte ich bloß Anteilnahme für den Mann empfinden, der einst meinen Vater in jenem nächtlichen Albtraum massakrierte? Weshalb bemitleidete ich einen solch brutalen Menschen? Während diese Gedanken in meinem Kopf herumwirbelten, lockerte ich den Druck der Klinge auf Higgins.

»Wo warst du die ganze Zeit?«, fragte ich.

»Nachdem Bloodbane gestorben ist und du uns verlassen hast, wählte mich die Mannschaft zum neuen Käpt'n der *Dawn Breaker*«, wimmerte er. »Ich hatte einen guten Lauf und meine Männer waren voll des Lobs für mich, Redd. Wenn du gesehen hättest, wie es bei uns zuging, wärst du bestimmt bei uns geblieben.«

Als Dank für diese Behauptung scheuerte ich ihm eine. »Wie kannst du es wagen, mir so etwas zu unterstellen?« Mit der freien Hand packte ich ihn am Kragen und zog sein Gesicht dicht an mein eigenes heran. »Ich habe gehört, was mit der *Dawn Breaker* passiert ist. Trimble hat das verdammte Schiff zu Kleinholz verarbeitet. Davor hat er die Mannschaft filetiert. Wenn du so ein guter Kapitän warst, weshalb lebst du dann noch? Du hättest zusammen mit deinen Leuten krepieren müssen.«

Higgins brach in Tränen aus. Es wurde schwierig, zu verstehen, was er nuschelte. »Ich bin ein Feigling, Redd. Da wir keine Chance auf den Sieg hatten, bin ich von Bord gesprungen und habe meine Männer einfach ihrem tödlichen Schicksal überlassen. Eigentlich hätte ich zusammen mit ihnen sterben sollen … Um mich herum schlugen Kanonenkugeln ein und Holzsplitter prasselten auf mich. Bevor ich überhaupt kapiert hatte, was ich tat, schwamm ich schon im Meer. Ich klammerte mich an ein Apfelweinfass und driftete von dem blutigen Gemetzel fort. Damals habe ich zum ersten Mal in meinem Leben gebetet, Redd. Ich gelobte, mich zu ändern, und flehte den allmächtigen Gott an, mich zu retten – und er tat es. Noch am selben Abend fischte mich ein Sklavenschiff auf, kurz bevor die

Sonne unterging. Seitdem bin ich ein anderer Mensch. Ich bitte dich Redd, glaube mir.«

Zu meinem Entsetzen verflüchtigte sich das Mitleid, das ich Higgins entgegenbrachte, keineswegs. Je stärker ich gegen dieses Gefühl ankämpfte, desto beharrlicher verfestigte es sich. Wie auch immer es mir gehen mochte, ich verbarg es vor Higgins.

»Du hast gerade eben noch eine Pistole auf mich gerichtet. Zudem hat mir der Barmann berichtet, dass du hier auf der Insel einen äußerst schlechten Ruf genießt. Mir scheint, du bist immer noch der Gleiche.«

»Ich hätte niemals auf dich geschossen, mein Junge. Als ich dich wiedererkannte, dachte ich, mein letztes Stündchen hätte geschlagen. Ich wollte dich mit der Waffe nur einschüchtern. Dabei hatte ich nichts Schlechtes dir gegenüber im Sinn. Die Leute hier auf der Insel kennen meine Vergangenheit mit Kapitän Trimble. Da ich ihm begegnet bin und mit dem Leben davonkam, glauben sie, ich sei genauso übel wie er selbst. Um ehrlich zu sein, habe ich darauf verzichtet, sie vom Gegenteil zu überzeugen, da ich eh am liebsten so wenig wie möglich behelligt werde.«

Ich grübelte darüber nach, wie ich nun mit Higgins verfahren sollte. Mein Drang, diesen Mann zu töten, war erloschen, ich war aber immer noch höllisch wütend auf ihn. Schließlich erhob ich mich aus meiner knienden Haltung und schob den Säbel in die Scheide. Als Higgins ebenfalls aufstehen wollte, drückte ich ihn mit meinem Stiefel am Hals auf den Boden zurück.

»Du bleibst besser noch eine lange, lange Weile dort unten liegen, nachdem ich gegangen bin. Wenn ich dir je wieder begegne, werde ich kaum noch mal so gnädig zu dir sein wie heute. Du verdienst den Tod und so erbärmlich, wie du ausschaust, ist deine Zeit so oder so bald abgelaufen. Gott hat deine Gebete offenbar erhört.«

»Das hat er. Du kannst es jetzt und hier mit deinen eigenen Augen sehen.«

»Das ist wahr. Wenn du es geschafft hast, dass er deinen Bitten stattgegeben hat, kann ich ihn vielleicht dazu bringen, meinen ebenfalls Gehör zu schenken. Ich werde ihn anflehen, für dich einen langsamen und grausamen Tod bereitzuhalten. Dein letzter Atemzug soll ebenso schmerzhaft werden, wie der meines Vaters. Sein Gesicht soll das Letzte sein, an das du dich erinnerst, bevor du zur Hölle fährst.«

Higgins lief bleich an. Meine Worte trafen ihn härter als der Sturz und der Schlag mit dem Kopf gegen die Pflastersteine der Straße. Seine Lippen zuckten und in den Augenwinkeln sammelten sich neue Tränen.

»Ich werde jetzt verschwinden und du verkriechst dich irgendwo hin, wo ich deinen Anblick nie wieder ertragen muss.«

Als ich ihm den Rücken zukehrte, wusste ich, dass er immer noch die Pistole hatte. Ich verspürte keinerlei Furcht davor, dass er von ihr Gebrauch machen könnte.

Ich war gerade erst drei Schritte gegangen, da fing der verdammte Kerl an zu sprechen: »Wie gut kennst du das Schätzchen, mit dem du in der Taverne warst?«

Ich wandte mich zu ihm um. »Was geht das dich an?«

»Hast du eine Ahnung, wer sie ist?«

Zuerst wollte ich kommentarlos weiterlaufen. Dann überkam mich die Neugier. »Was soll diese Fragerei bedeuten? Komm auf den Punkt.«

»Sie ist das Mädchen von Winston Trimble. Jemand wie sie hätte ich nicht in deiner Gesellschaft vermutet.«

»Sie ist ganz anders als ihr Vater.«

Higgins lachte höhnisch. »Ich weiß, dass eine alte Seeschlange wie ich wahrscheinlich der letzte Mensch ist, dem du vertraust, mein Junge. Glaub mir, das Mädchen ist ebenso gefährlich wie ihr alter Herr. Du solltest sie schnellstens loswerden. Von außen mag sie hübsch sein, in ihrem Inneren ist sie jedoch hässlicher, als ich es je war.«

Ich atmete tief durch, um meine Fassung zu bewahren. »Ich kenne sie seit einiger Zeit. Sie gleicht ihrem Vater nicht im Geringsten und sie ist von einem völlig anderen Kaliber als du. Ich denke, du und ihr Vater sind eher von der gleichen Sorte.«

»Ich habe dich gewarnt, Kumpel«, flüsterte Higgins. »Pass auf dich auf.«

Als ich diesmal losmarschierte, drehte ich mich nicht mehr um.

Ich steuerte den Hafen an, um dort Andrea zu treffen. Ich rannte, da ich Angst hatte, ich könnte Higgins doch noch töten, falls ich nicht rasch eine ausreichende Distanz zwischen uns hinter mich brachte. Einerseits würde ich es sicher irgendwann bereuen, diesen Lump verschont zu haben. Andererseits hatte ich keinen Schimmer, welche

Befriedigung ich aus dem Tod dieser alten und erbärmlichen Kreatur ziehen konnte. Ich hoffte, sein Konterfei würde mir künftig erspart bleiben.

Als ich den Hafen erreichte, schwärmten dort überall die Bewohner von New Providence geschäftig herum. Die Fischerboote, die bei unserer Ankunft an den Piers vertäut gewesen waren, dümpelten nun auf dem Meer. Am Abend würden sie mit ihrem frischen Fang heimkehren und diesen wahrscheinlich direkt von Bord aus verkaufen. Danach würden die Fischer feiern, so wie jede Nacht.

Ich verharrte kurz und versuchte, Andrea in dem Gewühl aus Menschen, Marktständen und Karren auszumachen. Nirgendwo konnte ich ein Anzeichen von ihr erspähen. Stattdessen sah ich ein anderes bekanntes Gesicht in der Menge.

Ricardo La Salle stolzierte über einen Pier direkt in meine Richtung. Die *Jane* musste kurz nach uns angekommen sein. Hier und da hielt er ein Schwätzchen. Als er in Hörweite kam, registrierte ich, dass er sich nach einem Mann erkundigte, auf den meine Beschreibung passte.

Als er mich bemerkte, rief er: »Hallo Señor!« Er marschierte zu mir und begrüßte mich mit einem festen Händedruck. »Dein neues Schiff ist ziemlich schnell. Ich habe probiert, Schritt zu halten, aber mein altes Mädel gab das nicht her.«

Die *Neptune's Castle* war tatsächlich ein schnelles Schiff. Ich hatte nicht gewusst, dass Ricardo es darauf angelegt hatte, in Sachen Geschwindigkeit mitzuhalten. Das war eine gute Neuigkeit, denn es ist wirklich schwierig, ein großes Schiff zu finden, das die Wellen so rasch wie die *Neptune's Castle* durchpflügt.

»Ricardo, du musst verrückt sein, es überhaupt versucht zu haben«, sagte ich ernst.

Er konnte diese Aussage nicht richtig einordnen, da er nicht durchschaute, ob ich sie ironisch meinte oder ihn willentlich beleidigen wollte.

»Mein Freund, du solltest daran denken, dass du eine wesentlich schwerere Fracht transportiert hast. Natürlich war dein Schiff deshalb langsamer.«

Ricardo nickte und wechselte das Thema. »Ich habe meinen Männern befohlen, die Raubkatzen hier abzuladen.«

»Wirklich? Wo willst du sie unterbringen?«

»Ich besitze überall Freunde, Señor. Es wird eine Weile dauern, die Katzen auf das Trockene zu bringen. Hoffentlich willst du nicht schon wieder so bald ablegen?«

Achselzuckend sagte ich: »Aktuell weiß ich noch nicht, wann es soweit sein wird. Andrea ist gerade dabei, den Aufenthaltsort ihres Vaters aus ihrem Onkel herauszuquetschen und ich bin auf der Suche nach ihr.« Trimbles geheime Schatztruhe hatte ich Ricardo gegenüber bisher verschwiegen. Ich überlegte, ihn einzuweihen, entschied mich allerdings dagegen. Noch war ich mir nicht schlüssig darüber, was wir darin finden würden und ob ihr Inhalt eine tragende Rolle spielen könnte. Außerdem konnte ich vielleicht die Zeit, die Ricardo für die Unterbringung seiner vierbeinigen Kumpels aufwenden musste, nutzen, um die Truhe einzusacken. Andrea war davon überzeugt, dass ihr Versteck in der Nähe von New Providence beheimatet war.

»Weißt du, wo ihr Onkel wohnt?«

Ich lupfte den Hut und fuhr mir mit den Fingern durchs Haar. Schon jetzt schwitzte ich heftig und später standen uns noch wesentlich höhere Temperaturen bevor. Andrea wollte mich zwar beim Gespräch mit ihrem Onkel nicht dabeihaben, das Herumlungern unter der sengenden Sonne stachelte jedoch meine Ungeduld an. »Glaube schon. Komm mit.«

Wir schlängelten uns durch das Gewimmel auf den übervölkerten Gassen bis hin zu einem Gebäude, über dessen Tür ein Schild mit einem aufgemalten, schwarzen Amboss hing. Unter dem Bild war der Schriftzug *Bobbys Schmiede* aus dem Holz ausgespart und zudem mit weißer Farbe hervorgehoben worden. Hinter der Schmiede führte ein Feldweg hinauf in die Hügel. Als wir um die Hausecke bogen, wären wir um ein Haar mit Andrea zusammengestoßen, die uns entgegenkam.

Darüber verärgert, mir hier zu begegnen, fauchte Andrea: »Ich hatte dir doch gesagt, du sollst wegbleiben. Mein Onkel würde sich niemals auf dich verlassen und er hätte das Versteck kaum preisgegeben, wenn du unangemeldet bei ihm zu Hause hereingeschneit wärst.«

In Anbetracht der zusammengerollten Stoffbahn in Andreas rechter Faust konstatierte ich: »Schätze, wir haben bekommen, was wir wollten.«

»Ja.«

Ich hoffte, sie würde gegenüber Ricardo bezüglich der Truhe Schweigen bewahren. Und tatsächlich ließ sie das Stoffstück in ihrer Hosentasche verschwinden. Bevor

Ricardo auf den Gedanken kam, sich danach zu erkundigen, umarmte sie ihn und flötete: »Bis jetzt hatte ich noch keine Gelegenheit, mich bei dir für Gordons Rettung zu bedanken.«

»Es war mir eine Ehre, Lady. Zudem hatte unser Freund Redd einen Gefallen bei mir gut.«

»Aye, und diese Schuld hast du vorbildlich beglichen. Im Prinzip ist es gar nicht mehr nötig, dass du uns auf der Jagd nach Trimble begleitest. Du solltest zurück nach Tortuga segeln … ich bin mir sicher, Jane vermisst dich bereits schmerzlich«, sagte ich.

Ricardo löste sich aus Andreas Umarmung. »Wie du weißt, kann ich schlecht heimfahren, ohne dir bei der Sache mit Trimble geholfen zu haben. Jane würde mir sonst die Hölle heiß machen.«

»Du hast ihn doch auch schon früher allein gelassen, als er in der Klemme steckte«, warf Andrea ein.

»Stimmt. Allerdings hätte mir Jane dafür fast einen mit dem Besen übergebraten. Ich kam nur mit Mühe und Not mit heiler Haut davon. Außerdem war ich selbst alles andere als stolz darauf, dass ich Redd der Royal Navy ausgeliefert habe.«

»Du musst dich vor mir nicht rechtfertigen. Ich war selbst dabei und weiß, wie haarig die Situation gewesen ist. Du hattest keine Chance etwas auszurichten … Und wie bereits festgestellt: Deine Schuld ist hinreichend beglichen.«

»Wir können uns diese Diskussion sparen«, bot mir Ricardo Paroli. »Ich werde bei diesem Unternehmen von

Anfang bis zum Ende dabei sein. Und jetzt sollten wir unsere weiteren Schritte besprechen. Wohin fahren wir als Nächstes? «

Ehe Andrea antworten konnte, erhob ich das Wort und fragte sie: »Ist dein Onkel damit herausgerückt, wo wir deinen Vater finden?«

Sie nickte. Dabei signalisierte sie mir mit den Augen, dass sie wusste, es sei besser, die Truhe zu verschweigen. »Aye. Mein alter Herr war erst vor zwei Tagen hier, um seine Vorräte aufzufrischen. Danach ist er zu einer kleinen Siedlung in der Small Hope Bay aufgebrochen. Ich weiß, wo diese Bucht liegt.«

»Small Hope Bay«, wiederholte Ricardo und pfiff durch seine zusammengebissenen Zähne. »Vermutlich lauert er dort einer spanischen Schatzflotte auf ihrer Route nach Florida auf.«

»Das stimmt. Woher weißt du das?«

»Ich bin Spanier. In den Gewässern zwischen Andros Island und der südlichen Spitze Floridas patrouillieren regelmäßig englische Piraten auf der Jagd nach spanischem Gold. Dabei vergessen diese Narren, dass wir diese Vorgehensweise längst durchschaut haben und unsere Schiffe deshalb auf dieser verhängnisvollen Strecke mit massivem Begleitschutz versehen. Die Zeiten, in denen dort leichte Beute zu holen war, sind lange vorbei. Heutzutage gleicht ein Überfall auf eine Schatzflotte vor den Küsten Floridas einem Selbstmord.«

»Es wäre tatsächlich Selbstmord«, prognostizierte ich. »Es sei denn, man hätte eine Geheimwaffe.«

»Der Krake«, wisperte Andrea. »Er wird die Spanier ins Verderben stürzen.«

»Nun wissen wir also, wohin wir segeln werden«, erklärte ich. »Wir retten die Spanier und nehmen uns zur Belohnung ein wenig von ihrem Besitz.« Ich zwinkerte Ricardo zu.

»Das ist das Mindeste, was wir von meinen Landsleuten erwarten können. Aber ich frage mich, wie wir es mit Trimble und dem Kraken aufnehmen sollen, Redd?«

Ich legte meinen Arm um Ricardo und wir stiefelten mit Andrea im Schlepptau Richtung Hafen los. »Lass das getrost meine Sorge sein. Du bist nicht der Einzige, der bei Bedarf ein paar Asse aus dem Ärmel zaubern kann.«

13

Kurz vor Sonnenuntergang durchpflügte die *Neptune's Castle* erneut den Karibischen Ozean.

Bevor wir den Anker lichteten, hatte ich Ricardo versichert, er könne sich ohne Eile um die Unterbringung seiner Raubkatzen kümmern, da wir uns erst in zwei Tagen in der Small Hope Bay treffen würden. Er schwor, rechtzeitig vor Ort zu sein. Obwohl mein Versuch, ihn zu überzeugen, heim zu Jane zu segeln, ehrlich gemeint gewesen war, war ich insgeheim dankbar für seine Unterstützung. Wir mussten unbedingt einen unfehlbaren Plan aushecken, falls wir Trimble ohne größere Verluste unsererseits zu Fall bringen wollten.

Ricardos Listenreichtum würde sich dabei gewiss als wertvoll erweisen.

Sobald Andrea und ich ein wenig Privatsphäre in meiner Kajüte fanden, offenbarte sie mir endlich, was ich sehnlichst von ihr zu erfahren hoffte.

»Auf der Karte, die ich von meinem Onkel erhalten habe, ist die Insel, auf der die Truhe vergraben ist, exakt eingezeichnet.«

»Und wo liegt diese Insel nun? Wir müssen Langley einweihen, damit er Kurs dorthin setzen kann«, drängte ich.

»Entspann dich, wir sind bereits auf der richtigen Route unterwegs. Es handelt sich um ein Fleckchen Land zwischen hier und der Small Hope Bay.«

So zögerlich, wie sie sich die Informationen aus der Nase ziehen ließ, hatte ich das Gefühl, etwas würde sie beunruhigen. Etwas, das sie am liebsten vor mir verheimlichen würde …

»Und wie heißt dieses ominöse Eiland«, hakte ich nach.

Andrea schnaufte tief durch. »Isle of Blood.«

Nun musste auch ich kräftig Atem schöpfen. »Bist du dir sicher?«, fragte ich geschockt.

»Ja. Und ich hatte vorher keine Ahnung davon. Bitte glaube mir.«

Die Isle of Blood war in der gesamten Karibik berüchtigt, da auf ihr angeblich ein Kannibalenstamm hauste. Manche hielten die Geschichten, die um diese Insel kursierten, für ein Ammenmärchen, andere für eine unumstößliche Tatsache. Ich selbst war von ihrer Wahrheit überzeugt. Je mehr ich mir das Hirn darüber zermarterte, desto besser erschien mir die Isle of Blood als Versteck für etwas, das niemand finden sollte. Wer besucht schon gern eine solche Gegend?

Die Insel war auf der Karte ziemlich detailliert eingezeichnet. In ihrem Herzen wucherte ein dichter Dschungel, den breite Sandstrände säumten. Netterweise hatte Trimble die Truhe nicht im Wald vergraben. Davon zeugte das auf der Südseite des Eilands am Strand eingezeichnete X.

»Was weißt du über diese Insel?«, erkundigte ich mich. »Warst du je selbst dort?«

»Mein Vater hat sie mir früher einmal gezeigt, als wir daran vorbeisegelten. Dabei wirkte er verängstigt und er fürchtet sich sonst vor fast nichts.«

»Und kennst du Einzelheiten darüber?«

»Mein Onkel meinte, man sollte sich nie nachts dorthin begeben. Wenn man unbedingt dorthin muss, sollte dies unbedingt bei Tageslicht geschehen.«

»Dem können wir Genüge tun.« Ich stand vom Tisch auf. »Ich werde jetzt Langley Bescheid geben.«

»Wirst du ihm die ganze Wahrheit berichten?«

»Ich werde ihn anweisen, die Isle of Blood anzusteuern. Das ist alles, was er zu wissen braucht.«

»Meiner Meinung nach ist es so weit, deine Leute zu informieren, womit sie es zu tun kriegen. Sie haben immer noch keinen blassen Schimmer vom Ring meines Vaters, richtig?«

Aufgewühlt entgegnete ich: »Ich werde sie einweihen, wenn *ich* glaube, dass die Zeit reif dafür ist. Zuerst muss ich selbst überdenken, ob ich die Geschichte mit dem Ring und dem Kraken nicht für ein Märchen halten soll.«

»Warum gibst du dich dann überhaupt damit ab?«, zischte sie.

»Das frage ich mich manchmal selbst. Anfangs ging es mir darum, eine Begnadigung durch den Gouverneur zu erwirken. Dann war es mir wichtig, Gordon zu befreien. Dank der Umstände, unter denen wir ihn aus der Patsche geholt haben, können wir den Traum von einer Begnadigung getrost vergessen. Es fällt mir wirklich schwer zu entscheiden, ob ich dieses Abenteuer tatsächlich fortführen möchte. Tief in mir brodelt allerdings die Angst darüber, was geschehen könnte, wenn jemand wie dein Vater über so viel Macht gebietet. Ich fühle mich verpflichtet, dem einen Riegel vorzuschieben. Wie auch immer, inzwischen steckte ich viel zu tief mit beiden Beinen in der Angelegenheit. Etwas drängte mich, so lange weiterzumachen, bis wir die *Sea Witch* samt ihrer verdorbenen Mannschaft auf den Meeresgrund geschickt hatten. Davon abgesehen bin ich nicht der Einzige auf diesem Schiff, der dieses Ziel verfolgt.«

Andrea runzelte die Stirn. »Tatsächlich? Erzähl mir mehr darüber.«

»Warte hier auf mich«, antwortete ich und verließ die Kabine. Wenn sie wollte, dass ich der Mannschaft reinen Wein einschenke, dann sollte sie ihren Willen haben.

Kurz darauf kam ich mit meinen bedeutendsten und einflussreichsten Gefährten in die Kajüte zurück – einem betrunkenen Oliver Langley, Gordon Littleton, Robert Lynch, Jolly Jack, Joe und dem riesenhaften Schiffszimmermann Hale Woodrow. Sie alle nahmen rund um den Tisch Platz. Ich setzte mich an den Kopf des Möbels. Andrea befand sich am jenseitigen Ende. Sie hatte die Schatzkarte irgendwohin verschwinden lassen.

»Vielen Dank für euer Erscheinen«, sagte ich in einem ernsten Ton. »Es gibt etwas, das wir besprechen müssen. Dazu habe ich die tragenden Säulen meiner Mannschaft hier mit mir und Andrea versammelt.«

»Worum geht's?«, fragte Lynch interessiert.

»Es freut mich, dass du dich als Erster zu Wort meldest, Robert, denn auf dich kommt es besonders stark an.«

»Auf mich, Kapitän?«

»Ich möchte, dass du uns allen berichtest, warum du dich vor sechs Jahren für das Piratendasein entschieden hast.«

Robert zuckte irritiert mit dem Mundwinkel und stand auf. »Die meisten von euch kennen den Grund schon.«

»Das weiß ich, Robert«, sagte ich. »Aber Joe hat ihn noch nicht gehört und Andrea auch. Insbesondere Andrea sollte ihn kennen, denn sie ist die Tochter von Winston Trimble.«

Ein Schatten fiel auf Roberts Gesicht. Allein die Erwähnung des Namens Trimble entfachte – in diesem sonst so umgänglichen Menschen – einen enormen Zorn. Im flackernden Kerzenlicht wirkte seine Miene fast schon dämonisch. »Warum hat mir niemand verraten, wer sie ist?«, knurrte er. »Bitte Kapitän, sag mir nicht, wir werden uns mit diesem Abschaum verbünden. Sollte dies der Fall sein, kann ich nicht mehr unter deiner Flagge segeln. Trimble hat meinen Vater ermordet und ich habe bei dir angeheuert, weil ich hoffte, so eine Möglichkeit zur Rache zu finden.«

»Entspanne dich, Robert. Andrea ist bei uns, weil sie, genau wie wir alle hier, ihren Vater für eine Ratte hält, die es auszutilgen gilt.«

»Wie lautete der Name deines Vaters?«, fragte Andrea tonlos. Sie wirkte, als sei sie in Trance.

»Er hieß Nicholas Lynch. Dein verabscheuungswürdiger, alter Herr hat sein Fischerboot aufgebracht und ihn kaltblütig getötet, obwohl es überhaupt keine Beute zu machen gab. Das Boot meines Vaters würde steuerlos treibend gefunden. Er lag tot auf dem Deck und hat mit seinem eigenen Blut ein einziges Wort auf die Planken geschrieben: Trimble. Ich war damals noch ein kleiner Junge, aber ich schwor, diesen Mann aufzustöbern und zu bestrafen.«

Im Raum herrschte drückende Stille. Andrea sog vernehmbar Luft ein, stütze die Ellenbogen auf die Tischplatte und barg ihr Gesicht in den Handflächen. »Ich war damals dabei«, flüsterte sie. »Ich kann mich an diesen Tag erinnern … und an deinen Vater.«

»Was?«, warf Gordon ein. »Du warst dabei?«

»Ja«, erwiderte sie, das Gesicht noch immer in den Handflächen verborgen. »Ich kann das Fischerboot immer noch vor mir sehen … ich habe nichts davon vergessen.«

Erneut wurde es totenstill, so lange, bis ich das Wort ergriff. »Andrea, weißt du nun, was ich gemeint habe?«

»Ja.« Sie hob den Kopf. An ihrer Miene konnte man ablesen, wie mitgenommen sie war. »Im Kielwasser meines Vaters wurden viel zu viele Albträume Wirklichkeit. Jeder kennt jemanden, der unter seinen Untaten leiden musste. Er muss endlich sterben … und das wird er.«

»Da wir uns nun die Wichtigkeit unserer Jagd auf Trimble ins Gedächtnis gerufen haben«, fasste ich das bisher Erläuterte zusammen, »habe ich euch noch etwas mitzuteilen.

Etwas, das ich bislang verschwiegen habe. Etwas, das mich ängstigt.«

»Wir hören«, meinte Gordon.

Langley lehnte sich misstrauisch vor.

»Gouverneur Winters hat uns aus einem speziellen Grund für diese Mission ausgewählt. Trimble verfügt über einen Ring, der ihm große Macht verleiht.«

»Macht …«, echote Woodrow.

»Welche Art von Macht, Käpt'n?«, fragte Langley.

Sobald ich den Mund geöffnet hatte, zögerte ich zu sprechen. Ich war mir unsicher, wie die Anwesenden auf meine Offenbarung reagieren würden. »Kennt ihr die Geschichte des Siegelrings von König Salomon?«

»Natürlich«, antwortete Gordon. »Die Krone hält ihn seit Jahren unter Verschluss. So wie ich es sehe, handelt es sich dabei um Seemannsgarn. Sein Träger soll Dämonen kontrollieren können. Was für ein Blödsinn!« Er hielt kurz inne. »Warte … willst du uns erzählen, dass Trimble über den Ring verfügt?«

»Genau das.«

Gordon lachte herzlich. Offensichtlich hielt er mich für einen gutgläubigen Narren. Jolly stimmte in das Gelächter ein und Langley schüttelte ungläubig den Kopf.

»Es ist mir egal, ob ihr der Geschichte Glauben schenkt«, meinte ich. »Ich berichte euch bloß, was ich vom Gouverneur erfahren habe. Und er nimmt die Legenden für bare Münze. Laut Winters kontrolliert Trimble mithilfe des Rings den Kraken. Dadurch ist er so gut wie unüberwindbar. Ich fand es notwendig, euch vollständig zu informieren.«

Hale Woodrow war bei der Erwähnung des Kraken erschaudert. Gordon lachte noch lauter.

»Was Redd sagt, ist die Wahrheit«, erklärte Andrea. »Ich habe den Ring persönlich gesehen. Und ich habe gesehen, wozu er imstande ist.« Sie fokussierte Gordon. »Niemand sollte dieses Artefakt unterschätzen.«

Andreas Eingeständnis traf mich wie der Blitz. Bis dato hatte sie mit allem, was dieses Schmuckstück betraf, hinter dem Berg gehalten. Wie alle anderen im Raum hörte ich gespannt zu. Selbst Gordon hatte aufgehört zu lachen.

»Und was hast du gesehen?«, fragte Robert.

»Ich war dabei, als mein Vater den Kraken aus den Untiefen des Ozeans heraufbeschwor und ihm gebot, ein Schiff zu vernichten. Ich habe gesehen, wie sich die gigantischen Tentakel dieses Ungeheuers um den Rumpf und den Mast eines Schiffs schlossen und es zermalmten. Ich habe die Schreckensschreie der Besatzung gehört. Und ich habe auch gesehen, wie ihr Blut das Wasser rot färbte. Die Macht, über die mein Vater gebietet, ist sehr real und sehr gefährlich. Je schneller ihr diese Tatsache akzeptiert, desto leichter wird es sein, ihn zu besiegen.«

Woodrow zitterte am ganzen Körper. Der einfach gestrickte Mann schien kurz davor, in Tränen auszubrechen.

Die Übrigen saßen still am Tisch. Ihre Gesichter wirkten wie in Stein gemeißelt. Niemand mehr zweifelte die Legende von Salomons Ring an.

»Welche Chance haben wir gegen eine solche Macht?«, fragte Gordon verärgert. »Ein fairer Kampf scheint mir in diesem Fall unmöglich.«

»Das bringt uns zum aktuellen Ziel unserer Reise«, antwortete ich. »Wir steuern eine Insel an, auf der wir ein Faustpfand bergen, mit dessen Hilfe wir mit Trimble verhandeln können.«

»Welcher Art ist dieses Pfand?«, erkundigte sich Robert.

»Das weiß ich noch nicht«, gestand ich ein und seufzte.

Gordon begann wieder wie ein Irrer zu lachen und hieb mit den Fäusten auf den Tisch. »Klasse! Lass mich raten. Sie hat dir diesen Floh in den Kopf gesetzt.« Er deutete auf Andrea.

»Ich habe die Wahrheit gesagt. Als wir in New Providence waren, habe ich meinen Onkel besucht und von ihm das hier bekommen.« Sie kramte die Karte aus ihrer Hosentasche und rollte sie auf der Tischoberfläche, für jeden gut einsehbar, aus. »Diese Karte zeigt uns das Versteck der Schatztruhe meines Vaters.«

»Und Trimble wird kaum das Schiff versenken, auf dem sich seine geliebte Truhe befindet«, ergänzte ich.

»Die Truhe, deren Inhalt ein Geheimnis ist«, kommentierte Gordon. »Vergiss das nicht.«

»Bitte vertraut mir«, bat Andrea. »Wir brauchen diese Truhe. Sie ist unsere einzige Chance gegen meinen Vater.«

»Das ist doch verrückt«, ätzte Gordon sie an.

»Die Truhe ist alles, was wir haben«, brüllte ich.

Es wurde wieder still. Alle sahen mich überrascht an, denn es passierte nur selten, dass ich Mannschaftsmitglieder anschrie. Selbst gegenüber Gordon behielt ich normalerweise die Contenance. Ich rieb mir die Schläfen und versuchte, meine Gelassenheit wiederzugewinnen. »Ich schaffe das nicht ohne euch. Ich brauche euch.«

»Ich werde nirgendwo hingehen«, gab Robert bekannt. »Nicht, bevor Trimble tot ist.«

Die Übrigen murmelten ähnliche Bekenntnisse und selbst Woodrow bekräftigte seine Treue mit einem stummen Nicken. Nur Gordon verschränkte die Arme vor der Brust und lehnte sich in seinem Stuhl zurück. Er wirkte, als starre er einen Punkt an der gegenüberliegenden Wand an, bis er endlich die Stimme erhob: »Ich bin dir bei jedem deiner Abenteuer gefolgt, egal, wie dämlich es war. Warum sollte sich das ändern? Wie heißt die Insel, zu der wir fahren?«

»Es geht um eine kleine Insel zwischen hier und der Small Hope Bay. Die Small Hope Bay ist die Gegend, in der wir Trimble konfrontieren werden.« Am liebsten hätte ich den Namen der Insel verschwiegen, doch diese Möglichkeit stand nicht zur Debatte.

»Je früher wir uns diese verdammte Kiste krallen, desto besser«, gab Langley zu bedenken. »Also, wie lautet ihr Name. Ich werde uns schnellstens hinbringen.«

»Es ist die …«, murmelte ich zögerlich, »Isle of Blood.«

Hale Woodrow lief kreidebleich an. Alle außer Joe schienen argwöhnisch zu sein. Vermutlich hatte er noch nie etwas über dieses verruchte Eiland gehört.

»Kapitän, du weißt, was man über diese Insel munkelt, richtig?«, fragte Robert.

»Natürlich, doch das stört mich nicht. Gefährlich wird es dort nur nachts. Wir werden uns die Truhe tagsüber schnappen. Alles wird gut gehen.«

»Was geschieht dort während der Nacht?«, erkundigte sich Joe.

»Angeblich wohnt dort ein blutrünstiger Kannibalenstamm. Sie sollen hauptsächlich im Dunkeln aktiv sein.«

Joe wirkte septisch, dennoch nickte er.

»Meine Herren, es ist nicht nötig, dass die ganze Mannschaft weiß, worüber wir gerade gesprochen haben. Wir werden sie nur über Dinge informieren, die sie unbedingt wissen müssen. Nur wenn ihre Zuversicht hoch bleibt, können wir einen Erfolg erringen. Kann ich auf euch zählen?«

Alle Anwesenden murmelten ihre Zustimmung.

Langley stand als Erster vom Tisch auf. Im Hinausgehen angelte er sich eine Flasche Rum und begab sich wieder hinter das Steuer. Die Reise zur Isle of Blood würde eine kurze sein.

14

Wir erreichten unser Ziel mitten in der Nacht.

Als ich am nächsten Morgen aus meinem Bett gestiegen und an Deck gegangen war, sah ich die mysteriöse Insel erstmals selbst. Mit dem Fernrohr suchte ich den Strand nach irgendwelchen Zeichen von Leben ab. Da ich nichts dergleichen ausmachte, konzentrierte ich mich auf den Dschungel. Es war unmöglich, durch die dichte Vegetation etwas zu erspähen.

Das machte mich ganz kribbelig … die Ruhe auf dem Eiland erschien mir trügerisch.

Andrea, Langley und Gordon standen mit der Karte an der Reling und kamen übereinstimmend zu der Erkenntnis, dass wir uns bereits auf der richtigen Seite der Insel befanden.

Ich hielt es für das Beste, wenn nur jene an Land gehen würden, die gestern am Treffen in meiner Kajüte teilgenommen hatten.

Kurz vor Mittag betraten wir zu acht den Strand. Während Joe, Jolly und Hale das Beiboot aus dem Wasser zogen und stemmten, eilte uns Andrea unternehmungslustig voraus. Mit der ausgerollten Karte marschierte sie über den weißen Sand. Gordon, Langley und ich folgten ihr. Jeder von uns hatte eine Schaufel geschultert. Andrea rückte mit unerschütterlicher Selbstsicherheit vor. Vom Meer blies uns eine steife Brise um die Ohren. Manchmal musste ich meinen Hut mit beiden Händen festhalten, da er sich sonst selbstständig gemacht hätte. Nach schätzungsweise vierhundert Metern stoppte Andrea abrupt ab und zeichnete mit dem Fuß einen Kreis in den Sand. Dessen Durchmesser betrug knapp fünf Meter.

»Hier muss die Truhe vergraben sein«, behauptete sie, während ihr Haar im Wind flatterte.

»Was schätzt du, wie tief wir buddeln müssen?«, wollte Gordon wissen.

Andrea zuckte mit der Achsel. »Keine Ahnung. Die Karte gibt keinen Aufschluss darüber und leider habe ich vergessen, meinen Onkel danach zu fragen.«

»Egal«, meinte ich. »Wir fangen einfach an.« Dann stieß ich die Schaufel direkt vor mir in den Boden und fing an zu graben. Sorgfältig achtete ich darauf, den ausgehobenen Sand außerhalb des eingezeichneten Kreises zu deponieren, obwohl ich die exakte Richtigkeit der Markierung anzweifelte.

Joe, Hale und Jolly stießen bald zu uns und halfen bei der Ausgrabung mit. Lediglich Andrea stand tatenlos neben uns. Zwar war sie eine Piratin, aber sie war zudem eine Lady, der wir eine solche Schufterei kaum zumuten konnten. Gelegentlich schweifte ihr Blick in den Dschungel. Obwohl ihr bisher keine Beklommenheit anzumerken gewesen war, schien ihr nun die Situation nicht ganz geheuer.

Wir kamen mit der Arbeit wesentlich schneller voran als erträumt. Schon bald hatten wir sieben Löcher von gut drei Metern Tiefe ausgehoben. Da ich über Erfahrung im Ausgraben von Schätzen verfügte, schachtete ich mein Loch in einer Weise aus, die es mir jederzeit erlaubte, mühelos herauszuklettern. Als ich mich bis an die Oberfläche des Strands hinaufgehievt hatte, hatte die Sonne ihren Höchststand überschritten. Die Hitze war enorm und ich wischte mir den Schweiß von der Stirn. »Also gut, Männer, Zeit für eine Verschnaufpause. Kommt alle aus euren Löchern.«

Sandverkrustet und erschöpft befolgten sie meine Anordnung. Jolly Jack, der Älteste von uns, kollabierte übergangslos. Ich kniete mich neben den schwer atmenden Mann und beträufelte sein Gesicht mit dem Inhalt meines Wasserbeutels. Dann reichte ich ihm diesen und er nahm dankbar einen kräftigen und belebenden Schluck daraus. Die Übrigen tranken ebenfalls Wasser zu ihrer Stärkung. Langley hielt seinen Wasserbeutel hoch über den nach hinten geneigten Kopf und ließ eine bräunliche Flüssigkeit von oben in seinen sperrangelweit geöffneten Mund strömen – Rum.

Nachdem sich alle ein wenig erholt hatten, äußerte ich einen Vorschlag: »Ich glaube, wir sollten woanders suchen.«

Andrea schüttelte den Kopf.

»Warum bist du dir definitiv sicher, dass die Truhe genau hier ist?«, fragte Gordon das einzige weibliche Mitglied unserer Truppe.

Sie reckte die Karte in die Höhe. »Wir alle stimmen darin überein, dass wir auf der richtigen Seite der Insel sind. Laut der Karte steckt das Ding nahe einer Ansammlung von Bambussträuchern. Von diesen aus sollen wir zweihundert Schritte nach Westen laufen. Das Versteck liegt dort fünfzig Schritte vom Meeresufer entfernt. Wir befinden uns hier exakt an der angegebenen Stelle. Die Truhe ist innerhalb des Kreises.«

»Wie alt ist die Karte?«, erkundigte ich mich.

Sie betrachtet nachdenklich das vergilbte Stoffstück. »Soweit ich mich erinnern kann, hat sie mein Vater in jungen Jahren angefertigt … kurz nach der verhängnisvollen Begegnung mit der *Dawn Breaker*, bei der er so grauenhaft entstellt wurde. Ihr Alter beträgt also mehr als zwanzig Jahre.«

»Und woher willst du wissen, dass es sich bei dieser Bambusgruppe um dieselbe handelt, die er damals eingezeichnet hat?«, fragte ich. »Dieser Strand könnte sich im Laufe der Zeit verändert haben.«

»Er könnte aber auch immer noch der Gleiche sein«, konterte Andrea. »Vergiss nicht, Menschen von außerhalb setzten normalerweise keinen Fuß auf diese Insel. Der Strand ist seit damals unberührt. Und deshalb handelt es sich um die beschriebenen Sträucher. Wir können uns jetzt kein großes Palaver leisten. Wir müssen wieder auf dem Schiff sein, bevor es dunkel wird. Die Zeit drängt, auch wenn ihr müde seid.«

Gordon stöhnte. »Jawohl, Madame. Wir werden künftig keine Widerworte mehr geben. Ich grabe sofort weiter, nur hol bitte nicht die Peitsche raus.«

»Das ist nicht lustig«, beschwerte sich Joe todernst. Jeder Muskel seines nackten Oberkörpers war zum Zerreißen angespannt.

Gordon lief vor Scham rot an. »Tut mir leid. Es war dumm von mir, das zu sagen. Bitte verzeihe mir.«

Mit starrer Miene stapfte Joe zu Gordon. »Du bist ein …«

»Ja?«, erwiderte Gordon schwach.

»… ein äußerst leichtgläubiger Mensch.« Joe prustete vor Lachen.

Gordon musterte mich, als könne ich ihm eine Erklärung für Joes Verhalten liefern. Das konnte ich nicht. Ich zuckte mit der Schulter, denn der ehemalige Sklave hörte einfach nicht mehr auf damit, schallend zu lachen.

»Du glaubst tatsächlich, dass ich ein Dieb bin?«, fragte Joe belustigt.

Der Trick, mit dem wir Gordon von seiner Lethargie kuriert hatten, hatte wohl einen prägenden Eindruck bei Joe hinterlassen. Diese Erkenntnis erwuchs gleichzeitig in Gordon und wir stimmten in das Gelächter ein. Woodrow lachte ebenfalls mit, obwohl er unmöglich verstehen konnte, weshalb wir uns so amüsierten. Jolly Jack wirkte einfach nur fassungslos. Ich begann wieder zu graben. Es freute mich, dass sich Joe so gut bei uns integriert hatte, dass er derartige Scherze vom Stapel ließ.

Stunde um Stunde buddelten wir weiter. Uns ging allmählich die Kraft aus. Jolly war längst nicht mehr in der Lage, eine Schaufel zu handhaben, geschweige denn effektiv mitzuhelfen. Er saß neben Andrea auf einem angespülten Stück Treibholz. Wir übrigen sechs hoben Loch um Loch aus, bis die gesamte Kreisfläche einer einzigen, großen Grube glich. Auf die Truhe stießen wir nicht. Gordons Frustration wuchs und er schimpfte immer häufiger und derber. Langley war irgendwann so betrunken, dass ihm alles gleichgültig wurde. Sein Arbeitstempo verlangsamte sich unterdessen stetig. Joe und Woodrow, unsere beiden stärksten Männer, absolvierten ein beachtliches Pensum. Trotz meiner Mahnungen weigerten sie sich, eine Pause einzulegen, da die Sonne unaufhaltsam tiefer sank. Nicht mehr lange und die Abenddämmerung würde hereinbrechen. Das Tageslicht schwand rasch.

Meine Geduld ebenso. Irgendwann konnte ich nicht mehr den Mund halten. »Hier gibt es keine Truhe«, platzte es aus mir heraus. »Das Ganze ist reine Zeitverschwendung.«

»William, ich weiß, ich werde dich damit schocken«, nuschelte Gordon, »aber ausnahmsweise stimme ich dir vollumfänglich zu. Gäbe es hier etwas zu finden, hätten wir es längst aufgespürt.«

Andrea stand auf und ging zum Rand der Grube. »Ich kann das nicht verstehen. Laut der Karte sind wir hier am richtigen Platz.«

»Bald wird's dunkel«, lallte Langley. »Die Ebbe kommt. Wir müssen das Beiboot ziemlich weit schleppen, um wieder Wasser unter den Kiel zu kriegen.«

»Stimmt«, pflichtete ihm Gordon bei. »Wir sollten schleunigst abhauen, bevor die Kannibalen dumme Gedanken entwickeln.«

Tatsächlich ging der Wasserpegel an der Küste bereits zurück. Plötzlich kam mir ein Geistesblitz. »Es geht um die Flut!«

»Was soll mit der Flut sein?«, fragte Andrea.

»Dein verdammter Vater war viel schlauer, als wir dachten. Er hat die Kiste erst vergraben, nachdem der Meeresspiegel sich zurückgezogen hatte, da er sicher sein konnte, dass es niemand wagen würde, sich so kurz vor der Dunkelheit auf der Insel aufzuhalten. Die auf der Karte verzeichnete Entfernung gilt für den Zeitpunkt kurz vor der Dämmerung. Wir müssen weiter draußen buddeln.«

»Aye, der Käpt'n hat recht«, stimmte mir Jolly mit neuer Energie zu, rannte bis an das Wasser und schritt dann die fragliche Entfernung von dort ab. Er blieb ein gutes Stück von uns entfernt stehen und meldete dann: »Hier! Hier ist es, Kumpels!«

Ich stürmte zu ihm und fing an, wie ein Wahnsinniger zu schaufeln.

Gordon kam mir nach und fiel mir in den Arm. »Spinnst du? In ein paar Minuten wird es Nacht. Wir haben keine Zeit mehr.«

»Wir können es schaffen, Los, helft mir.«

Langley und Robert stürzten sich neben mir mächtig ins Zeug. Und auch Woodrow und Joe gaben alles. Schließlich packte sogar Gordon mit an. Jolly und Andrea beobachteten, ob sich am Rand des Dschungels etwas Verdächtiges regte.

Nach zehn Minuten wilder Plackerei war es ironischerweise Gordon, dessen Schaufel auf etwas Hartes traf. »Ich hab etwas!«, rief er.

Wir scharten uns um ihn und gruben noch fieberhafter, während am purpurfarbenen Himmel die ersten Sterne aufblinkten. »Schneller!«, drängte ich.

Das obere Ende der Truhe hatten wir rasch freigelegt. Da es sich um ein ziemlich großes Exemplar handelte, zog sich die Ausgrabung zusehends in die Länge. Die Zeit schien uns wie Sand zwischen den Fingern zu zerrinnen. Ich schickte Langley und Jolly vor, um das Beiboot klarzumachen. »Bringt es so nahe wie möglich bei uns ins Wasser.«

Langley torkelte unterwegs heftig, blieb aber auf den Beinen.

»Gut, Männer, heben wir das Scheißding raus«, ordnete ich an, nachdem wir die Truhe endlich komplett von Sand befreit hatten.

Wir wuchteten das Ding an den seitlichen Metallgriffen hoch. Zu unserem Glück war sie wesentlich leichter als erwartet. Auch ohne sie zu öffnen, stand damit fest, dass sie unmöglich Gold enthielt. Gerade als wir sie oben auf den Strand bugsiert hatten, erscholl zwischen den Bäumen ein blutrünstiges Geheul.

»Was zum Teufel war das?«, fragte Langley in die Runde.

»Etwas Übles«, diagnostizierte ich. »Etwas ganz Übles. Rasch jetzt. Wir müssen unsere Beute fortbringen.«

Die Truhe an den Griffen schleppend, taumelten wir auf das Beiboot zu. Wir hatten ungefähr die Hälfte der Strecke absolviert, da setzte sich eine Spirale des Schreckens in Gang. Das Heulen erklang erneut, diesmal noch lauter. Unvermittelt stürmte eine Horde primitiver Kreaturen aus dem Dschungel auf uns zu. Ich konnte aufgrund des trüben Lichts nur wenig erkennen, doch so viel war gewiss: Die Kannibalen waren splitterfasernackt und keiner von ihnen trug eine Waffe. Ihr Geschrei klang unmenschlich. Ihre Bewegungen glichen eher jenen von Tieren als denen von Menschen. Obwohl ich keine Silbe von ihrem Gebrüll verstand, wurde deutlich, dass sie uns bedrohten. Wir hatten keine Chance, das Beiboot rechtzeitig zu erreichen. Ich reagierte instinktiv, ließ den Griff der Truhe falle, zog mit der einen Hand den Säbel und mit der anderen die Pistole. »Bringt das Ding an Bord! Ich decke den Rückzug!«

Andrea übernahm meine Position an der Truhe.

Gordon und Robert dagegen ließen die Griffe los und zückten ebenfalls die Waffen.

»Was tut ihr da?«, schrie ich.

»Du kannst diese gottverdammten Geschöpfe niemals allein aufhalten«, entgegnete Gordon. »Woodrow und Joe sind stark genug, um die Truhe auch ohne uns ins Boot zu bringen. Wir helfen dir solange, die Kannibalen von ihnen fernzuhalten. Sie haben keine Waffen. Zusammen kriegen wir das locker hin.«

Aus einem Mangel an Zeit konnten wir das Thema nicht ausdiskutieren, denn die Kreaturen brachen nun wie die Sintflut über uns herein. Ihr heißblütiger, ungestümer Angriff traf auf den grausamen, kalten Stahl unserer Klingen. Ihr Gekeife – sei es nun vor Schmerz oder vor Raserei – klang markerschütternd. Es regnete Blut und Fleischfetzen, doch die Welle der Angreifer ebbte nicht ab.

Die Kannibalen hatten rostrote Augen und bemühten sich mit aller Gewalt, ihre spitz zugefeilten Zähne in unser Fleisch zu bohren. Ihr Gebiss glich dem eines Hais. Ein einziger Biss dieser Irren würde massiven Schaden anrichten.

»Zurück!«, rief ich meinen Mitstreitern zu. »Wir müssen zum Boot.«

Während wir langsam rückwärts schritten, wurden meine Gliedmaßen allmählich schwächer.

»Ich halte das nicht mehr lange durch«, schrie Robert. Er feuerte seine Pistole ab und auf der Stirn eines unserer Feinde erblühte ein Einschussloch. Der Getötete kam nicht einmal mehr dazu, zu schreien. Als er zu Boden fiel, trampelten die anderen ohne viel Federlesens über ihn hinweg. Allerdings schien der Pistolenknall einige der Wilden erschreckt zu haben und wir erhielten erstmals seit Beginn des Angriffs ein wenig Luft zum Durchatmen.

»Rennt!«, forderte ich meine Gefährten auf, drehte mich um und spurtete los. Hoffentlich folgten Gordon und Robert meinem Beispiel. Falls sie zu lange zögerten, würde ihnen ein schmerzvoller Tod widerfahren.

Andrea, Langley und Jolly saßen bereits, gemeinsam mit der Truhe, im Beiboot und ruderten in tieferes Wasser.

Gordon und Robert überholten mich, so schnell, wie sie rannten. Um unsere Verfolger einzuschüchtern, feuerte ich ungezielt eine Kugel nach hinten in ihre Meute ab. Ich erwischte einen von ihnen auf Brusthöhe und er stürzte unter Schmerzensschreien auf die Knie. Aus der Schusswunde quoll ein dicker Blutstrom. Seine Stammesgenossen zeigten sich diesmal gänzlich unbeeindruckt vom Krachen meiner Waffe und stürmten weiter vor. Die hinten Rennenden umrundeten den Getroffenen, als sei er ein Felsblock im Sand.

»Wir sind fast da«, rief Gordon.

Wir erreichten die Küstenlinie. Unsere Vorhut hatte das Beiboot schon bis in hüfttiefes Wasser manövriert. Woodrow stürmte uns säbelschwingend entgegen.

»Zurück ins Boot!«, kommandierte ich.

Dann ereilte uns das schlimmstmögliche Unglück. Robert strauchelte im kniehohen Wasser und fiel auf alle vier.

»Hoch mit dir«, rief ich, während ich nach unten griff, um ihn auf die Beine zu zerren. Doch es war zu spät. Die Angreifer waren bei uns und ich musste mich auf meine Selbstverteidigung fokussieren. Dankenswerterweise feuerte Gordon seine Pistole auf die Wand aus nackten Leibern ab, die über uns hereinbrach. Leider genügte sein Schuss nicht, um die Attacke vollends zu zerstreuen. Mit einer Hand zog ich an Robert, mit der anderen wehrte ich die tobenden Insulaner ab. Währenddessen verfasste ich gedanklich mein Testament und schwor mir, möglichst viele der Kannibalen mit in mein Grab zu nehmen.

Da erschien Woodrow auf der Bildfläche und metzelte die Angreifer mit zwei Säbeln reihenweise nieder. Dabei ging er mit einer Aggression zu Werke, die ich diesem ansonsten so sanften Hünen nie zugetraut hätte. Köpfe und diverse andere Gliedmaßen flogen wie in einem Orkan durch die Luft. Das Wasser färbte sich rot.

Endlich stand Robert wieder aufrecht auf den Beinen. Als er Woodrow unterstützen wollte, befahl ich ihn auf das Boot.

Unser Schiffszimmermann schrie vor Schmerz. Er wirbelte zwar immer noch beide Klingen mit vernichtender Wirkung durch die Luft, auf seinem linken Unterarm prangte jedoch eine hässliche Wunde. Eine der Kreaturen hatte ihm ein großes Stück Fleisch herausgebissen.

Sowie ich mich an dem Scharmützel beteiligte, zogen sich die Kannibalen endlich zurück. »Los, Woodrow, zum Boot. Sofort!«

Ehe ich mich als Letzter auf das Boot schwingen wollte, warf ich einen Blick auf das hinterlassene Chaos zurück. Ein silberner Mond schien über einem Berg aus Leichen. Der Sand war am ganzen Strand blutgetränkt. Schätzungsweise hatten wir rund ein Viertel der, ursprünglich etwa einhundert, Kannibalen ins Jenseits befördert.

Da ich aufgrund der anstrengenden Flucht zu erschöpft war, um eigenständig an Bord zu gelangen, fischten mich Langley und Gordon mit vereinten Kräften aus dem Wasser und wuchteten mich ins Trockene, wo ich mich, zunächst schwer atmend, auf die Planken legte.

»Mein Gott«, seufzte Andrea. »Redd, bist du in Ordnung?«

Ich nickte. »Wie geht es Woodrow?«

»Ziemlich schlecht«, murmelte Robert aus Richtung des Steuers. »Hoffentlich kriegen wir ihn wieder gesund.«

Ich schloss kurz die Augen. Ich hatte schon genug von seiner Wunde gesehen, um zu wissen, wie grässlich diese war. »Hoffentlich war es das wert«, flüsterte ich Andrea zu und bettete eine Hand auf das Schloss der Truhe.

15

Endlich waren wir wieder auf der *Neptune's Castle* und die Schrecken der Isle of Blood lagen weit hinter uns. Nun war es so weit, sich um Trimbles verfluchte Schatztruhe zu kümmern. Wir hatten das mysteriöse Ding in meine Kajüte verfrachtet. Um für eine vernünftige Beleuchtung zu sorgen, zündete ich mehr Kerzen an als gewöhnlich. Andrea, Gordon Joe und ich standen rings um unseren Fang. Ich hatte mir einen von Woodrows Hämmern ausgeliehen und ließ damit meine Frustration am verrosteten Verschluss der Truhe aus, der meinen Bemühungen beharrlich standhielt. Verärgert pfefferte ich das Werkzeug in eine Ecke des Raums. Von den Übrigen sprach niemand ein Wort.

Da schwang die Tür auf und Robert kam herein, die Hände blutig und die Stirn benetzt mit Schweißperlen.

»Geht es Woodrow besser?«, fragte ich.

Robert seufzte mitgenommen und schüttelte den Kopf. Er zog einen Lappen aus der Hosentasche und nahm einen Humpen Wasser vom Tisch. Damit wusch er sich das Blut von den Fingern.

»Es steht schlecht um ihn. Er hat enorme Mengen Blut verloren. Ich habe ihn bestmöglich zusammengeflickt, aber ich bin kein Arzt. Er braucht dringend Medizin gegen sein Fieber. Momentan schläft er.«

»Er hat Fieber?«, staunte Gordon. »So schnell? Er wurde erst vor weniger als einer Stunde verletzt.«

»Aye. Er ist knallheiß. Du könntest Eier auf ihm braten. Die Temperaturerhöhung trat urplötzlich auf. Zum Glück steigt sie nicht stärker. Ich habe für ihn vorsichtshalber schichtweise eine Krankenwache organisiert.«

Ich rieb meine Augen mit den Handballen. Ich war ausgelaugt, wie alle anderen auch. Ruhe zu finden, würde uns heute Nacht gewiss schwerfallen, da die Auseinandersetzung mit Trimble wie ein Damoklesschwert über uns schwebte. Woodrows Zustand vergrößerte unsere Not zusätzlich. »Mehr können wir nicht für ihn tun. Sein Schicksal liegt in Gottes Händen.«

Da niemand sprach, wollte ich etwas Aufmunterndes äußern, doch mir fiel nichts ein. Also widmete ich mich wieder der verriegelten Truhe. Nach sieben Hammerschlägen gab das Schloss schließlich nach. Die anderen rückten vor, während ich den Deckel hob. Die Kajüte bebte vor Anspannung. In der Truhe befand sich eine Holzkiste, die exakt in deren Inneres passte, als sei sie speziell zu diesem Zweck gefertigt worden. Der Spalt zwischen den Seitenwänden der beiden Holzbehälter war gerade breit genug, sodass ich die Finger dazwischen stecken konnte. Mit einem Ruck hob ich die Kiste an und stellte sie behutsam neben der Truhe auf den Boden. Die Kiste war unverschlossen und ließ sich problemlos öffnen. Ich benötigte ein Weilchen, um zu verarbeiten, was ich darin erblickte. Den anderen schien es ebenso zu ergehen. Mit einer Ausnahme: Langley.

Er verzog die Lippen zu einem schiefen Grinsen und seine Freude stand in einem scharfen Kontrast zu unserer Verwirrung.

»Das ist alles«, raunte Andrea enttäuscht und irritiert. »Damit sollen wir meinen Vater bezwingen?«

In der Kiste steckten vier Reihen länglicher Flaschen, in die jemand offensichtlich Rum abgefüllt hatte. Vorsichtig ergriff ich eine davon und entkorkte sie. Das vertraute Aroma von Rum stieg uns in die Nasen.

»Hoffentlich kann mir jemand erklären, weshalb Woodrow wegen dem hier so leiden muss?«, fragte ich.

»Und weshalb wir alle unsere Haut riskiert haben?«, ergänzte Gordon. »Oder liebt Trimble Hochprozentiges so sehr, dass er es auf einer Insel voller gemeingefährlicher Kannibalen bunkert? Und wird er deshalb darauf verzichten, uns zu versenken, nur damit das kostbare Gesöff nicht mit uns untergeht?«

»Keine Ahnung«, bekannte Andrea trotzig. »Onkel Morgan jedenfalls war von der Wichtigkeit der Truhe überzeugt. Am liebsten hätte er das Versteck für sich behalten.

Mit den Flaschen muss es etwas auf sich haben, das wir bis jetzt nicht entschlüsselt haben.«

»Dann sollten wir alle aufmachen«, schlug Langley vor und angelte eine davon aus der Kiste heraus.

Ich nahm sie ihm weg. »Wir rühren sie nicht an. Keine einzige. Wir legen die beiden hier zurück und dann kommt die Kiste wieder in die Truhe. Es muss einen plausiblen Grund geben, warum er diese Flaschen so hoch schätzt. Welcher das ist, ist mir gleichgültig, solange uns dieser eine Chance bietet, gegen diesen Bastard zu bestehen.«

Gordon stürmte wutentbrannt aus der Kajüte und alle außer Andrea schlossen sich ihm an.

»Es fällt mir schwer zu verstehen, warum mein Vater ein derart großes Interesse an Rum hegt. Vielleicht ist in den übrigen Flaschen etwas anderes.«

»Wieso sollte etwas anderes darin sein?«

»Weil sie einen gewaltigen Wert für ihn darstellen. Und diesen werden wir gegen ihn ins Feld führen. Richtig?«

»Aye. Und jetzt ist es an der Zeit für uns alle, uns eine Mütze Schlaf zu genehmigen. Morgen wird ein großer Tag für uns.«

Andrea nahm mich beim Wort, legte sich ins Bett und schlummerte innerhalb von Minuten tief und fest. Das kam mir irgendwie seltsam vor, da sie gerade noch ein Nervenbündel gewesen war. Zudem würden wir morgen ihren alten Herrn zu einem Kampf auf Leben und Tod herausfordern. Wenn alles nach unseren Vorstellungen lief, würde ihr Erzeuger morgen sterben. Trotz dieser Zweifel gesellte ich mich zu ihr. Mir misslang es, so leicht wie sie einzuschlafen.

Nachdem ich mich eine Weile unruhig hin und her gewälzt hatte, wachte Andrea auf. Sie blickte mir begehrlich in die Augen, umfasste meinen Hinterkopf mit den Händen und drückte mir ihre Lippen auf den Mund.

Mein erster Gedanke war, ihren Vorstoß abzuwehren, doch dieser Gedanke sollte vergeblich bleiben. Andrea war eine ungewöhnlich attraktive Frau und ich erlag ihrer Schönheit hoffnungslos. Sie warf die Decke zur Seite und schlüpfte lasziv aus ihrer Bluse. Während sie ihre nackten Brüste an mich presste, verschwand meine eigene Kleidung wie durch Hexerei. Unser kurzes Liebesspiel sprühte vor Leidenschaft. Weder in dessen Verlauf noch danach fiel ein einziges Wort. Anschließend döste Andrea mit dem Kopf auf meiner Brust ein.

Eine gute Stunde später war ich immer noch hellwach und hörte ein Flüstern hinter der Kabinentür.

»Komm schnell, Käpt'n«, tuschelte Langley. »Es geht um Woodrow.«

In der Stimme des Steuermanns klang ein erschreckter Unterton mit. Ich fürchtete, Woodrow läge in den letzten Zügen. Hastig streifte ich meine Hose über und verzichtete darauf, mir ein Hemd und Stiefel anzuziehen. An Deck beförderte mich Langley unsanft in die Hocke. »Was zur Hölle soll das?«

»Es ist wegen Woodrow«, zischte Langley, im Mondlicht zitternd.

»Was stimmt nicht mit ihm? Ist er tot?«

»Nein, nein … er lebt. Er befindet sich gerade auf dem Achterdeck.«

Nun war ich komplett durcheinander. Woodrow wäre noch vor wenigen Stunden fast vor Fieber verbrannt und schwebte kurz davor, die Schwelle ins Jenseits zu überschreiten. Und jetzt spazierte er in der Gegend herum. Langleys Atem roch nach Rum, aber das war ständig so. In einer derart eingeschüchterten Verfassung hatte ich ihn nie zuvor erlebt. »Und was hat er auf dem Achterdeck verloren?« Ich wollte mich erheben, doch Langley hielt mich unten.

»Er darf dich nicht sehen, Käpt'n. Sonst bringt er dich auch um.«

Bringt mich auch um?, wunderte ich mich. Entweder war Langley vollkommen verrückt geworden oder etwas auf dem Schiff ging gerade gehörig in die Hose. Ich stieß Langley grob zur Seite, stand auf und flitzte nach unten in meine Kabine, um mich mit meinem Säbel zu bewaffnen. Dort schlief Andrea in all ihrer Schönheit noch immer arglos auf dem Bett. Als ich wieder oben war, probierte Langley erneut, mich nach unten zu drücken.

»Reg dich ab, alter Freund«, sagte ich zu seiner Beruhigung. »Ich werde mich persönlich um Woodrow kümmern.«

Über die Holztreppe erklomm ich das verlassene Achterdeck. Alle Mann schienen sich an die Anordnung, sich auszuschlafen, zu halten. Hinter mir raschelte etwas. Ich wirbelte auf dem Absatz herum, bereit dazu, meinen Säbel zu gebrauchen. Es handelte sich jedoch bloß um Langley, der mir nachgehechelt war. »Ich hatte dir doch befohlen, auf dem Hauptdeck zu warten.«

»Woodrow ist ein echter Brocken, Käpt'n. Allein wirst du nicht mit ihm fertig.«

Ich verzichtete auf eine Debatte und stieg die letzten Stufen auf das Achterdeck hinauf. Dabei hörte ich Geräusche, die jenen ähnelten, die entstehen, wenn ein Raubtier Beute geschlagen hat und diese dann zerreißt. Meine Nackenhaare sträubten sich. Die Szenerie, die sich mir bot, wird mir gewiss bis zum Ende meiner Tage im Kopf herumspuken.

Ein quicklebendiger Hale Woodrow – oder genauer genommen die Kreatur, die einst Woodrow gewesen war – kauerte neben einer blutigen Masse. Als er mich hörte, sah der Schiffszimmermann von dem getöteten Matrosen auf. Seine Lippen waren blutig, zwischen den Zähnen hatte er einen Brocken Menschenfleisch. Das Blau seiner Augen war erloschen, stattdessen glühten diese rot – genau wie bei den Kannibalen auf der Isle of Blood. Jenen Kannibalen, die ein Stück Fleisch aus Woodrows Unterarm herausgebissen hatten.

»Woodrow, was zum Klabautermann tust du da?« Ich kam mir ziemlich lächerlich dabei vor, als ich diese Frage stellte.

Der Angesprochene musterte mich kurz nichtssagend, dann widmete er sich wieder seiner unappetitlichen Tätigkeit.

»Das ist nicht mehr unser guter, alter Woodrow«, erklärte Langley. »Was immer von ihm Besitz ergriffen haben mag, wir müssen es vernichten.«

Ich nickte ihm zu, obwohl ich mich innerlich dagegen wehrte, die Konsequenzen zu akzeptieren. Früher gab es keine sanftmütigere Seele als Woodrow. Die Kannibalen mussten ihn mit irgendetwas infiziert haben. Der unglückliche Kerl litt eindeutig … und schlimmer noch, er hatte ein anderes Besatzungsmitglied massakriert. Und seine Raserei würde kaum von selbst vergehen. Ich hob den Säbel, froh darüber, dass ich die Schneide erst kürzlich geschärft hatte. Dann schlug ich mit aller Kraft zu. Woodrows Schädel klatschte mit einem dumpfen Geräusch auf die Planken. Der Rest seines Körpers erschlaffte und der Albtraum war vorüber.

Langley klopfte mir aufmunternd aufs Kreuz. »Es musste getan werden, Redd.«

Zusammen schmissen wir Woodrows Leiche ins Meer. Danach übergaben wir die sterblichen Überreste seines Opfers den Wellen. Beide hatten Besseres verdient, aber zumindest erhielten sie eine Seebestattung.

»Morgen wird ein harter Tag«, kündigte ich an. »Jeder an Bord muss auf seine Aufgabe fokussiert sein. Sie dürfen vorerst nicht erfahren, was heute Nacht geschehen ist. Wir werden sie später einweihen.«

»Was soll ich antworten, wenn jemand nach einem von ihnen fragt?«

»Wir werden behaupten, Woodrow sei am Fieber verstorben. Da uns so ein ereignisreicher Tag bevorsteht, haben wir ihn sofort bestattet. Das wird zwar einige verärgern, aber sie werden uns verziehen, wenn wir ihnen später die Wahrheit beichten. «

»Und was sage ich wegen des anderen Kerls?«

»Darum kümmere ich mich, sobald wir wissen, wer es war. Verlass dich einfach auf mich.«

Schweigend schrubbten wir eine halbe Stunde das Deck, um alle verräterischen Spuren zu beseitigen. Als ich wieder in meine Kabine kam, schlummerte Andrea immer noch. Ich beneidete sie darum. Als die Sonne endlich aufging, fühlte ich mich viel zu kaputt für einen Kampf.

16

Tatsächlich waren einige der Männer sauer und enttäuscht, weil wir Woodrow mitten in der Nacht ohne ihr Beisein die letzte Ehre erwiesen hatten. Sie fühlen sich respektlos behandelt. Gordon gab wie üblich den Wortführer der kritischen Stimmen und ich musste mich reichlich anstrengen, um die Ordnung wieder herzustellen und alle dazu zu bewegen, ihre Arbeit aufzunehmen.

Bald wurde offensichtlich, dass William Bonner unauffindbar war. Nachdem ich zum Schein eine Stunde nach ihm gesucht hatte, erklärte ich öffentlich, er müsse nachts über Bord gegangen sein. Dies war durchaus glaubhaft, denn Betrunkene stürzten nachts immer wieder einmal versehentlich über die Reling. Allerdings waren die Männer durch Woodrows Dahinscheiden schon so aufgebracht, dass sie gereizt auf meine Erklärung reagierten. Statt sich auf die Auseinandersetzung mit Trimble zu konzentrieren, grübelten sie über das Schicksal von Woodrow und Bonner nach. Ich schämte mich für meine unverfrorenen Lügen. Nur was anderes hätte ich tun können? Es war meine Pflicht als Kapitän, den Umständen entsprechend zu handeln.

Auf Andrea schienen die Ereignisse der Nacht keinen Eindruck zu machen. Sie begrüßte mich mit einem diabolischen Grinsen, als freue sie sich auf das Bevorstehende.

Als die Small Hope Bay in Sicht kam, erblickte ich durch das Fernrohr zwei Schiffe vor uns. Beide waren in einer Seeschlacht schwer lädiert worden. Von ihren Decks stiegen Rauchfahnen in den Himmel. Eines der Schiffe wirkte aus der Ferne wie die *Jane.* Zwei ihrer Masten waren umgeknickt und wiegten sich, ihrer Takelage beraubt, im Wind. Die restlichen Segel flatterten traurig an dem einzigen unbeschädigten Mast. Handelte es sich wirklich um die *Jane?* War Ricardo schneller als ich am Treffpunkt angekommen?

Ich richtete meine Aufmerksamkeit auf das andere Schiff, einen dicken Pott, der mir bislang fremd war. Er war längst nicht so übel mitgenommen wie die mutmaßliche *Jane.*

Andrea, Gordon und Langley standen bei mir und warteten darauf, dass ich ihnen mitteilte, was ich sah.

»Es sind zwei Schiffe voraus … sie treiben wie tote Enten im Wasser. Eines hat es richtig schlimm gebeutelt. Die Schlacht muss erst vor Kurzem stattgefunden haben.« Ich händigte das Fernrohr Andrea aus. »Ich glaube, eines der

Schiffe ist die *Jane.* Vielleicht kannst du mir verraten, ob es sich bei dem anderen um die *Sea Witch* handelt?«

Nach einem kurzen Blick senkte Andrea das Fernrohr. Ihre Gesichtszüge sprachen Bände.

»Das ist sie in der Tat. Dort drüben ist mein Vater.«

Sofort gab ich lauthals Befehle an meine Mitstreiter aus. Langley und Gordon gingen mir dabei zur Hand, die *Neptune's Castle* rasch klar Schiff zum Gefecht zu bekommen. Jeder befand sich auf seinem Posten, als wir uns dem Schauplatz der beendeten Schlacht näherten. Ricardo hatte unserem Gegner schon einigen Schaden zugefügt und wahrscheinlich auch einen Teil von Trimbles Leuten ausgeschaltet. Dadurch war die *Sea Witch* wesentlich verletzlicher als ursprünglich angenommen. Es müsste mit dem Teufel zugehen, wenn wir Trimbles Schreckensherrschaft heute kein Ende bereiten konnten – Salomons Ring hin oder her.

Die Überlebenden auf der *Sea Witch* reagierten kaum auf unsere Ankunft. Sie schienen zufrieden damit, uns dabei zu beobachten, wie wir die Distanz zu ihnen verringerten.

Seltsam, dachte ich. *Da stimmt etwas nicht.* Mein Magen versicherte mir, dass wir geradewegs in eine Falle tappten.

Als ich mit dem Fernrohr das andere Schiff anvisierte, riss ich es gleich wieder von meinen Augen und rieb diese. Mein Herz schien stillzustehen. Aufgrund meines Schlafmangels hatte ich vielleicht halluziniert. Eine andere Ursache erschien mir unmöglich. Ich blickte erneut durch das Fernrohr. Als ich wieder das Gleiche sah, wallte Panik in mir auf. Was ich für umgeknickte Masten gehalten hatte, war in der Realität etwas gänzlich anderes, nämlich Tentakel.

Der Krake!

Wenn ich es nicht selbst gesehen hätte, hatte ich es nicht geglaubt. Das Monstrum hatte das Schiff in seinem eisernen Griff. Seine Gliedmaßen schlängelten sich um dessen Rumpf, der auf dem Körper der Bestie ruhte. Mit einem Mal dämmerte es mir: Ricardo – oder jemand aus seiner Mannschaft – hatte unseren Angriffsplan auf Trimble ausgeplaudert. Und deshalb hatte unser Feind die *Jane* bis zu unserer Ankunft in Geiselhaft gehalten.

»Wir sind fast auf Kanonenreichweite«, meldete Robert aus dem Krähennest.

»Erst auf mein Kommando feuern«, rief ich.

Ich wunderte mich, wie meine Leute auf die Gegenwart des Kraken reagieren würden; und wie lange es dauern mochte, bis der Erste den Kraken mit bloßem Auge ausmachte?

Es sollte schon bald so weit sein …

»Da vorn, ein Seeungeheuer!«, schrie jemand.

Ein allgemeiner Tumult brach aus und einige Männer verließen ihren Posten und drängten sich am Bug an die Reling, um einen Blick auf den Kraken zu erhaschen.

»Zurück auf eure Posten, ihr Hunde! Erfüllt eure Pflicht!«, schmetterte ich mit sämtlicher Autorität, die ich aufbieten konnte. Und es funktionierte. Wie in Trance marschierten die Männer auf ihre Plätze zurück.

»Welches Seeungeheuer auch immer Ricardo vernichten möchte, wir werden es besiegen. Überprüft noch einmal eure

Waffen und dann schicken wir das Ding in die Hölle zurück, der es entsprungen ist.« Die Mannschaft johlte zuversichtlich im Chor und schwenkte ihre Säbel und Pistolen.

»Das Monstrum sollten wir nicht zuerst anzugreifen«, riet mir Andrea, die sich an mich herangeschlichen hatte. »Es ist die *Sea Witch*, die wir aufs Korn nehmen müssen. Der Krake steht unter der Kontrolle meines Vaters.«

Damit hatte sie recht. Wir wollten Trimble erledigen und dank der Schäden an seinem Schiff war er in einer schwachen Position. Eine solche Chance galt es eigentlich zu nutzen.

»Das stimmt«, pflichtete ich ihr bei. »Aber wir müssen Ricardo retten.«

»Wie freundlich von dir«, zischte sie voller Sarkasmus. »Das wird dir leider nicht gelingen.«

»Ich muss es zumindest versuchen.« Dann befahl ich der Mannschaft, die Waffen auf die Sea Witch zu richten, und erinnerte sie daran, erst auf mein Kommando zu schießen. Als wir näher an die beiden Schiffe herankamen, startete ich einen neuen Anlauf, Trimble mithilfe des Fernrohrs zu erspähen.

Auf dem Achterdeck der *Sea Witch* stand ein älterer Herr mit einem zerknautschten Zweispitz auf dem Haupt, der einen langen, schwarzen Drillichmantel trug. Der Großteil seines Gesichts wurde von grauenhaften Narben verunstaltet und eine Klappe bedeckte sein links Auge. Eine Aura des Bösen umströmte ihn.

Nachdem ich genug gesehen hatte, instruierte ich Gordon mir das Sprachrohr aus meiner Kajüte zu holen. Selbst wenn nur eine minimale Chance bestand, Ricardo auf dem Verhandlungsweg aus der Klemme zu helfen, musste ich diese nutzen.

Als wir auf Rufweite heran waren, rückte ich kurz meinen Hut zurecht und rief dann aus Leibeskräften durch das Sprachrohr: »Kapitän Trimble, dein Schiff ist angeschlagen. Befiehl deiner Bestie, die *Jane* freizugeben, oder ich zwinge dich dazu. Es liegt an dir, ob ich euch versenke.«

Einer von Trimbles Leuten brachte ihm ebenfalls ein Sprachrohr. »Kapitän Redd, schätze ich. Offensichtlich ist dir die Ausweglosigkeit deiner Situation nicht klar. Wenn ich will, zerquetscht der Krake die *Jane* in Sekundenschnelle zu Kleinholz. Anschließend ist dein lausiger Kahn dran.«

»Du wirst diese Kreatur nicht auf mich hetzen.«

»Warum sollte ich darauf verzichten?«

Zur Antwort griff ich hinter mich und zog Andrea aus der Deckung meines Rückens hervor. Als ich die Schneide meines Säbels an den Hals presste, quiekte sie empört. Genau diesen Effekt hatte ich erzielen wollen.

»Was fällt dir ein?«, zischte er.

»Ist das meine Tochter?«, fragte Trimble.

»Aye, das ist sie. Sie ist so ein hübsches Mädchen und es wäre doch eine Schande, wenn künftig Narben ihr Gesicht verunzieren würden. Also befiehl deiner Bestie, das Schiff meines Freundes zu verschonen.«

Trimble starrte mich einen langen Moment stumm an. Unsere Schiffe waren nun so nahe beisammen, dass die Sprachrohre obsolet für unsere Konversation waren.

Wie aus heiterem Himmel lachte er los. »Tu, was du tun musst. Aber falls du dich nicht bei Fünf ergeben hast, entfessele ich den Kraken. Eins …«

»Ich bin ihm egal. Das habe ich dir doch gesagt«, beschwerte sich Andrea und löste sich aus meinem Griff.

»Zwei …«

»Was ist mit der vermaledeiten Kiste Rum?«, fragte Gordon.

»Drei …«

»Dafür fehlt uns die Zeit«, meinte Andrea. »Wir müssen sofort kapitulieren. Die Kiste können wir auch später ausspielen.«

»Vier, …« Trimble hob die rechte Hand, an der ein goldener Ring im Sonnenlicht glitzerte.

Der Krake spannte die Muskeln an, bereit, eine Orgie der Zerstörung zu feiern.

»Du sollst deinen Willen haben. Ich ergebe mich. Wir strecken die Waffen.«

Trimble nahm langsam den Arm herunter. Ein boshaftes Grinsen verzerrte seine wettergegerbte, zerfurchte Miene. Zum ersten Mal konnte ich die Narben in seiner linken Gesichtshälfte genauer betrachten. »Gute Entscheidung, Kumpel«, antwortete er und wies seine Männer an, die Übernahme der *Neptune's Castle* in die Wege zu leiten. Sofort warfen sie Seile mit Enterhaken über unsere Reling und zogen beide Schiffe zueinander hin.

Als sich Trimble in Bewegung setzte, bemerkte ich, dass er auf einem Bein lahmte. Zweifellos litt er unter einer Verletzung, die er sich in einer der endlosen Schlachten, die er mit der *Dawn Breaker* über die Jahre ausfocht, zugezogen hatte. Trotz dieser Beeinträchtigung schwang er sich behände an Bord meines Schiffes. Die Sohlen seiner Stiefel klatschten hörbar auf die Planken. Er spuckte aus und steuerte direkt auf mich zu. Unterwegs zückte er einen Dolch. »Wo hast du meine Tochter aufgegabelt?«, fragte er, als ob Andrea nicht persönlich anwesend sei.

»Ich habe sie vor dem Galgen gerettet. Du wirkst nicht gerade euphorisch, sie zu sehen.«

»Warum sollte ich mich über die Anwesenheit dieses Teufelsweibs freuen?« Er und Andrea tauschten einen kurzen Blick aus. »Du solltest besser aufpassen, was sie tut, Kumpel«, riet er mir, die Dolchspitze auf sein eigenes Fleisch und Blut gerichtet. »Wenn sie dazu skrupellos genug ist, einen Plan zur Ermordung ihres Vaters zu schmieden, wird sie auch auf dich keine Rücksicht nehmen.«

»Hast du sie deshalb ausgesetzt?«

»Aye, das ist der Grund. Zumindest teilweise.«

»Teilweise?«

Trimble trottete zu Andrea und umfasste ihr Kinn mit der rechten Hand. »Hast deinem neuen Kapitän wohl verschwiegen, womit du dir das verdient hast …«

Andrea biss die Zähne zusammen. Als sie stumm blieb, ließ ihr Vater sie los und stampfte zu mir.

»Ich habe sie ausgesetzt, weil …« Er reckte den Finger mit dem Ring in die Höhe. »… sie dieses verdammte Ding selbst haben will. Sie möchte es haben, weil sie einen gemeinen Charakter hat, gemeiner als es meiner je sein wird.«

Andrea wich meinem Blick aus.

»Sie ist keinesfalls so harmlos«, fuhr Trimble fort, »wie sie gern vorgibt. Sie ist meine Tochter und sie hat mein Blut geerbt – böses Blut.«

»Alles, was ich weiß, ist, dass Andrea und ich ein gemeinsames Interesse verfolgen. Wir beiden wollen deinen Tod.«

»Aye.« Er grinste unverschämt. »Das Früchtchen und ich haben aber auch ein gemeinsames Interesse. Wir wollen beide den Ring.«

»Warum ziehen wir uns nicht in meine Kajüte zurück und besprechen die Angelegenheit von Mann zu Mann?«, bot ich ihm an, in der Hoffnung dort den Rum als Ass aus dem Ärmel zu zaubern.

Er schüttelte den Kopf. »Nein. Ich verhandelte niemals. Egal mit wem. Dieses Prinzip wird auch heute seine Gültigkeit behalten.« Dann hob er den Arm und murmelte etwas, woraufhin der Krake seine Tentakel zusammenballte. Das Schiff in seinen Fängen zersplitterte unter dieser Wucht wie ein Streichholz. Das Gewässer brodelte, als das Ungeheuer zusammen mit den verstreuten Wrackteilen abtauchte.

Trimbles Männer zwangen unterdessen die meinigen, die gesenkten Waffen fallen zu lassen. Mit meiner Verhandlungsbereitschaft hatte ich uns vermutlich unser eigenes, nasses Grab geschaufelt. Meine Leute wurden gefesselt.

Unterdessen war Andrea auf Unterdeck verschwunden. Plötzlich kehrte sie mit einer der Rumflaschen zurück. »Vater, ich glaube, ich habe hier etwas, das dir wichtig ist.«

Irgendwie wirkte die Flasche anders als früher. Aus heiterem Himmel fiel es mir auf: Das Etikett hatte eine rote

Umrandung im Gegensatz zu denen, die wir bereits begutachtet hatten. Ich schalt mich dafür, die Flaschen nicht selbst genauer inspiziert zu haben. Diese hier war eindeutig etwas Besonderes, denn sie bannte Trimbles Aufmerksamkeit.

»Wo hast du die her?«, fragte er nervös.

»Das ist egal. Was zählt, ist, dass ich über den Inhalt der Flasche Bescheid weiß. Und ich weiß zudem, was ich dir damit antun kann.«

»Gib sie mir, mein Kind.«

»Nur wenn ich dafür den Ring kriege.«

Mir schwante, Trimble könnte recht damit gehabt haben, als er behauptete, Andrea wolle den Ring aus Eigennutz. Konnte ich ihr noch trauen? Ich würde es sicherlich bald herausfinden.

»Was bildest du dir ein, mit mir zu feilschen? Hast du nicht eben erst eindrucksvoll gesehen, wie wenig ich dazu bereit bin? Jetzt …«

Andrea machte eine ruckartige Bewegung, die erahnen ließ, dass sie die Flasche ohne Bedauern auf den Planken zerschmettern würde. »Ich bin diejenige, die nicht verhandelt. Ich stelle eine Forderung. Wir tauschen den Ring gegen die Flasche, danach trennen sich unsere Pfade.«

Trimble rieb sich das Kinn mit der Oberseite der linken Hand und sinnierte gedankenverloren, bis er sagte: »Mein Liebling. Vergiss die dämliche Flasche. Wenn du magst, nehme ich dich gern wieder an Bord auf. Wir werden schon ein Arrangement zu unserer Versöhnung finden.«

»Niemals!«, fauchte sie.

Trimbles Wut steigerte sich so weit, dass er wirkte, als wolle er seine Tochter am liebsten mit bloßen Händen erwürgen – zumindest falls sich ihm die Gelegenheit böte. Gerade als der Konflikt zwischen Vater und Tochter dem Höhepunkt entgegenstrebte, geschah etwas, womit niemand gerechnet hatte.

»Kapitän Trimble«, rief eine vertraute Stimme aus den Rängen meiner Mitstreiter. Es war Robert Lynch. Ich fürchtete, das Einzige, woran er zu denken vermochte, sei Rache für die Ermordung seines Vaters. Und das zu einem solch ungünstigen Zeitpunkt. Das Zentrum seines Universums war die Bestrafung des Täters; und jetzt hatte er diesen in Reichweite.

»Wer wagt es, die Konversation zwischen mir und meiner Tochter zu stören?«, grollte der Angesprochene.

»Ich, du feige Ratte.«

Robert spuckte aus, hinter den Leibern seiner Kameraden verborgen.

»Tritt vor und zeige dich.«

Die Hände auf den Rücken gefesselt, zwängte sich Robert in die vorderste Front.

Trimble grinste sadistisch und beorderte ihn hoch zu uns auf das Achterdeck.

Robert tat wie geheißen, bis er dem Mann, dem sein ganzer Hass galt, bis auf wenige Zentimeter nahe war. Beide waren etwa gleich groß. Trimble verfügte über den kräftigeren Körperbau.

»Du hast meinen Vater getötet«, schnaubte Robert wutentbrannt. »Löse meine Fesseln und kämpfe wie ein Mann gegen mich, und ich werde dir die verdiente Belohnung zukommen lassen.«

Trimble kicherte, steckte seinen Dolch in die Scheide und legte seinem Gegenüber beide Hände auf die Schultern. »Wie lautet der Name deines Vaters?«

»Er hieß Nicholas Lynch. Er war bloß ein Fischer und du hast ihm ohne Grund das Leben genommen, wie so vielen anderen unschuldigen Menschen auch. Lass mich frei und gib mir eine Chance auf Rache.«

Trimble drehte Robert um, zog den Dolch erneut und durchtrennte die Fesseln. »Jemand soll dem Kerl ein Schwert geben. Ich habe einen Ruf zu verteidigen.«

Einer von Trimbles Leuten warf meinem Bootsmann eine Klinge zu. Dieser fing sie auf und attackierte damit sofort den gefürchtetsten Piraten der sieben Weltmeere. Meine Brust schwoll vor Stolz, als Robert seine exzellente Schwertkunst unter Beweis stellte, während die beiden Kontrahenten einen tödlichen Tanz aufführten.

Für einen flüchtigen Moment wirkte es, als könne Robert als Sieger aus dem Duell hervorgehen. Leider beging er den gleichen Fehler wie schon zahlreiche andere vor ihm. Ähnlich wie Augustus Flynn ließ er es zu, dass der Hass seine Sinne benebelte und dadurch mangelte es seinen Hieben an der unerlässlichen Präzision. Zudem hatte Robert in seinem Eifer die Unverwundbarkeit von Trimbles linker Körperhälfte vergessen. Als er seinen Gegner dort traf, zeigte dieser keinerlei Reaktion, obwohl er blutete. Robert wurde vor lauter Triumph über seinen gelungenen Treffer kurz unaufmerksam und Trimble nutzte diese Schwäche zu einem tödlichen Stoß in die Brust des Bootsmanns.

Gemeinsam mit meinen Männern schrie ich erzürnt auf. Wir versuchten, unsere Fesseln abzustreifen, um uns endlich zur Wehr setzen zu können. Mit dem Ergebnis, dass uns unsere Häscher nur noch fester verschnürten und uns zum Schweigen zwangen. Tränen rannen mir aus den Lidwinkeln, als Trimble seine blutrote Klinge aus Robert herauszog.

»Junger Mann, ich muss eingestehen, mir fiel während unseres kleinen Kampfs wieder ein, wer dein Vater war. Er war nichts anderes als ein Feigling, der mich um Gnade anflehte. Du sollst wissen, dass er nicht durch meine Hand starb. Es ist eine Frau, die ihn auf dem Gewissen hat.«

Mein Herz pochte, denn ich konnte mir bereits denken, was Trimble nun enthüllen würde.

Roberts Mimik verzerrte sich in seinem Todeskampf.

»Sie hat deinen Vater in die Hölle geschickt.« Trimble deutete auf Andrea. »Sie ist genauso kaltblütig wie ich, wenn nicht sogar noch kaltblütiger.« An uns alle gewandt, fügte er hinzu: »Glaubt ihr Narren tatsächlich, dass sie nur den geringsten Wert auf euch legt?«

Andreas Gesicht lief aschfahl an. »Das ist eine glatte Lüge«, flüsterte sie mir zu.

17

Wieder einmal war ich hin- und hergerissen, ob ich Andrea Glauben schenken konnte.

Trimble spielte möglicherweise nur ein hinterhältiges Spiel mit mir und meinen Leuten. Allerdings hatte Andrea uns belogen, als sie behauptete, sie habe keine Ahnung bezüglich der Rumflaschen.

Mein Gedankengang wurde unterbrochen, als Robert mit einem letzten Röcheln den Jordan überschritt. Er hielt das Heft seines Schwerts derart fest umklammert, dass Trimbles Schergen darauf verzichteten, es ihm zu entringen, ehe sie seine Leiche von Bord warfen.

»Macht die Planke bereit«, befahl Trimble.

Während seine Männer die Anordnung ausführten, hinkte Trimble auf mich zu. Er packte mich an den Fesseln und schob mich auf das lange Brett zu, das auf das offene Meer hinausführte.

»Du weißt, was dir jetzt blüht. Widerstand ist zwecklos.«

Ich stieg auf die Planke und warf einen scheuen Blick auf das Wasser unter mir. Das Blut aus Roberts Schwertwunde hatte es leicht rötlich verfärbt. Schon bald würde es hier vor Haien nur so wimmeln.

»Es liegt an dir, dem ein Ende zu bereiten, mein Schatz«, sagte Trimble an Andreas Adresse. »Wenn ich die Flasche bekomme, verschone ich deinen Freund und dich.«

Für mich war instinktiv sicher, dass er schwindelte. Bis jetzt hatte er nicht den Hauch von Mitleid gezeigt. Wenn ich seine Strategie durchschaute, tat dies hoffentlich auch Andrea.

»Du lügst«, hielt sie ihm vor. »Sobald du hast, was du willst, sind wir dran.«

»Aye, ich könnte lügen. Vielleicht spreche ich aber auch die Wahrheit. Wenn du mir die Flasche verweigerst, wirst du es nie erfahren.« Trimble betrat hinter mir die Planke und scheuchte mich mit seiner Klinge so lange vorwärts, bis meine Zehen deren Rand berührten.

»Also gut, Vater, du sollst sie haben. Nur töte niemanden.«

Er streckte die linke Hand aus. »Bring mir die Flasche.«

Andrea gab sie ihm.

»Sehr gut, mein Schatz.« Dann bohrte er mir die Klinge langsam in den Rücken.

Ich hatte keine andere Wahl, ich musste springen. Mit den Füßen zuerst tauchte ich in die Fluten ein. Mit aller Kraft paddelte ich mit den Füßen an die Wasseroberfläche, um Luft zu schnappen. Neben mir ragte die Schiffswand auf. Von oben guckte niemand herab zu mir. Meine Situation war schier aussichtslos, wozu sollte mir also jemand Beachtung schenken? Aus der Wunde an meinem Rücken sickert Blut ins Meer.

Die Haie hatten es gewiss gerochen und waren bereits im Anmarsch. Mit gefesselten Händen an der Oberfläche zu bleiben, war extrem anstrengend. Ich konnte das bestenfalls wenige Minuten durchhalten, dann würde ich wie ein Stein untergehen. Von daher war es eigentlich egal, ob mich die Haie vorher verspeisten. Trotz meiner Verzweiflung kam mir ein Geistesblitz. Wir waren eng an der Küste und die See hier war ziemlich flach …

Ich schöpfte Atem und tauchte unter. Das Wasser wurde merklich kälter und die Lichtverhältnisse zunehmend trüb. Dennoch schwamm ich weiter in die Tiefe. Meine Ohren klingelten. Schließlich erreichte ich den sandigen Meeresgrund. Dort fand ich Roberts Leiche. Ich schwamm zu ihr und rieb die Fesseln an der Scheide seines Schwerts. Kurz darauf hatte ich das Seil durchgeschabt.

Fast ohne Luftreserve tauchte ich aufwärts. Meine Brust schmerzte und meine Lunge schrie nach frischer Luft. Ich biss die Zähne zusammen. Mich überkam das Gefühl, ohnmächtig zu werden.

Vielleicht war es das Beste so – zumindest würde es besser sein, als bei vollem Bewusstsein zu ertrinken. Gerade als ich glaubte, mein Brustkasten würde explodieren, durchstieß ich die Wasseroberfläche. Gierig sog ich Luft ein. Es dauerte einen Augenblick, bis ich auch nur halbwegs wieder zur Besinnung kam; glücklich darüber noch am Leben zu sein.

Doch diesem Glück sollte nur eine kurze Dauer beschieden sein. Ein dunkles Schema zeichnete sich dicht unterhalb der Oberfläche ab. Da schoss auch schon die markante Rückenflosse des Hais aus dem Wasser. Das Biest umkreise mich fünfmal, bevor es die Attacke einleitete. Das gab mir genug Zeit zur Vorbereitung. Ich zog das Entermesser, das mir Trimbles Leute – im Gegensatz zu meinem Säbel und der Pistole – gelassen hatten. Ich rammte dem Raubfisch das Messer bis zum Anschlag zwischen die Kiemen. Nach kurzem Zappeln trieb er mit dem Bauch nach oben. Wieder einmal war ich dem Tod von der Schippe gesprungen. Ich erschauderte und fragte mich, wie oft mir dies noch gelingen würde?

Nun umschwamm ich den Schiffsrumpf bis zu der Stelle, an der das Ankertau im Meer verschwand. Erschöpft, wie ich war, schaffte ich es dennoch mich daran relativ mühelos hochzuhangeln. Das Deck war wie ausgestorben. Anscheinend hatten Trimble und seine Schergen die *Neptune's Castle* wieder verlassen. Meine Männer lagen seitlich auf dem Boden und rangen damit, ihre Fesseln abzustreifen. Jenseits meines Schiffs entfernte sich die *Sea Witch* langsam in die entgegengesetzte Richtung. Ich überkletterte die Reling und pirschte näher an die *Sea Witch* heran. Diese hatte auf beiden Seiten Ruder ins Wasser gelassen, um möglichst schnell Fahrt aufzunehmen. Mir schwante Bitteres.

Auf dem Hauptdeck fand ich Jolly Jack.

»Käpt'n«, brüllte er mit einer Miene, als hätte er einen Geist gesehen.

Nun bekamen auch die anderen Männer meine Anwesenheit mit und johlten vor Wiedersehensfreude.

Ich kniete mich neben Jack und wollte ihn befreien.

»Nein, Käpt'n dazu haben wir keine Zeit.«

»Was meinst du damit?«, fragte ich und erblickte in der gleichen Sekunde die Ursache für Jacks Aussage. Von einem der Quermaste baumelte eine brennende Öllampe über einer Linie Schwarzpulver, die gewiss bis zu unserer Waffenkammer verlief, in der wir das Kanonenpulver lagerten. Das Seil, an dem die Lampe befestigt war, war ölgetränkt und fing bereits Feuer. Der perfide Aufbau war so ausgeklügelt, dass Trimble genug Zeit hatte, um Abstand zu gewinnen, bevor wir hochgingen.

Gerade als ich den Plan begriffen hatte, riss das Seil und die herabstürzende Lampe zerschellte inmitten des Schwarzpulvers. Es entzündete sich und die Flamme rauschte daran entlang auf unsere Waffenkammer zu. Ich hastete hinterher, strauchelte und rappelte mich hoch, als das bläuliche Lodern um eine Ecke bog. Ich sprintete los, und diesmal überholte ich die Flamme. Hastig schob ich mit meinem Fuß eine Lücke in die Linie aus Schwarzpulver und kappte so die improvisierte Lunte kurz vor der Tür zur Waffenkammer. In dieser fand ich Andrea, die man vom Hinterteil bis zum Hals mit einem offenen Fass Kanonenpulver verschnürt hatte. Die Schwarzpulverlinie führte genau bis zu jenem Fass. Andreas blonde Locken hingen strähnig herab und sie weinte.

»Du hättest mich sterben lassen sollen«, schluchzte sie.

»Wenn es nicht mein Schiff und meine Mannschaft gäbe, hätte ich das wohl besser getan. Du warst nicht besonders ehrlich zu uns.«

Sie schüttelte den Kopf. »Das ist richtig. Aber glaube mir, ich bin nicht mehr der Mensch, der ich einmal war.«

»Sag mir die Wahrheit über Roberts Vater. War der Mensch, der du einmal gewesen bist, derselbe Mensch, der ihn ermordet hat?«

Sie wich meinem Blick aus und erneut rollten Tränen ihre Wangen hinab. »Ja … ja, ich habe ihn getötet. So wie ich viele andere Männer getötet habe. Ich tat, was nötig war, um in der Gesellschaft meines Vaters selbst zu überleben. Heute bin ich eine andere Frau. Das alles habe ich hinter mir zurückgelassen.«

»Tut mir leid, doch ich kann dir nicht glauben.« Nachdem ich sie losgebunden hatte, deportierte ich sie in die Brig. Unterwegs flehte sie mich an, ihr zu verzeihen. Sie erwähnte sogar unsere Liebesnacht, in der Hoffnung, mich so um den Finger zu wickeln. Es war vergeblich. Als ich die Tür hinter ihr verriegelte, rückte sie mit etwas heraus, das mein Interesse erweckte.

»Ich habe meinem Vater die falsche Rumflasche ausgehändigt. Ich meine, die Flasche ist schon die Richtige, der ursprüngliche Inhalt steckt jedoch in einer anderen.«

»Du teilst mir besser schnell mit, wo ich das verdammte Ding finde, Schätzchen. Trimble hat inzwischen vermutlich bemerkt, dass unser Schiff nicht explodiert ist. Wenn er deshalb umdreht, wird er den Kraken auf uns hetzen.

Verrate mir sofort, was es mit dem Gesöff auf sich hat? Wieso ist er so scharf darauf?«

»Weil darin ein Auge schwimmt?«, antwortete sie tonlos.

»Ein Auge?« Ich runzelte die Stirn.

»Kein gewöhnliches Auge, sondern *sein* Auge. Das Auge, das er verloren hat. Wegen dem er eine Augenklappe trägt.«

»Gut. Nur was macht es so unersetzlich für ihn?«

Andrea hielt inne und überlegte, wie sie mir die Angelegenheit erläutern sollte. Nach einer Weile antwortete sie mit einer Frage: »Hast du jemals etwas von einem Seelenbehältnis gehört?«

»Nein noch nie. Könntest du mich bitte aufklären, was das sein soll?«

»Mein Vater hätte eigentlich vor Jahren beim Brand der *Dawn Breaker* sterben müssen. Du hast selbst gesehen, in welchem Zustand sein Körper ist. Kein Mensch wäre dazu fähig gewesen, einen solchen Feuersturm lebendig zu überstehen. Bekannterweise wurde er in letzter Minute in ein Krankenhaus an der Küste von Louisiana gebracht. Dort verdingten sich viele Sklaven als Hilfskräfte. Eine davon war eine voodookundige Hexe. Sie versprach meinem Vater ihm das Leben zu erhalten, wenn er bereit sei, die Folgen zu tragen. Er verzehrte sich vor Rachegelüsten, also stimmte er der Anwendung von Schwarzer Magie zu. Seine Seele wäre zu sehr in Mitleidenschaft gezogen worden, behauptete die Hexe, um ihren Verbleib im Körper zu bewerkstelligen. Also müsse diese woanders untergebracht werden. Da eine Seele niemals vollständig von einem Körper getrennt werden kann, bevor der Betroffene verstorben ist, muss diese in einem separaten Teil seines Körpers Unterschlupf finden.«

»In seinem Auge.«

»Genau. Sein linkes Auge war fast komplett verschmort, es hätte ihm also sowieso nichts mehr genutzt. Letzten Endes entfernte die Hexe das Auge und wirkte einen Zauber, der Vaters Seele in Selbiges bannte. Dieses Auge ist nun sein Seelenbehältnis. Er hat es dann in einer Rumflasche versteckt, und diese zusammen mit vielen anderen identischen Flaschen in einer Kiste gelagert. Danach vergrub er die Kiste in der Truhe auf der Isle of Blood. Er dachte nicht einmal im Traum daran, dass jemand sie dort aufstöbern würde. Doch ihm war auch bewusst, dass derjenige, dem das Auge in die Hände fiel, Macht über sein Leben hätte. Wenn das Auge zerstört wird, stirbt mein Vater.«

»Warum hast du das bisher verschwiegen?«

»Weil ich diejenige sein wollte, der diese Aufgabe zukommt. Ich hätte ihn schon, seit wir das Auge haben, töten können, aber ich wollte ihm beim Sterben zusehen.«

»Vielleicht sprichst du nun die Wahrheit. Oder es ist, wie dein Vater beteuert hat: Du möchtest den Ring aus Egoismus für dich selbst.«

Andrea sparte sich eine Erwiderung. Sie wandte sich ab und setzte sich mit dem Rücken an der Wand auf den Zellenboden. »Ich habe bei der Flasche, in der jetzt das Auge ist, ein Stück Papier von dem Etikett abgerissen. Du hast recht. Er wird zurückkehren. Doch nicht, weil dein Schiff noch schwimmt, sondern weil das Seelenbehältnis nicht in der Flasche ist, die er von mir bekommen hat.«

18

Wieder an Deck, setzte ich sofort alles daran, meine Leute zu befreien. Sobald ich mit dem Entermesser die ersten freigeschnitten hatte, unterstützten sie mich beim Durchtrennen der Fesseln der Übrigen. Meine Männer waren dank des Erscheinens der Krake mitgenommen und irritiert. Schließlich waren sie Zeuge der Vernichtung von Ricardos Schiff geworden. Ich durfte ihnen keine Gelegenheit geben, zu sehr darüber nachzugrübeln. Trimble wendete bereits und begab sich in eine Position, aus der heraus es eine Breitseite auf uns abfeuern konnte. Ich ließ den Anker lichten und dirigierte die Männer auf ihre Gefechtsstationen. Niemand zögerte. Na ja, so gut wie niemand.

Wie gewohnt tanzte Gordon aus der Reihe. »Er wird den Kraken loslassen. Uns fehlt die Zeit, Trimble zuerst zu versenken. Wir sollten uns in flaches Wasser flüchten, in das uns das Ungeheuer nicht verfolgen kann.«

»Er wird den Kraken nicht heraufbeschwören. Wir haben ein Faustpfand gegen Trimble. Er wird uns nicht angreifen, bevor er es hat.«

»Und was soll das sein? Eine zweite Flasche Rum?«

»Aye. Andrea hat ihm die Falsche gegeben. Das hat er inzwischen realisiert und nun kommt er, um die richtige zu holen. Ich brauche dich jetzt, um Roberts Job zu erledigen. Sorge dafür, dass alle Kanonen schussbereit sind. Dann wartet ihr auf mein Kommando.«

Gordon seufzte und ich konnte mir gut ausmalen, wie albern meine Worte in seinen Ohren geklungen hatten. Ich hoffte, er würde mir zumindest einmal im Leben gehorchen, ohne mir irgendwelche dämlichen Fragen zu stellen …

»Also gut«, gab er nach und trottete auf das Unterdeck zu den Geschützen.

Die *Sea Witch* war zu stark beschädigt, um lediglich mit den Segeln zu manövrieren. Also kamen wieder Ruder zum Einsatz. Dies würde uns einen Vorteil bescheren, da die Männer an den Rudern ausgelaugt sein würden, wenn es zu einem Nahkampf mit uns kam. Ich konnte mir gute Chance auf die Unterwerfung meines Feinds ausrechnen.

»Kanonen feuerbereit, Kapitän«, meldete Gordon.

»Aye. Auf mein Kommando!«

Endlich kam die *Sea Witch* in Gefechtsposition. Sie glitt auf uns zu. Die Ruder wurden eingezogen. Die schwarzen Mündungen ihrer Kanonen ragten aus den Öffnungen der Geschützpforten. Trimble würde uns von seiner

Steuerbordseite aus angreifen, die im Gegensatz zu seiner Backbordseite nur wenig Schaden im Kampf gegen Ricardo davongetragen hatte.

Mir war es wichtig, als Erster das Feuer zu eröffnen. Dazu bedurfte es einer präzisen Zeiteinteilung. Die Bugspitzen beider Schiffe kamen jetzt auf die gleiche Höhe. Kurz bevor beide Schiffe exakt nebeneinander fuhren, gab ich den Feuerbefehl aus. Unsere Kanonen donnerten und das Holz unter meinen Füßen bebte. Nur eine Sekunde später schoss die *Sea Witch* zurück. Ich ging gerade auf der Treppe zum Achterdeck. Als diese einstürzte, sprang ich mit einem weiten Satz nach oben. Mit rudernden Gliedmaßen fand ich auf dem Achterdeck meine Balance.

Die Männer hier oben richteten die leichten Schwenkkanonen auf unseren Feind. Dem Schicksal sei Dank war keiner von ihnen verwundet.

Die *Sea Witch* war so rasch an uns vorbeigedriftet, dass es unmöglich gewesen war, eine zweite Salve mit den Geschützen im Unterdeck abzufeuern. Ich befahl den Mannschaften der Schwenkkanonen, die *Sea Witch* zu beharken. Diese kleineren Kaliber richteten zwar relativ wenig Zerstörung an, dafür konnten sie schneller nachgeladen werden. Zu meiner Freude schlug jeder unserer Schüsse im Heck der *Sea Witch* ein.

»Gordon, Schadensmeldung!«, rief ich.

»Fast nur kleinere Schäden. Außer einem größeren Loch in Hecknähe. Es liegt zum Glück über der Wasserlinie. Wir haben zwei Tote und ein paar Verletzte hier unten zu beklagen.«

»Was ist mit den Kanonen?«

»Sind alle gefechtsbereit. Allerdings brauche ich zwei neue Leute, um sie vollständig zu bemannen.«

Ich blickte mich um. Joe kümmerte sich gerade um die Verletzten auf dem Hauptdeck.

»Joe, das kann auch jemand anders machen. Hilf Gordon unten bei den Kanonen.«

»Aye, Käpt'n«, erwiderte er, erstaunt darüber mit einer solch essenziellen Aufgabe betraut zu werden. »Ich werde mein Bestes geben.«

»Da bin ich mir sicher.«

Außerdem sandte ich Jolly Jack zu Gordon.

Die *Sea Witch* hatte anscheinend etliches einstecken müssen. Es war zu bezweifeln, dass noch genug Seeleute übrig waren, um sie zu rudern.

Wir wendeten und holten sie schnell ein. Auf ihrem Deck lagen lediglich zahlreiche Leichen herum. Auch auf den Unterdecks regte sich nichts Lebendiges. Ihre Artillerie schien unbemannt zu sein.

»Wir sind fast in Position, Redd«, verkündete Gordon. »Was werden wir tun?«

»Nochmals eine volle Breitseite. Wir gehen kein Risiko ein.«

Wieder donnerten unsere Geschütze. Die *Sea Witch* fraß Treffer auf Treffer, ohne das Feuer zu erwidern.

»Anker werfen und klarmachen zum Entern«, kommandierte ich.

Sobald die Schiffe miteinander vertäut waren, stürmte ich als Erster an Bord der *Sea Witch.* Außer den Verwundeten und den Toten folgte mir meine gesamte Mannschaft. Wir waren bis an die Zähne bewaffnet und zu allem bereit.

»Passt auf dem Weg zu den Unterdecks gut auf euch auf«, riet ich meinen Männern und begab mich auf die Suche nach Trimbles Kajüte.

Als ich sie gefunden hatte, trat ich die Tür ein, huschte nach innen und schwenkte meine Pistole in alle Richtungen. Ich fürchtete, dass der alte Seebär gleich aus einer dunklen Ecke über mich herfallen würde. An den Wänden der Kabine ruhten auf Regalen mindestens fünfzig skelettierte Menschenschädel, die er vermutlich als Trophäen sammelte. Von Trimble selbst fehlte jede Spur.

»Kapitän, komm schnell«, rief Gordon von oben.

Als ich dort ankam, beugten sich die meisten meiner Leute über die Reling, als gäbe es dort etwas umsonst. Als ich mich zu ihnen gesellte, sah ich, was es dort zu bewundern gab. Ungefähr hundert Schritt entfernt stand Trimble am Bug eines Beiboots, das vom Rest seiner Schergen gerudert wurde. Er hatte offenbar unsere zweite Salve genutzt, um sich an der uns abgewandten Seite der *Sea Witch* unbeobachtet abzuseilen und das Beiboot dann vor unseren Bug zu steuern.

»Was für ein cleverer Hund«, kommentierte ich.

»Warum blasen wir ihn nicht einfach vom Wasser?«, fragte Jolly.

»Ein so kleines Schiff ist aus dieser Position kaum zu treffen«, antwortete Langley.

»Meine Herren, ich wette, ich könnte ihn mit einer der Schwenkkanonen erwischen«, sagte ich. »Ich bin ein ausgezeichneter Schütze. Aber so kann man ihn nicht töten, denn seine Seele wird in einem Seelenbehältnis verwahrt.«

Alle Mann gafften mich an, als sei mir spontan ein zweiter Kopf gewachsen.

Ich grinste. »Das ist eine lange Geschichte.«

Jemand schrie voller Panik: »Wir treiben von der *Neptune's Castle* fort. Jemand hat die Taue durchtrennt.«

Tatsächlich, unser eigenes Schiff machte sich auf und davon. Wer mochte wohl dahinterstecken? Wir hatten hier nur Tote gefunden. Unversehens entdeckte ich die Schuldige.

Andrea stand mit einem Säbel an der Reling der *Neptune's Castle* und bedachte mich mit einem eiskalten Blick. »Du hättest mich nicht allein auf deinem Schiff zurücklassen sollen. Nach allem, was zwischen meinem Vater und mir vorgefallen ist, erscheint es mir geradezu als eine Ironie des Schicksals, dass es ausgerechnet eine Kanonenkugel war, die von seinem Schiff abgefeuert wurde, die die Tür der Brig zerschmetterte und mich befreite. Redd, wir beide hätten ein fantastisches Paar abgegeben. Leider wird daraus nichts …«

Ich ballte die Hände zu Fäusten und murmelte einen Fluch. Unterschwellig hatte ich immer geahnt, dass sich Andrea gegen mich stellen würde. Leider war ich zu feige gewesen, mir dies einzugestehen.

Jäh warf die See rund um die *Sea Witch* Blasen. Es gab keinen Zweifel daran, was das zu bedeuten hatte.

Trimble reckte die Arme hoch in den Himmel. Der verdammte Ring schillerte im Sonnenlicht, als wolle er mich verhöhnen. Nun da mein Schiff zusammen mit seinem Seelenbehältnis langsam von mir wegtrieb, hinderte ihn nichts mehr, uns dem Kraken zum Fraß vorzuwerfen. Ich vermochte kaum zu glauben, welch eine schlimme Wendung die Dinge genommen hatten.

Panik verbreitete sich unter meinen Männern, als sich die schleimigen Gliedmaßen des Ungetüms an den Schiffswänden nach oben tasteten. Ein Tentakel schoss in die Höhe, umwickelte einen meiner Leute und entführte ihn in die Tiefe. Er hatte nicht einmal mehr die Gelegenheit, einen Schrei auszustoßen.

»Haltet euch von den Tentakeln fern«, rief ich und zog meinen nutzlosen Säbel. Die Gliedmaßen der Bestie waren viel zu massiv, um sie damit zu durchtrennen. Wir waren verdammt. Das Schiff fing an, unter dem Druck des Kraken zu ächzen und sang knarzend sein eigenes Todeslied.

Da rannte Andrea zum Bug der *Neptune's Castle.* Sie wedelte mit einer der Rumflaschen und schrie: »Vater, komm her zu mir. Ich habe sie! Ich habe sie!«

Ich rannte zur nächsten Schwenkkanone und visierte damit Andrea an. Die *Neptune's Castle* war weit genug entfernt, um der Raserei des Kraken zu entkommen. Weit genug entfernt für einen Kanonentreffer war sie nicht.

Das leichte Geschütz war geladen und feuerbereit. Sachte ergriff ich die Kordel, deren Zug den Treibladungszünder auslöste. Das Schiff unter meinen Füßen schwankte und ich konnte spüren, wie es allmählich zerbarst. Ich holte tief Luft und richtete die kleine Kanone aus. Andrea blieb auf der gleichen Stelle stehen und winkte ihrem Vater zu. Die

Flasche hielt sie fest an die Brust gepresst. Ich zog an der Kordel.

Als Andrea den Knall hörte, sah sie zu mir. Gerade noch rechtzeitig, um zu erkennen, dass ich derjenige war, der für ihren Tod verantwortlich zeichnete. Die Kanonenkugel durchschlug ihren Körper auf Brusthöhe mit der Leichtigkeit, mit der ein Messer durch Butter fährt. Zweifelsfrei wurde dabei die verflixte Flasche zerstört. Inzwischen war ich fest davon überzeugt, dass Andrea mich von Beginn an hinters Licht geführt hatte. Sie war ebenso böse wie ihr Erzeuger, und sie hatte mich benutzen wollen, um den Ring für ihre eigenen Ziele zu ergattern. Dennoch stimmte mich ihr Ende traurig.

Die *Sea Witch* zerplatzte regelrecht. Während ich in das Wasser plumpste, ging Trimble in seinem Beiboot ebenfalls über Bord. Gewiss war er tot zusammengebrochen und hoffentlich versank er zusammen mit dem Ring bis auf den Grund der See. Wenn es nach mir ging, würde dieses Artefakt auf immer und ewig verschollen bleiben.

Im Ozean schwimmend, stellte ich fest, dass der Krake abgetaucht war. Ich glaube, es liegt nicht in seiner Natur, Schiffe anzugreifen. Er tut dies nur, wenn er dazu genötigt wird. Sobald dieser Zwang aufhört, geht er wieder seiner gewohnten Wege.

Gordon schwamm zu mir. »Ich schätze, inzwischen habe ich endgültig genug vom Piratenleben.«

Ich lachte ihm zu und zusammen klammerten wir uns an ein hölzernes Bruchstück und strampelten in Richtung der *Neptune's Castle*.

»Denkst du, wir holen sie ein?«, fragte er.

»Falls nicht, werden wir sterben«, antwortete ich wahrheitsgetreu.

Mit diesem Wissen strampelten wir heftiger und irgendwie gelang es uns, das Schiff zu erreichen. Langley war schon vor uns dort angekommen und Joe traf kurz nach uns ein. Als genug Männer an Bord waren, um das Schiff zu manövrieren, kämmten wir die Wrackteile der *Sea Witch* nach weiteren Überlebenden ab. Wir hatten neun unserer Kameraden an den Kraken verloren. Wir berieten darüber, ob wir das Beiboot mit Trimbles Schergen aufnehmen sollten. Übereinstimmend entschieden wir uns dazu, sie der Gerechtigkeit des Schicksals zu überantworten. Aufgrund ihrer grausamen Taten verdienten sie keine Gnade.

Danach informierte ich die Mannschaft über unser nächstes Ziel: New Providence. In Port Royal durften wir uns nicht mehr blicken lassen. Obwohl wir den Auftrag des Gouverneurs erfüllt hatten, würde uns dort die Royal Navy jagen, da wir eines ihrer Schiffe entführt hatten. Und die Tatsache, dass ich den Neffen des Gouverneurs getötet hatte, würde diesen kaum dazu bewegen, nochmals seine schützende Hand über uns zu halten.

Auf der Fahrt nach New Providence kreuzten wir ein Beiboot, das hilflos in den Wellen trieb. Zu unserer Freude stammte es von Ricardos *Jane*. Es gab zwei Überlebende an Bord, darunter mein alter Freund und Kampfgefährte. Leider war er in einer schrecklichen Verfassung. Er hatte eine klaffende Wunde links im Oberkörper und sein Atem ging stoßweise. Der andere Überlebende war wohlauf.

»Ricardo, halte noch ein kleines Weilchen durch«, beschwor ich ihn. »Dann sind wir auf New Providence und dort flicken wir dich wieder zusammen.«

»Señor, wir beide wissen nur allzu gut, dass ich keine Chance habe. Richte Jane meine Liebe aus und kümmere dich gut um sie. Sie liebt dich fast so sehr, wie sie mich liebt.«

»Ihr werdet euch wiedersehen, Kumpel«, versicherte ich ihm. »Allein schon, weil ich ihr die schlechte Nachricht nicht überbringen will.«

Blut sickerte aus Ricardos Mundwinkel. »Ich kann mich stolz wähnen, wenigstens dich ein letztes Mal gesehen zu haben, mein Freund.« Er hustete und versuchte, sich aufzusetzen.

Ich hielt ihn sanft unten.

»Andrea …«, flüsterte er.

»Was soll mit ihr sein?«

»Sie … sie … hat ihren Onkel abgestochen. Ich fand es heraus, nachdem du abgesegelt warst. Sie … ist eine falsche Schlange.«

Er röchelte und brachte keine einzige Silbe mehr über die Lippen. Die Warnung vor Andrea waren die letzten Worte in seinem Leben, die er sprach. Mir kamen die Tränen und mein Magen verkrampfte sich. Am liebsten hätte ich etwas kaputtgeschlagen und dabei laut gebrüllt. In den vergangenen Tagen waren einfach zu viele meiner Freunde verschieden. Der Schmerz war fast unerträglich.

Auch der Rest meiner Leute wirkte gequält. Als ihr Anführer durfte ich mich vor ihnen nicht gehen lassen, da ich für ihr Wohlergehen zu sorgen hatte.

Der junge Matrose aus Ricardos Mannschaft heulte jämmerlich. Da wurde mir bewusst, dass ich viel weniger als er verloren hatte. Er hatte jeden Einzelnen seiner Kameraden eingebüßt.

»Wie heißt du?«, fragte ich.

»Macuya«, antwortete er auf Englisch mit einem stark spanischen Akzent.

Zu seiner Beruhigung umfasste ich seine Schulter. »Macuya, ich kann froh sein, dich bei uns willkommen zu heißen. Wir können einen guten Matrosen dringend gebrauchen. Und jeder, der unter Ricardo zur See fuhr, ist ein guter Matrose. Mit weniger hätte er sich niemals zufriedengegeben.«

Macuya betrachtete seinen toten Kapitän. Dann wischte er sich die Tränen aus dem Gesicht und sah zu mir auf. »Er wollte, dass ich mich um seine Raubkatzen kümmere.«

Grinsend sagte ich: »Das sieht ihm ähnlich. Selbst im Sterben denkt er noch an sie.«

»Sie waren wie seine Kinder für ihn.«

»Aye, das ist wahr. Wir werden uns gut um sie kümmern.« Nachdem wir einem Moment andächtig zusammen neben Ricardos Leiche geschwiegen hatten, fragte ich: »Hast du so etwas schon einmal zuvor gesehen?«

»Was meinst du damit?«

»So etwas wie den Kraken.«

Er nickte. »Ja, ich habe auch schon andere, schreckliche Ungeheuer erblickt.«

Mir war nicht danach, ihn diesbezüglich weiter auszuquetschen, also versammelte ich die gesamte Besatzung um mich.

Dann erkletterte ich das demolierte Achterdeck.

»Meine Herren, ihr sollt wissen, dass der Tod unserer Gefährten nicht umsonst war. Mir fehlen die Worte, euch gegenüber meinen Dank gebührend auszudrücken. Trimble ist erledigt … Sobald die heutigen Geschehnisse die Runde machen, wird es niemand mehr wagen, uns herauszufordern. Wir werden unser Schiff auf New Providence überholen, und dann geht es auf zu neuen Abenteuern!«

– E N D E –

LUZIFER
VERLAG